梅蒂亞轉生物語 1

世上最邪惡的魔女

友麻碧

輕文學
Light Literature

Contents

Characters

瑪琪雅・歐蒂利爾
出身自「紅之魔女」後裔歐蒂利爾家的魔法師。

托爾・比格列茲
王宮騎士團的魔法騎士。原為瑪琪雅的騎士，目前成為救世主的守護者。

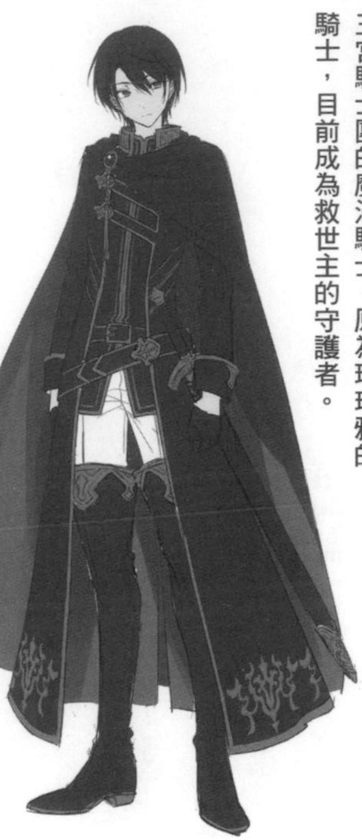

使魔
咚塔那提斯（咚助）
波波羅亞庫塔司（波波太郎）

「艾里斯的救世主」與其「守護者」

愛理
來自異世界的「救世主」少女。

萊歐涅爾・法布雷
救世主的守護者之一。在王宮騎士團擔任副團長。

吉爾伯特・迪克・羅伊・路斯奇亞
救世主的守護者之一。路斯奇亞王國的三王子。

盧內・路斯奇亞魔法學校

勒碧絲・特瓦伊萊特

瑪琪雅的室友。來自福萊吉爾皇國的留學生。

尼洛・帕海貝爾

瑪琪雅的同學。以榜首身分考進魔法學校的天才。

弗雷・勒維

尼洛的室友。比同學們年長一歲的留級生。

尤里・尤利西斯・勒・路斯奇亞

盧內・路斯奇亞魔法學校的精靈魔法學專任教師。路斯奇亞王國的二王子。

烏爾巴奴斯・梅迪特

盧內・路斯奇亞魔法學校的魔法藥學專任教師。瑪琪雅的舅舅。

???

???

出現在瑪琪雅的夢境中，並且刺殺了某少女與若干人等的金髮男子。

我正在單相思。

「作夢？什麼樣的夢？」

「嗯……墜落的夢。」

「什麼呀？就算身為考生，妳也太擔心落榜了吧。」

「不是那種意思，是夢見自己真的往下掉！雖然的確也很掛念考試沒錯啦。」

在身旁與我聊著沒營養話題的齋藤，今天也照常大口吃著超商的梅乾飯糰。他是我從小就認識的玩伴，也是我的暗戀對象。

但是這段戀情不會開花結果。因為……

「欸，齋藤，我班上不是有個田中同學嗎？」

「嗯。」

「她說呀，放學後有話想告訴你。」

我若無其事地幫同班同學傳了話。

齋藤發出一聲「啥？」就像這個年紀的男生會有的反應。

「所以她希望你今天放學後，去校舍頂樓找她。」

「…………」

「恭喜你耶～齋藤。你之前說過田中同學很可愛嘛。」

我試著調侃他一下，結果他仍露出一臉難以言喻的表情。明明暗爽在心裡。

在這之後他變得有點沉默，始終露出鬱悶的表情牽著腳踏車。

這也難怪，畢竟是被同年級裡最受歡迎的女生叫去呀……

「齋藤，我跟你說。」

「……什麼？」

「我……其實……」

乾脆搶先朋友一步告白吧。

說起來，先喜歡上齋藤的人明明是我才對。

「沒事……放學後在校舍頂樓喲，別忘記啦。」

但我好害怕。我沒有那種勇氣。

總是無法坦率說出內心想法的我，真沒出息。

這是發生在剛升上高中三年級，也可說是正面臨人生十字路口時的事情。

○

我曾在考高中時失利，讓父母大失所望。

因為沒考上父母與哥哥過去就讀的高門檻私立名校。

我自認已盡了相當的努力，卻仍未果。

「別哭啦……又沒什麼不好的，這樣我們就可以讀同一所高中啦。」

如此對我說的，是住在同一間公寓的兒時玩伴齋藤。

因為在放榜當天傍晚，住在同層樓的他目睹了我獨自蹲在家門前哭泣的樣子。

這樣啊。既然能跟齋藤一起，那好吧。

反正第二志願的學校離家也近，學生餐廳聽說也很好吃，連制服都好看。

不是為了父母，而是以自己為出發點設想的我感到安心，並且重拾了對於未來的期待。這對我來說是一種救贖。

自從升上高中後，我跟齋藤幾乎每天早上都一起上學，在學校走廊相遇時也會寒暄，還曾經因為忘了帶課本而借用彼此的。從社團引退之後，一起回家的機會也變多了。

也有些人誤以為我們在交往，其實並不然。

只不過，這三年來我的確喜歡著齋藤。

但我遲遲無法鼓起勇氣告白，我們的關係永遠停留在兒時玩伴。

原因大概在於，我沒有自信。

要是把喜歡說出口，這段舒適自在的青梅竹馬關係就會告終，而且只會徒增他的困擾吧。

所以，我對此感到非常恐懼。

最近還用「準備大學考試」替自己找藉口，逃避向他傳達心意。

然而……

「小田同學，我跟妳說喔。我好像，也喜歡上齋藤同學了。」

這段悄悄話來自與我同班的田中同學。

她是帶著少女氣質的可愛女孩，給人的感覺很好相處，當然也很受男生歡迎。

不過，她時不時會冒出一些異想天開的發言，個性上也有愛作夢的一面，於是在同性之間被當成有點怪的女生。

可愛之中又帶點古怪的女孩，很容易讓同性反感。

田中同學本來待在與我不同的女生小圈圈裡，但不知道什麼緣故，似乎從某個時期開始就遭到同伴無視，並且被排除在外。

我跟她在高二被分到同一班，在我主動搭話後，我們變成一起吃午飯的朋友。

「欸，小田同學，妳看這個髮夾。我挑了跟妳同款不同色的！」

無論我去哪裡，田中同學都會跟著我一起，而且試圖在各方面變成跟我「一樣」。

比方說，我原本就在使用的髮夾、特別中意的文具等等，只要是我擁有的東西，她都會想跟我湊姊妹款，就連穿著打扮都有越來越像我的傾向。

我想她大概是不希望被我討厭吧。或許是想迎合我的話題。

另一方面，田中同學也為我帶來許多樂趣。擔任圖書委員的她似乎非常熱愛看書跟漫畫，借了好多推薦作品給我，還告訴我她私底下有在寫小說。

我家裡管很嚴，文字書姑且不論，但漫畫是完全禁止的。所以偷偷讀著向田中同學借來的故事書，對我來說很新奇又有趣。聽她談論自己創作的小說內容也是。

沒錯，我們共享了許許多多事物。無論是興趣、祕密，還是關於心儀對象的事。

但是……

用不著連喜歡的人都跟我一樣吧。

「妳……喜歡齋藤？」

「嗯，他很帥氣又溫柔善良啊。因為我們都是圖書委員，一起值班時就跟他商量了一下未來出路的事，結果他很認真地替我設想。聽我說出『想當小說家』這種夢想……他也完全沒有嘲笑我，讓我好高興。」

我的內心一陣紊亂。

齋藤跟田中同學的確因為我的關係而產生許多交集，但她應該早就知道我喜歡齋藤才對。

「明年就要畢業了，我想鼓起勇氣向他告白。」

「……嗯，我很佩服妳。」

「真的？真的可以嗎？謝謝妳，小田同學！我跟妳說喔，有件事情希望妳能幫點忙。就是明天放學後呀……」

其實我想說的是「不要」、「妳明明知道我喜歡齋藤吧」，卻完全吐不出隻字片語。

對手是田中同學的話，我根本毫無勝算。

假如說，他們成了郎才女貌的一對，那我就只是個電燈泡。

○

我恨自己在重要時刻隱瞞真心，一味順著她的話說。我一直好痛恨自己。

田中同學已經取得我的諒解，她並沒有任何錯。

與其選擇退出然後心生後悔，不如牽制友人的行動，不惜偷跑也要搶先告白，反正第一個說出口的人就贏了。甚至應該說，只需要勇氣。

要怪就怪我不像田中同學一樣，連失去某些東西的勇氣都沒有。

「不，算了，現在大考第一優先。談戀愛這檔事……就算了。」

沉迷於男女情愛的那些傢伙，全都給我落榜吧。

我在心裡讓這份黑暗的情緒萌芽並茁壯，在放學後踩著無精打采的步伐踏出校門。

就在此時，一位陌生的「金髮」男子橫越過我的面前。

「……嗯？」

我稍微斜眼瞥了他一下，發現那位青年有著驚為天人般的姣好面貌。我一面想著對方或許是新來的英文老師吧，一面轉過頭去。

「啊……」

由於這個動作，讓我不小心發現位於頂樓上的齋藤與田中同學的身影。他們兩人面對面不知道在說些什麼。會不會田中同學此時此刻正在向齋藤告白呢？

胸口越來越靜不下來。

我會因為顧慮到田中同學的心情，繼續對齋藤保持沉默，就這樣自高中畢業吧。

「我還是……不想這樣子。」

反正告白了也會被齋藤拒絕，或是被田中同學鄙視吧。

我害怕自己有可能同時失去他們兩人，但什麼都不做只會更加後悔。

「我還是想告訴齋藤，我喜歡他！」

我掉頭一路狂奔，就像青春電影中會出現的一幕。

回到剛踏出的校園，夕陽餘暉射進了放學後的校舍，把我一路奔馳而過的走廊與階梯全都染成橙色。

或許田中同學已經告白了。

或許齋藤已經答應了。

但我還是——

「齋藤、田中同學！」

啪嚓——我應聲打開門，踏入頂樓。

今天的晚霞不知為何帶著詭譎的紅色，蔓延整片天空。

頂樓另一側有片開闊的空間，他們肯定就在那裡。我做了一次深呼吸，然後朝對面前進。

就算要背叛好朋友也在所不惜，我想要跟喜歡的人告白。

我原本已下定這番決心。

「……咦？」

但是，狀況有點不對勁。

水泥地染上了一整片鮮紅色，比夕陽還紅。

在這片廣闊的血海中——躺著兩個人。

此刻眼前的光景，是滿身鮮血的齋藤與田中同學，一動也不動地躺在那兒。

「啊……」

這幅畫面太缺乏真實感，讓我只能呆立原地，連呼吸都辦不到。

我漸漸變得臉色慘白，身子顫抖起來。

這是……怎麼回事？

他們……已經死了嗎……？

「無論投胎轉世多少次……」

背後傳來的聲音讓我為之一驚，轉過了身子。

眼前出現一位身穿連帽外套的男子，頭上的帽兜蓋得非常低。他用沾滿血的手摘下了帽子。

「啊……」

是剛才在校門擦身而過的金髮男子。但是，他用一雙閃著石榴紅色光芒的眼睛瞪向我，那眼神簡直不像人類所有。他手裡還握著一把沾滿血的刀子。

難道就是這個男人刺殺了齋藤跟田中同學？

毫無頭緒。我完全無法理解現況。內心只有莫大的恐懼。

我踩著搖搖晃晃的蹣跚步伐，逃往頂樓邊緣。

這裡是頂樓，出入口還剛好位於男子所在的方向。

在這個無處可逃的地方，我抓著欄杆探出上半身，大喊好幾次：「救命、救命、救救我！」

然而，或許我沒發出多大聲的求救訊號。因為從這裡望向運動場，明明可看見學生們正在進行社團活動，卻沒有任何人發現我的存在。

——唰。

背上傳來一股壓迫感，隨後是竄過全身的疼痛。

我已理解自己身上發生了什麼事。

我也被刺了一刀，就像齋藤跟田中同學一樣。

「梅蒂亞。」

男子在我耳邊呢喃了一句話。

我感覺到心裡響了一聲「喀嚓」的奇妙聲響，就像某種開關被啟動了。

「無論投胎轉世多少遍，我必定都會取妳性命。」

我連那句話的意思都還沒弄懂，便被男子一把往外推，整個人從頂樓直直墜落，無盡地下墜——

一道不祥的聲音傳來，宣告著破碎與崩壞。

啊啊……

是在哪個時間點走錯了哪一步，才會迎來這種人生結局呢？

我在父母的嚴格管教下言聽計從地長大，但仍未能符合他們的期待；對自己缺乏信心，也不敢說出心裡真正的想法。我不敢跟喜歡的人表明心意，也不敢跟好朋友正面衝突。

假如，當時我向田中同學果斷地表明「我也喜歡齋藤」。

假如，今天早上我不惜搶先朋友一步，對齋藤說出「我喜歡你」。

假如，就結果來說，誰也沒來到頂樓的話。

假如，我對這份「單相思」做出了結，我們的結局是否會有任何一點改變？還是這一切仍是必然？

如果人死後可以投胎轉世，我希望下輩子能變成充滿勇氣與自信的人，好好對喜歡的人說出，「我喜歡你」。

第一話　瑪琪雅與托爾

梅蒂亞。

這是由某人開始喊出的稱呼，代表這個世界的名字。

路斯奇亞王國是位於南方的大國。

就連座落於東邊國境的德里亞領地裡的希斯荒原，都擁有美麗動人的朝霞景色。

原本習慣一大早研讀魔法的我，今天難得把魔法書擱在一旁，心不在焉地在窗邊眺望著外面。

昨天，我夢見一個奇妙的世界。

夢境是關於一個懦弱又消沉的女孩子，因為顧慮女性朋友的心情，就連跟喜歡的男孩告白都做不到。

「真是傻瓜。對喜歡的男人下點迷魂藥，把他從情敵手中搶過來不就得了？要是我肯定這麼做。」

雖然不認識夢裡的那位「陌生人」，但我真的深感同情。結果，不知從哪裡出現的男人最後殺掉了所有人，讓夢境急轉直下，以悲劇結尾。總覺得這劇情充滿夢中世界的不真實感。

「瑪琪雅，妳已經起床了嗎？」

「啊，是的，父親大人。」

一位紳士敲了房門之後探頭往內瞧。他有一頭酒紅色的頭髮與山羊鬍。

他是我的父親——艾略特・歐蒂利爾。

「今天是妳十一歲生日。我正打算去一趟市集，要不要順便買個禮物呢。」

「當然要！我就是為了這個才早起的。」

從向外凸出的窗台上跳了下來，我站在牆邊的立鏡前，帶著剛剛好的期待與雀躍心情開始打扮自己。

我名叫瑪琪雅・歐蒂利爾，是今天剛滿十一歲的小魔女。

我有一雙眼尾上揚的杏眼，眼眶被深邃雙眼皮與纖長睫毛所包圍。鑲嵌於其中的，是我們家族特有的「海藍色」瞳眸。

我有一頭玫瑰色長髮，搭配緞帶髮帶裝飾，只要一擺動便蕩漾起動人的光澤。母親大人總說，這頭長髮就像天鵝絨一樣。

雖然自認是驚為天人的美少女，但一板起認真的臉，眉間就會皺起來，總覺得帶點桀驁不遜。

「嘻！」

於是我刻意露出微笑，結果瞬間變成滿懷詭計般的邪惡笑容。

若用手指撐起嘴角，硬是擠出誇張的笑容，隨之露出的兩排整齊潔白的齒列就會像假牙一樣，只讓人覺得可怕。畢竟我每天都用祖母大人特製的牙膏刷牙。

多虧了這張臉，所有人看見我都會這麼說——

這孩子將來一定能成為不負歐蒂利爾家之名的極惡魔女。

「好了，整裝完畢。」

我在暗紅色的洋裝上披了件材質薄透的黑色長袍，並且檢查一下右手中指上的白銀戒指。

接著奔出房間，一路飛快地跑下屋子裡的螺旋梯，在玄關前遇見了母親大人。

「瑪琪雅，東西都帶齊了嗎？如果走丟了，記得呼叫佛萊迪喲。要是有人看妳可愛而企圖綁架妳，就用力捏對方。」

「好的，我會狠狠捏到對方燙傷為止！」

母親大人從口袋裡取出櫻桃色的唇膏，厚厚地塗在我小巧的雙唇上。這是外出時的一種小魔法。

然後她在我的臉頰落下一個吻，湊往我耳邊私語。

「聽好了，就算今天是生日，也不能對妳父親提出無理的任性請求。但是，若妳有真心想要的東西，就跟他理性溝通。要記得，一位優秀的魔女就是對渴望的東西勢在必得。我也是這樣把妳父親弄到手的。」

「真好～人家也想要父親大人。」

「這可不行，妳父親可是我的夫婿呀。不過呢，根據今早的占卜結果顯示，瑪琪雅今天會找到自己渴求的東西，所以我很期待妳會帶著什麼收穫回家喲。」

「渴求的東西」嗎……

我坐上馬車，一面遠望著無邊無際的廣闊荒野，一面思考著那究竟會是什麼。

這片荒野被稱為「德里亞領地」。孤立於荒野正中央、屋頂像長槍般尖聳的這棟房子，正是歐蒂利爾家的宅邸。

歐蒂利爾家是奉命管理德里亞領地的男爵世家，也是名門正統的魔法師世家，而我是家裡的獨生女。

家父與家母也分別是魔法師與魔女。

我也將在年滿十六歲時進入魔法學校就讀，畢業後暫時以王宮魔法師的身分進入王宮內任職。然後在未來繼承父親的衣缽，成為「魔女男爵（Palones）」吧。

「瑪琪雅，妳想要什麼禮物呢？」

「我想要新的曼德拉草幼株，父親大人。還有優質的晨曦朝露、虹蜘蛛絲，以及巧克力跟焦糖。」

我晃著懸空的腳，屈指細數最近正在練習調製的魔法藥所需材料，以及我最愛的甜食。父親大人為難似地苦笑，歪著頭對我說：

「這些東西不用特別選生日這一天，平常我也會買給妳呀。瑪琪雅，妳真的很喜歡研究魔法呢。我在妳這個年紀時，可是最討厭練習魔法了……妳今天也起了個大早用功對吧？」

「因為魔法最有趣了呀！只要勤加練習就能進步。而且，我說什麼也不希望沒考上魔法學校，所以現在就在認真準備了。」

「啊、哈、哈！怎麼會從現在就在擔心考試的事情呢？有妳這般才能的話，不需要窮擔心也能一次就考上的。」

「嗯～我也說不上來，但就覺得很不安。」

不知為什麼，我從小就對於魔法學校的入學考試抱著莫名的不安。

昨天在夢裡見到的那個消沉女孩，也同樣很擔心考不上某所學校呢。

那應該是反映了我的潛意識吧。

「瑪琪雅，妳擁有與眾不同的才能。我們一族可是那位知名的『紅之魔女』後裔，而妳似乎正如祖母大人所預測，繼承了強大的魔女之力。所以，偶爾可以放下學業，索求妳真心渴望的東西也沒關係。畢竟那位魔女過去可是不擇手段地獲取想要的東西喔。」

「真心渴望的東西嗎……嗯……」

我盤起手臂，歪著嬌小的身軀陷入思考。

雖然父親大人這麼說，但我現在全心投入於魔法的世界，也不缺玩偶、洋裝或是鞋子。

然而，其實我有一個唯一的心願。

從我懂事以來，心裡就莫名渴望「與某個人相遇」。

那個人在哪裡、又是誰、為什麼想見他，我完全一無所知。

居住在遠比偏鄉更加荒僻的地方，又沒有兄弟姊妹的我，或許只是想要一個年紀相近的朋友吧。

好，回到正題。我與父親大人搭乘馬車、耗時三小時抵達的目的地，是港口城鎮卡爾泰德。

卡爾泰德表面上是繁榮的鬧區，其實巷弄裡暗藏黑市，能入手來自各國的「危險」物品，父親大人常在這裡湊齊魔法所需材料。

這裡並非一個十一歲的孩子該在生日時來的地方，但我並不特別害怕。

「哎呀，這可不是歐蒂利爾卿嗎？您要的東西我已經進貨囉，來來來，這邊請。」

父親大人似乎要在王室御用的店家採買一些商品。

店主招呼父親大人前往店內後方空間，父親大人則吩咐我待在店裡逛逛。

這間店專門販售世界各地的古董，其中也有許多問題商品。一本古書正低聲私語著：「翻開我、翻開我。」

「真煩人耶。要是翻開了，你肯定會把我整個人拖進去對吧。」

我清楚得很，這種東西可不能隨便打開。

我拿起沉甸甸的擺飾壓在書上，此時從窗外看見了一輛馬車。

一身破爛衣著的少年，正默默地從馬車上卸貨。

「那個人……沒有戒指也能使用魔法。」

我不禁整個人緊緊貼在窗邊。對方好像比我還大上幾歲的樣子……

他將好幾只木箱堆疊起來，看似輕而易舉地將其搬起，實際上是對木箱施展了飄浮魔法。

他既沒用魔杖也沒念咒語，單純憑自己的意念便能施展魔法。

「好厲害，太強了吧。飄浮魔法明明那麼困難！」

我對那位男孩感到好奇，於是跑出了店外。

他有一頭蓬亂未修剪的黑髮，以及骨瘦如柴的身材。從髮隙中露出的雙眼，是令人難忘的「紫羅蘭色」，蘊藏著神祕的光芒。

在魔法師的世界裡，這是被譽為最高級的瞳色。

「欸，你在幹什麼呀？」

我試著向這位少年搭話，結果他只斜眼看了我一眼便收回視線，繼續專注在工作上，語帶不耐煩地回答：

「問我在幹什麼，用看的也知道吧？我在卸貨呀，貴族大小姐。」

他的口氣聽起來帶著挖苦的意味，似乎不是出於我的錯覺。

「你用了魔法讓貨物懸空對吧？我剛才看到了。」

「…………」

對方停下手邊的工作，用睥睨般的眼神俯視著我。

從長長瀏海縫隙間露出的眼眸，果然像紫水晶一般美麗動人。

「別看我這樣，好歹是個魔女，所以覺得你的魔法很新奇有趣。」

「……新奇有趣？」

他的眼神流露出厭惡，哼了一聲發出嗤笑。

「看奴隸做粗工會覺得新奇有趣，不愧是有錢人家的大小姐。人如其貌，蛇蠍心腸啊。」

「什……」

明明只是單純想稱讚他而已。

我不禁賭氣起來，盤起雙臂並且撇過了頭。

「那我重新修正發言。我本來是想稱讚你的魔法了得，因為看你不用依靠咒語、魔杖或戒指就能使用魔法，實在是個天才。而且，我才不是蛇蠍心腸，只是『看起來』蛇蠍心腸罷了。」

少年不知到底有沒有聽我說話，繼續卸貨的工作。

喀啦……喀啦……

他的腳邊傳來金屬聲響。只見少年的雙腳受腳鐐箝制，只能打開一步的寬度。

「欸，你腳上的腳鐐……」

「嗯，這就是我身為奴隸的證明。」

見我眉頭深鎖，少年便發出輕快的大笑聲。

「啊哈哈，第一次看見被銬上腳鐐的奴隸嗎？如此不知人間疾苦的大小姐，怎麼會來到黑市這種地方呢？」

他卸完最後一箱貨物，往箱子上一坐，接著用超齡的表情湊近看向我。

「我說大小姐呀，許多孩子被父母當成債務擔保品賣掉、或是被綁架後成為奴隸，這就是這個世界的現實。我出身自西方的福萊吉爾皇國，被父母賣掉之後被帶來這個國度。算了，我想妳應該不懂這些代表什麼吧。」

……我當然懂，至少我也知道這是很不人道的行為。

我曾聽說過，原本理應禁止的奴隸交易，在卡爾泰德這裡十分猖獗。還有，這個國家的大人物特別會購買來自異國的孩童。

「你的腳很痛吧？腫得很嚴重耶。」

「當然啊，畢竟一直銬著。壞死然後斷掉也是早晚的事吧。」

「那不然……我幫你斷開腳鐐吧。」

我原地蹲下，緊握住束縛少年雙腳的腳鐐。

「梅爾・比斯・瑪琪雅——使鐵腳鐐熔化。」

我慎重地詠唱著第一與第二咒語後，戒指散發出淡淡光芒，腳鐐從我手握住的位置開始燙得發紅，並且化為液狀。這是我擅長的【火】屬性熱魔法，除了用咒語指定的位置，熱度並不會傳導到其他地方。

原本態度我行我素的奴隸少年，也對眼前狀況感到詫異。腳鐐被完美地熔斷，雙腳上卻沒有任何燙傷，這令他目瞪口呆。

熔化的鐵液就先灑點歐蒂利爾家特製的冰鹽來降溫吧。

「怎麼樣？魔法果然很厲害吧？」

我得意洋洋地抬起臉，少年的表情卻僵住了。

剛才明明還擺出那般囂張態度的他，現在卻好像畏懼著什麼。

「小鬼！貨卸完了沒啊！」

聽見怒吼聲傳來，少年往前一站，把我藏在身後。

不一會兒走上前來的是一位體型魁梧的男人，頭上綁著頭巾。

造型看起來充滿海賊風格的男人，似乎是少年的主人。他馬上發現少年已擺脫腳鐐的束縛，發出「啊啊！」的粗獷怒吼聲。

「這是怎麼回事？你這傢伙打算逃跑是吧！」

男人用偌大的拳頭揍往少年的臉。輕如紙片的少年直接往後一飛，撞上背後的貨箱，猛咳了好幾聲。

「你、你這是幹什麼！是我自作主張把他的腳鐐熔掉的！」

雖然帶著恐懼，但我仍跑向男人面前張開雙臂，仰頭瞪向他。
「啊？這個吱吱叫的囂張小鬼是哪來的？」
然而我們的體型實在天差地遠，我被他一把揪住胸口往上舉起來，整個人懸空。
「啊啊啊！放我下去，放我下去！」
「哦？雖然還是乳臭未乾的小鬼，但是個不得了的上等貨呢。不知妳是打從哪來的，不過可以賣個好價錢。」
「老大，那個小姑娘是貴族！萬萬不可對她出手！」
「少囉嗦，誰准你命令我！貴族家的姑娘怎麼可能出現在這種地方！」
他這次狠狠踹了開口警告的少年。
少年痛得表情扭曲，頭部與嘴角都淌著血。
此時，一隻烏鴉伴隨著「嘎——嘎——」叫聲從天而降，用鳥喙啄向男子的頭部。
男子發出慘叫，舉著我大力搖來晃去，試圖驅趕烏鴉。我快被搖暈了！
「瑪琪雅，妳在外面嗎……噢。」
此時，聽見烏鴉叫聲的父親大人從店裡走了出來。
烏鴉在他的肩頭上停下來。牠是父親大人的使魔，名叫佛萊迪。
父親大人看著被男子拎著的我，瞬間換上駭人的表情。
「歐、歐、歐蒂利爾老爺？」

看來男子似乎認得父親大人，臉色徹底變得鐵青。

我靜靜揚起笑容，神不知鬼不覺地伸出手，往男人的手臂狠狠一捏。

「好痛！妳這個臭小鬼在搞什……燙燙燙！」

我是擁有熱體質的【火】之驕女。只要被我的手指一掐，該部位就會燙傷，而且這種燙傷難以痊癒。

男子猛甩著微微燒焦的手臂，一把放開我，我差點一屁股直接摔在地上，但身子在著地的前一秒微微浮起，緩解了衝擊力道後，我才被輕輕地放下來。

這是奴隸少年的飄浮魔法。只見他露出一臉拚命的表情，朝我張開手心。

——嗯，我決定了。

「父親大人！我想要他。」

「咦？」

「我真的、真的非要他不可！父親大人。」

我跑向父親大人身邊，用堅定的眼神告訴他，並伸手指向奴隸少年。

就連父親大人也對眼前狀況感到詫異，當然奴隸少年本人與他的主人也一樣。

「嗯哼，奴隸是吧……嗯……」

父親大人總算認真開始思考，結果頭巾男子邊按著自己的手臂邊搖頭。

「這小子、這小子可不行呀，老爺！就算是老爺的要求，只有這小子恕我難從！他的眼珠子顏色相當罕見，馬上就已經找到買家了……」

然而父親大人無視男子，撥開奴隸少年的瀏海，湊近注視著他的雙眼。

「紫羅蘭色的眼睛呀，是最能聚集魔力的神祕顏色呢。」

奴隸少年不發一語。

即使父親大人捏住他的下巴、一把將他的臉龐拉近，他也毫不膽怯地直直回看著父親大人。

「父親大人，他剛才使用了魔法。他明明沒有魔杖、戒指，連第一咒語也沒念。我想他肯定是無師自通，在無意中施展出來的。他的才能令人驚豔！」

「原來如此，瑪琪雅的眼光或許沒有錯，他擁有稀世的魔力。」

「父親大人，我拜託您了。我有朝一日會成為王宮魔法師，並且工作賺錢償還您的。所以，就看在我今天生日的分上，把他買下來吧！」

「十歲的妳打算跟父母借貸是嗎？啊哈哈哈哈哈！」

父親大人捧腹大笑。我糾正他「從今天起就是十一歲了」。

「那麼，我就問妳一句。瑪琪雅，妳到底打算把他用在哪裡呢？」

「怎麼可能利用他呢？我是要他『好好利用我們』。」

我只是一個勁兒拚命請求。就算沒辦法當成生日禮物，我也打算用盡各種手段，想方設法說服父親大人。

「首先，應該收他為我們家族的門生。拔擢強大的魔法師人才，便能夠振興歐蒂利爾家……難道不是這樣嗎？父親大人。」

歐蒂利爾家是擁有五百年歷史的魔法名門，但我一直很清楚家族正邁向衰落。出了荒野赴往王都，就常被譏笑為落魄貴族啦、邪惡的魔女一族啦，遭到大家藐視。

家道衰落的原因有很多，最致命的就是後繼無人。為了振興一族，必須從我們家族裡提拔出眾多優秀的魔法師才行。

父親大人摸著下巴的鬍鬚，發出一聲「嗯哼」，應該正從各面向考慮我的意見。

「好吧，算我服了妳，瑪琪雅。那麼，奴隸商人呀，我們想買下這位少年。」

「就說了這小子不能賣啊！他已經有買家了！」

「即使如此我還是要買。我想要的就是他。」

我用堅定的眼神抬頭望向頭巾男子，結果他不耐煩似地嘖了一聲。

然而，男子的眼神漸漸變得渙散，露出恍惚的表情。

「所以，多少錢呢？」

父親大人從旁幫我助陣。

我們父女倆的海藍色眼眸，或許帶著些許魔力。

按照報價被我們買下的奴隸少年，搭上馬車後仍未解除戒心。或許是出於無意識，但他身上持續散發著一觸即發的緊繃魔力。

「我都知道喔，你們是歐蒂利爾家的魔法師對吧。我曾聽過你們一家會剝下活人的皮、抽乾身上的血，然後拿眼珠與骨頭當魔法材料。你們也打算把我用在某種魔法上嗎？」

我與父親大人望向彼此。

父親大人忍不住噗嗤一聲，拍著膝蓋大笑。雖然外表看不出來，但父親大人其實是笑點很低的人。

「啊、哈、哈！哎呀～真是個戒心頗強的孩子呢。不過，性格彆扭的人在我們的世界裡屬於前途無量的人才就是了。」

父親大人拿起鑲有寶石的魔杖，俐落地筆直指向擺脫奴隸身分的少年。

「你說的沒錯，我們正是歐蒂利爾家的魔法師。正因為如此，我女兒瑪琪雅才發現到你所擁有的稀有魔力。至今為止，你曾經好幾次使出神奇的力量對吧？」

「……那是因為……」

少年的眼神飄移，回答「因為很方便」。

「那就是『魔法』。你擁有這方面的才能，所以我們想栽培你。」

「……栽培？栽培我這種奴隸？」

「你現在已經不是了。你以後要跟我一起學習魔法。我呀，一直很想要個年紀相仿，而且同為魔法師的朋友。」

「朋友？」

少年露出一臉尚未理解狀況的表情。

話說回來，我還沒問他最重要的問題。

「你叫什麼名字？」

「我才沒有名字。被父母賣掉時就一併拋棄了。」

這種事情怎麼可能忘記。但他似乎連把拋棄的舊名告訴我們的意願都沒有。

「那不然，我想想……嗯嗯……」

在我盤起雙臂、歪著身體思索的同時，無意間使出了這個世界裡的某種【古代魔法】。

「那我來幫你取個新名字。從今以後，你就叫『托爾』了。我覺得這個名字肯定適合你！」

「…………」

這名字就像天啟一般降臨在我腦海中。

少年雖然露出詫異的表情，但瀏海間露出的堅定眼神，毫無迷惘地凝視著我。

回到德里亞領地的宅邸，母親大人便帶著她的蛇之使魔出來迎接我們。

接著，她發出了「哎呀呀」的驚呼聲，露出意外的表情。

「這孩子究竟是怎麼回事？雖然我有料到你們會買些不該買的東西回來，但竟然買了一個少年回來，嚇我一跳。艾略特，你說明一下狀況。」

「是瑪琪雅發下豪語，跟我借錢買下來的。他名叫托爾，這也是瑪琪雅幫他取的名字。」

「噢，這實在太有趣了！」

「對吧。我就知道妳會很感興趣，茱莉亞。」

看父母開始打情罵俏，我便拉起托爾的手，帶他前往浴室。

傭人達米安此時正在浴室裡打掃。

「哎呀呀，瑪琪雅大小姐，這個髒兮兮的孩子究竟是哪來的？」

「他是我從黑市買來的奴隸。」

「您買了奴隸？這可真是充滿歐蒂利爾家魔女本色的惡行呢。您要拿他來當什麼儀式的活祭品嗎？」

「不是啦，父親大人應該會留他在家裡當傭人兼學生。啊，幫他洗個澡吧。我去準備替換衣物，順便把創傷藥拿過來。」

我匆匆忙忙地離開浴室。

「傭人兼學生啊……你叫什麼名字？」

「……托爾。」

「年紀呢？」

「大概十二歲。」

少年雖然態度帶刺，但仍乖乖說出我幫他取的名字。

沐浴之後，接下來換母親大人替他修剪了頭髮。

「噢，瑪琪雅，妳快來看看，沒想到托爾意外長得挺俊俏呢。」

因為原本頂著蓬頭垢面、衣衫襤褸的造型所以沒發現，原來他似乎是個相貌端正的美少年。剪了整齊的短髮造型後，那雙有著雙眼皮又澄澈有神的細長眼睛，讓我覺得跟某人非常相似，卻想不起來是誰……

「雖然現在骨瘦如柴，但只要好好吃飯並且鍛練身體，肯定能成為一位體面的俊美少年吧。魔法師的門面可是很重要的，美麗本身就是一種魔力。」

「……嗯……」

就連托爾也為母親大人的豔麗所折服。

沒錯，這正是一種魔力。

母親大人是位妖豔的美人，而她的美貌本身具有魔力，光是開口說話或是一個舉動，就能任意擺弄他人。

幫托爾修剪完頭髮後，她帶著好心情說了句「今晚來煮頓大餐慶祝吧」，同時離開房內。

母親大人雖然是家裡的夫人，但料理是她的興趣，若不下廚似乎會閒得發慌，所以都由她親手打理三餐。

「托爾，我來幫你治療身上的傷。」

我拿了歐蒂利爾家特製的魔法藥「里比特創傷藥」過來。這是一種質地柔軟的藥膏，塗抹在被腳鐐緊銬而發青化膿的腳踝上，傷口便馬上癒合。

再來是被拳打腳踢的皮肉傷。他全身上下遍布著瘀青與傷痕。

「怎麼樣？已經不疼了吧？」

「……嗯。」

「把衣服也換上吧。我們家沒有兒子，我只好拿父親大人小時候的舊衣給你，不好意思。」

不過話說回來，光是整理好頭髮並換上體面的衣服，他整個人便散發出優雅的氣質，簡直與剛才的奴隸少年判若兩人。

或許一半是因為他有張好臉蛋，一半是因為他帶著超過十二歲該有的早熟氣質吧。

「您這是同情我的意思嗎？大小姐。」

然而托爾看著鏡中的我，露出帶著諷刺的嗤笑。

「好心施捨我，把我打扮得如此乾乾淨淨。原來您認為這樣我就會開心了？我是不是該向您表達一、兩句感謝比較好呢？」

「這……」

托爾應該想說，這全是我的自我滿足吧。

他會這麼認為也是情有可原。就結果而論，自己被奴隸商人賣掉仍是不變的事實，對他來說只是買家換了人而已。

「的確……我借了父親的錢把你買回來。這點我不否認。但是，我是看中你擁有魔法的才能。」

「魔法？就因為我能使用魔法，才有資格獲救嗎？那裡明明還有無數的奴隸。有無數的可憐孩子就因為比我不中用，而必須遭受殘酷的對待！」

「是呀，但我只找到了你一個。」

或許這是極度不公平的說詞。

但就算我說謊，大概也會被他看穿吧。他應該毫不信任我。

「我能找到你，正是因為你擁有魔力的關係。我第一眼就明白了——你不是個該待在那種地方一輩子當奴隸的人。」

然後我說出了那個名字。

「因為這個世界是『梅蒂亞』。」

梅蒂亞——會如此稱呼這世界的人，大多都是魔法師。

這是第一位誕生於這世上的魔法師，為其取下的「名字」。

「……梅蒂亞？」

「這是概括這世界的總稱，不過似乎早已被一般人遺忘了。梅蒂亞是在各國歷史上的大魔法師推動下所形成的世界。無論是往好的方向，還是壞的方向。」

我從房裡的書櫃取下一本童話繪本後，要托爾坐在沙發上。

「你知道嗎？《托涅利寇的勇者》這個故事。」

托爾沉默了一會兒，盯著我手上的繪本封面看，最後搖了搖頭。

但他的眼神中流露出好奇。

「五百年前，這個世界上存在三位偉大的魔法師。第一位是『黑之魔王』，第二位是『白之賢者』，第三位則是『紅之魔女』。在他們互爭高下的同時，最終引發了牽連全世界的戰爭，也就是五百年前發生的魔法大戰。據說這就是大幅推動梅蒂亞魔法技術發展的主因……」

雪國的獸群，

被折斷四肢後以鎖鍊相連，

成為黑之魔王的奴隸。

湖中的精靈們，

遭受欺騙後成為鍋中湯藥，

直到願意效忠於白之賢者。

美麗的少女們，
被施以火刑直到化為灰燼。
紅之魔女的嫉妒心有如紅蓮火焰般猛烈。

位於門扉彼端的魔法師！
啊啊，真是令人畏懼。

繪本的第一頁，從這首童謠開始。

只要是路斯奇亞王國的小孩，必定對這首歌耳熟能詳，托爾卻沒意會過來。

「『托涅利寇的勇者』是？」

「是指阻止這三位魔法師作亂的一位年輕人。他手持黃金劍，帶著四位夥伴討伐了這三位魔法師。」

童話中將這段過程描繪得相當淺顯易懂，讓小孩子也能輕易理解。

托涅利寇的勇者首先擊倒了自己的師父「白之賢者」。

接著他親手葬送了率領魔物自成一國的「黑之魔王」。

最後，他在最凶惡的「紅之魔女」自盡時被捲入爆炸而死。

就這樣，世界在勇者的犧牲下恢復了和平。

「我們歐蒂利爾家族的祖先，正是三大魔法師之一的『紅之魔女』。在五百年前的那場大戰中，她在梅蒂亞的正中央轟出了一個大洞。」

「紅之魔女……我好像曾經聽過。」

「對吧？畢竟她可是這個世界上最十惡不赦的魔女，也因此成了嚇小孩專用的代名詞。」

歐蒂利爾家的祖先「紅之魔女」，據說在最終決戰與「托涅利寇的勇者」同歸於盡，引發了一場大爆炸。

或許是因為繼承了這股力量，出生在歐蒂利爾家的女兒如我，有很高的機率成為【火】之驕女。所以我才能輕易使用熱魔法，把托爾的腳鐐給熔掉。

「這世上的魔法，都能成為撼動世界的力量，無論在好或是壞的方面上來說都是。如果你對世界有什麼不滿，就修練自己的魔法，成為大魔法師之後親手改變世界就好了。像那三位魔法師一樣。」

我說著，闔上了書本。

那些名留青史的大魔法師，都是抱持「想改變世界」的信念而達成某種自我實現吧。

懷抱著理想，追逐自己的夢……

無論最終迎向怎樣的結局，就算成為遺臭萬年的惡人也不足惜。

「……大小姐，您真是個怪人呢。」

「是嗎？我倒認為自己正常極了。」

我輕輕地咯咯笑出聲，轉身面向托爾，將手放上胸前。

「我重新報上一次大名。我名叫瑪琪雅‧歐蒂利爾，擅長的魔法屬性是【火】，最喜歡研究魔法藥。還有，在哪裡都能入睡也是我的特技。一臉壞心腸的長相肯定是遺傳自『紅之魔女』的緣故，畢竟我是這世上最邪惡魔女的後裔。」

就算我的祖先是這世界上最為人深惡痛絕的魔女，我仍以此為榮。所以我很珍惜遺傳自先祖的能力，期許自己成為像她一樣偉大的魔女。

「如果你未來再次受到枷鎖的箝制，我一定會再次還你自由。」

我朝著今天由我取名為「托爾」的少年伸出手。

「所以，我們一起立志成為足以撼動梅蒂亞的大魔法師吧。我呀，一直都在尋找能互相切磋砥礪的『那個人』。」

托爾凝望了我的手一會兒。

「……唉。好吧，大小姐，我就先試著追隨您吧。反正您似乎意外地有趣。」

他依舊露出令人不快的笑容，但最後握住我小小的手。

或許他的內心至少也燃起了一點野心，希望利用我來實現出人頭地的目的。

這個世界，直到現代仍是被魔法師左右命運的梅蒂亞。

此時的我與托爾並不知道，彼此的相遇，將會在未來徹底改寫梅蒂亞的歷史。

第二話　鹽之森

今天又作了同樣的夢。

關於那個懦弱又消沉的女孩，被刺殺之後從頂樓墜落的夢。

「是因為我在奇怪的地方睡覺嗎……呼啊啊～哈啾！」

我緩緩從麻布袋裡鑽出來，同時打了呵欠與噴嚏，身體還打了個冷顫。

要是被托爾知道我睡在工房，而且還是睡在麻布袋裡，肯定會被他罵「就連傭人也不會在那種地方睡覺」。

這裡是調配魔法藥專用的工房，就位於歐蒂利爾家的宅邸內。

「雖然父親大人跟母親大人都說我太心急，但我今天一定要成功調配出『里比特創傷藥』。都已經失敗三次了，瑪琪雅，沒有下次囉！」

我如此說服自己，並將一頭長髮綁成馬尾以打起精神。

歐蒂利爾家大宅看起來雖荒涼，甚至被附近農村的孩子們笑稱為鬼屋，但好歹是名門正統的魔法世家，並且是「世上最邪惡魔女」的後代。

而我正是家中的下一任魔女男爵——瑪琪雅・歐蒂利爾。

雖然是年僅十一歲的少女，卻擁有一張桀驁不遜的惡女長相與紅唇。雙親在我呱呱墜地時，光是看見我的臉就喜出望外地說：「這孩子肯定能成為最邪惡的魔女吧！」而且，還是嬰兒的我才打個噴嚏，就把父親大人下巴的山羊鬍給燒了，讓他們更是喜極而泣地再次強調：「這孩子肯定能成為最邪惡的魔女吧！」

周遭人都議論著我未來必定能像那位「紅之魔女」一樣，成為既任性又十惡不赦的魔女。雙親對此則完全持正面肯定態度，表示「他們是對妳充滿期待」，將這些閒言閒語轉化為我的自信與榮耀。

我並不討厭自己。

我很滿意自己這副外貌，而且又資質聰穎。我不畏懼失敗，面對任何事物都有膽量去挑戰；對待家裡寥寥可數的傭人，也懂得體貼他們的辛勞。每年他們過生日時，我都會送上手寫卡片加上魔法香氛乾燥花。

但是，動搖我這般自尊心的存在出現了……

「奇怪，真是奇怪了。我從襁褓時期就被譽為歐蒂利爾家百年一現的奇才，一路以來努力至今，竟然在短短半年內就被托爾超越！」

我站在踏腳凳上，一面精準地倒入魔法藥材料，一面喃喃自語。

沒錯，就是我當初買下的奴隸少年，托爾。

他在魔法方面的才能，遠遠超乎我的預期。

正式開始學習魔法後，他在短短半年內便追上我。不，他在魔法上的進步甚至比我還顯著，蘊藏的才能正逐漸大放光彩。

就像昨天，我在調配里比特創傷藥時，一時失誤而引發爆炸騷動，最後落得請托爾幫我滅火的下場。但那傢伙竟然露出嘲弄似的笑容說：

『瑪琪雅大小姐，意外是個平凡人呢。』

「啊啊啊啊啊！狂妄！太狂妄了！竟然說我是平凡人！」

如今他已完全成了我的對手，點燃我的鬥志。

托爾姑且算是歐蒂利爾家的門生，同時是傭人。

個性總之就是聰敏又機靈，只要有什麼事拜託他，他就會使命必達。或許因為曾經吃過苦，他有著不像十二歲孩子該有的早熟氣質，這使他在周遭人眼中充滿魅力。加上超齡的微妙男性魅力，讓他在其他同為傭人的大姊姊們之間很受歡迎。

我的父母是名副其實的魔法師，重視實力主義的他們對於家世與出身不怎麼在意，只要是有潛力的人才都會想提拔栽培。

魔法方面，由父親大人為我跟托爾授課。而托爾不只擅於魔法，也有劍術方面的才能，就由我家的老騎士戈德溫替他進行指導。禮儀課程則有母親大人教授，吸收速度快的托爾在各方面都能完美駕馭。

雙親對托爾施予完善的教育，讓他無論登上各種場合都不會蒙羞。

他們的態度簡直像要收他為養子，讓我的立場也受到威脅。不過，原本身為奴隸的他能夠發揮才能、受到眾人肯定，我看在眼裡也感到十分欣慰。

但我也不能輸給他。

於是我從昨晚就一直待在工房裡閉關。或許我的行為就像是小孩子亂拿鍋子煮東西，但在歐蒂利爾家是再平常不過的光景。

「啊……」

在熬煮藥草的空檔，我望向工房窗外，發現托爾正在辛勤地練習劍術。他從一早就在庭院前接受老騎士戈德溫的入門指導，練得滿身大汗，但無論跌倒多少次，他都再次爬起身。

「呵呵，很上進呢。」

看見托爾努力的模樣，我也會充滿幹勁。

不想輸給他的這份心情是非常尊貴的。也多虧有他，我距離「最強大又最邪惡的魔女」這個目標又更近一步了吧。

我再次站上踏腳凳，一臉裝模作樣地湊近看往鍋子表面。

「呃啊！煮過頭了嗎？」

時間來到一小時後。

「欸，托爾，劍術練習結束了嗎？」

我輕拉了拉托爾的衣服後襬詢問。他原本正在用噴泉飲水台的水洗臉，聽見我的呼喚便轉過了身。

他的黑髮沾溼後，顏色看起來更深了，好漂亮。畢竟在我們這個國家裡，黑髮相當罕見。

「請問有什麼吩咐嗎？小姐。」

「就是啊，我要去位於『鹽之森』的祖母大人家一趟，希望你跟我同行。我要去跟她拿牙膏。」

「鹽之森？」

「德里亞領地的北方有一片遼闊的純白色森林，被稱為『鹽之森』。那裡可以採集到許多稀奇古怪的魔法材料，我想你一定也會很感興趣。」

托爾愣愣地眨了眨眼，暫時思考了一會兒。趁這段時間，我伸出手心朝向他——

「梅爾・比斯・瑪琪雅——洗淨並使其乾燥吧。」

我稍微施展了一點熱魔法，替滿身大汗的托爾弄乾頭髮與身體。

「啊啊，謝謝小姐……【火】屬性的魔法，『目前』實在無法與小姐您匹敵呢。真不愧是【火】之驕女。」

「明明是稱讚，卻莫名令人不爽……你快點去換一套最體面的衣服過來！」

「喔喔，真凶真凶。」

托爾露出搞笑的表情跑走，不一會兒就換好裝扮回來

我也套上黑色長袍，備好要帶去的竹籃，完成出門準備。

在母親大人的目送下，我們搭上了馬車前往鹽之森的入口處。一路為我們駕駛的車夫是我家的老騎士戈德溫。

「瑪琪雅大小姐，請注意時間，別太晚歸了。」

「嗯。戈德溫，也要麻煩你五小時後再過來這裡接我們。」

「遵命。托爾，你也要好好保護大小姐的安全。這可是騎士的使命。」

「……是，我明白，師父。」

接下來的路程，由我跟托爾兩人步行前往。一開始只是普通的森林，不過景色隨著行進逐漸改變，我想托爾應該也開始明白這裡被稱為「鹽之森」的原因了。

「哇，這裡的植物、土壤與岩石真的一片雪白，而且氣溫突然驟降了下來。小姐平常都在這麼寂寥的地方玩耍嗎？」

「是呀。別處可找不到這麼有趣的地方了。」

托爾在兩人獨處時，總會改口叫我「小姐」。

比起「瑪琪雅大小姐」這冗長的稱呼，這樣感覺親切多了，所以我很喜歡。雖然他也可能是故意捉弄我才這樣喊就是了。

之前我曾告訴托爾，不用對我說敬語沒關係，但當時他用鼻子哼笑了一聲說「請您也考量

一下我的身分立場吧」。

對他而言，對我說敬語或許比較輕鬆吧。或許也因為是敬語，他才能隨心所欲地調侃我。在這方面真佩服他能拿捏絕妙的分寸。

「為什麼這片森林會如此雪白呢？魔力的氣味也很濃郁。」

「這裡呀，有特殊的魔力從地層深處滲出，在地表產生白色的結晶。因為看起來就像布滿了鹽，所以才被稱為鹽之森。實際上這裡也有鹽湖，可以採集到魔力含量豐富的鹽末。這種鹽可以作為魔法材料，拿來料理也很美味，因此非常熱銷，讓我們家大賺一筆～」

「…………」

「咳咳。這片森林裡棲息著許多特有物種，還能發現許多奇妙的植物。你看，比方說那個。」

抵達目的地後，我朝著結滿鮮紅色果實的白色樹木疾奔過去，從長袍口袋掏出剪刀，踮起腳尖開始採收果實。

採收下來的果實就裝進長袍後面的帽子裡。

「這是蘋果嗎？」

托爾一派自然地從腋下把我抱起來。

我跟他的身高差了有兩個頭那麼多。相對於勤練身體而不停抽高的托爾，我仍是個瘦弱的小不點。

「在這座森林中採到的蘋果，是富含大地魔力的『鹽蘋果』喔。實際上吃起來也帶著些許鹹味。該說這淡淡的鹹更能襯托出蘋果蜜的甜嗎？總之特別美味。要製作歐蒂利爾家的祖傳料理與魔法點心，絕對少不了這一味。我想你應該也在不知不覺中吃了許多鹽蘋果呢。」

「難道夫人的拿手菜『蘋果豬肉捲』，就是用這種鹽蘋果製作的嗎？」

「對對對！我最喜歡那道料理了！還有加了鹽蘋果的馬鈴薯沙拉、醋漬鮮菇鹽蘋果、以及鹽蘋果蛋糕等等。聽說鹽蘋果可以調節體內魔力循環，每天攝取的話還能提升魔法的精密度，對於魔法師來說是仙丹般的夢幻食材。」

啊啊，總覺得肚子開始餓了。早上明明也吃了麵糰裡加有鹽蘋果與焦糖的瑪芬才出門的。

「除了鹽蘋果以外，棲息於這座森林裡的其他植物與生物也全是蘊含高魔力的特有種，極具研究價值，而且潛藏著豐富的可能性。啊，你可以把我放下來了。」

降落地面後，我把剛才裝在帽子裡的鹽蘋果俐落地收進竹籃，並且拿出大張野餐墊和午茶茶具組。

「我肚子開始餓了，就在這一帶野餐吧？我帶了好多東西過來。」

「竟然想在這種毫無人煙的可怕森林裡野餐，果然很像魔女的作風呢。」

「因為我就是魔女啊。啊，我還沒從魔法學校畢業，所以是未來的魔女。」

「沒有魔法學校的學位，就不能成為魔女嗎？」

「雖然沒有硬性規定，不過我們一族的魔法師在畢業前都被認為還不成氣候。就算從孩提時代就修練了多少魔法也一樣。」

我邊如此說著，邊又從竹籃裡東翻西找，拿出各種物品。

這魔法竹籃是「紅之魔女」過去的愛用品，外觀大小與實際容量完全是兩回事。竹籃裡是魔法空間，分為冷藏區、保溫區以及常溫區等等，用來搬運食物或是收納採集完的物品都很方便。明明是五百年前的東西，卻被施加了很高等的空間魔法。

我取出戶外專用的烹調工具，再拿出長條狀的黑麥麵包、瓶裝美乃滋、醃漬蔬菜、橄欖、小株的萵苣、乳酪、番茄還有鴨肉火腿。

用魔法打了一盆水之後，開始清洗蔬菜跟剛才摘下的鹽蘋果。

「啊，托爾，你先拿一顆鹽蘋果切成薄片。」

「是是是。」

我將其中一顆鹽蘋果朝著托爾扔過去。

他使用【風】屬性魔法，將蘋果封在一小圈的氣旋中。

「薩迦・拉姆・托爾——風呀，將其分割。」

托爾詠唱完後，肉眼看不見的風刃便在風旋裡反覆往返，依照我的期望將蘋果切成薄片狀。

這種小規模的風之結界，除了要操控風以外，還要限制在一定空間內，是非常困難的使用方式。這傢伙總能輕而易舉地使出如此高難度的技巧。

「請問這要拿來做什麼？」

「夾在三明治裡當內餡。鹽蘋果甜中帶鹹，生吃可以充當調味醬料，跟鴨肉火腿的滋味非常搭喲。」

「喔喔，原來如此，是這麼一回事啊……」

我將切成薄片的鴨肉火腿略為炙烤一下。擅長【火】屬性魔法，在這種時候特別能派上用場。只要朝著擺盤好的鴨肉火腿，伸出手指一指，下令火烤就好了。

等鴨肉火腿烤好後，把長條狀的黑麥麵包對切、橫剖，單面塗上美乃滋，夾上炙烤鴨肉火腿、手撕萵苣葉、番茄片、鹽蘋果、醃漬蔬菜與橄欖，便大功告成。

「完成啦！這就是歐蒂利爾家的祖傳食譜——鹽蘋果鴨肉火腿三明治！」

「我還以為您是帶著現成的料理過來，真沒想到竟然現場製作。」

「畢竟母親大人說過，魔法料理就是要現做最美味，而且效果最好。況且這也能當成一種特訓，趁機練習各屬性魔法。實際上也使用了水系、火系與風系魔法不是嗎？來，開動吧。」

我拿起夾了水嫩又新鮮的蔬菜與鴨肉火腿的三明治，從一端大口咬下。

鴨肉火腿的表皮上灑了滿滿的胡椒粉，炙烤過後肉汁四溢，與鹽蘋果充滿果香的汁液合奏出極致滋味。外層夾了麵包，將所有美味一滴不漏地緊緊包覆在內，可以一口氣大快朵頤，是奢侈無比的享受。這道料理口味清爽卻又帶來充分的滿足感，讓心情也愉快了起來。

「嗯～就是這一味。歐蒂利爾家的魔法師可以說是吃鹽蘋果長大的也不為過。」

「的確是……鴨肉火腿跟鹽蘋果搭起來真合。這道菜真美味。」

吃完之後我燒了熱水，把玻璃材質的午茶茶具組擺好，用歐蒂利爾家的藥草園內栽培的數種花草沖泡了新鮮花草茶——正確來說是托爾幫忙泡的，因為母親大人似乎很早就傳授他詳盡的泡茶技巧。

路斯奇亞王國同時身為玻璃工藝蓬勃發展的國家，茶壺與茶杯也以玻璃材質為主流。茶具在林間縫隙灑落的陽光照耀下，映出茶水中花草的翠綠色彩，相當美麗。

清新爽口的花草香氣，帶著些許刺激感，同時令人感到心曠神怡。

「檸檬香蜂草、迷迭香、辣薄荷……呼～真是迷人的香氣。早知道就順便帶點甜食點心過來了。」

「我去摘點野莓什麼的回來吧？」

「不用了，沒關係啦。祖母大人應該也發現我們已經抵達森林，肯定烤了餅乾等我們過去，必須留點胃才行。」

多虧了花草茶，讓我整個人神清氣爽。據說花草茶也有助於恢復魔力，所以魔法師都有飲用的習慣。

在鹽之森的午後，與托爾一起度過這段安詳的午茶時光，我並不討厭。

好了，午餐與午茶時間告一段落，是時候繼續往森林深處前進。

「啊啊！頭髮被勾到了。」

由於我一路撥開草木勇往直前，結果長髮在途中被樹枝給勾住了。托爾立刻湊上前來，用他的巧手幫我解開。

「真是的，小姐，請您小心一點。」

「謝謝，托爾。在鹽之森散步時，常常會被勾到耶。不知道為什麼，樹枝就像帶有靜電，自然而然地把我的頭髮給吸過去。乾脆剪短好了。」

我隨口如此說著，並且捻起髮絲在手中把玩，結果托爾急忙搖頭反駁：

「這可萬萬不行，小姐。您就只有這頭秀髮美麗動人，不好好珍惜怎麼行。」

「『只有』是什麼意思啦，竟然說『只有這頭秀髮』……」

根據陳舊的古代習俗，魔女留長髮能增進魔法靈活度，所以我才如此照做。但最近也出現了一種說法表示，頭髮長度跟魔法能力其實沒什麼關連。

不過，既然托爾還滿中意這頭長髮，我就先繼續留著吧，順便加強一下保養。

「欸，小姐，那是什麼東西啊？」

托爾抬頭望向剛才勾住我頭髮的那棵樹，似乎發現了什麼。

他朝著頭上密布的樹枝放出【冰】刃，鎖定了其中一根並切斷。

輕而易舉地接住落下的樹枝後，他認真地觀察著。

他手裡的樹枝，枝梢部分垂著幾滴水滴狀的結晶，就像鑲著七彩虹光的蛋白石，十分美麗。

「啊啊啊！」

見到稀有物品的我不由自主跳了起來。

「那是『鹽之森的眼淚』啦！原本位於地底深處的優質魔力被汲取而上，並且結晶化之後的產物就是這個。這可是難得一見的稀奇東西！」

「……可以賣個好價錢嗎？」

「別、別糟蹋了！之後想買的話，價格可不便宜！這東西有魔法輔助效果，應該拿來製成劍或杖的裝飾品，或是鑲在戒指上。」

然後我得意洋洋地展示自己的白銀戒指，正中央正鑲了一顆鹽之森的眼淚。

相較於反應有點激動的我，托爾顯得很冷靜，不過他還是先把鹽之森的眼淚從樹枝上摘下來，隨便塞進口袋裡。

「等一下、等一下，我有帶保存專用的瓶子，好好裝進去保管啦。」

「您看起來粗枝大葉，沒想到意外地龜毛呢，小姐。」

在我忙著享受採集活動時，發現了一道巨大的陰影正擺動著，於是猛然抬起臉。

「啊啊啊！是藍蜻蜓！」

我又情緒激動地追著那身影。

「欸！小姐！請別四處亂跑，要是跌倒了我可不管喔！」

我跑了起來，托爾則急急忙忙追著我。

他見我蹦蹦跳跳地指著上空大喊「上面、上面」，才終於仰起視線一看。

「唔哇……」

托爾難得瞪大雙眼，露出少年般的驚喜表情。只見一隻有著半透明藍色翅膀、身軀細長的巨大昆蟲，正飄浮在空中，並穿梭於白色的大櫸樹林間。

當藍蜻蜓來到太陽正下方，翅膀在陽光照映下透出彩繪玻璃般的色彩，灑在雪白色的森林上，讓附近區域覆上一整片柔和且具流動感的「藍」。

這個現象被稱為「鹽之森的水底」，因為就如從水底仰望水面一般。

「真漂亮啊。這種昆蟲只棲息在鹽之森這裡喲。」

「……嗯。」

「我來這裡的目的，或許可以說就是為了一睹藍蜻蜓。」

我瞄了托爾一眼。那雙充滿驚奇、感動與好奇心的紫羅蘭色眼眸，讓我有點慶幸有帶他來這一趟。

接著，我繼續沉浸在這般夢幻的森林藝術中。

只是眺望著昆蟲優游的身影，任憑愜意的時光安穩而靜謐地流逝。

「啊，小姐！那隻蟲的翅膀掉下來了！」

「天啊！掉在哪裡？藍蜻蜓的斷翅具有反射魔法的力量！可以做珍貴的防具！」

我們宛如玩著尋寶遊戲，四處蒐集只有在鹽之森能採集到的物品。

就連平常總是裝大人的托爾，似乎也帶著童心樂在其中。

「哎呀！」

然而，過於入迷的我沒注意看前面，被樹根絆了腳，整個人撲向陡峭的斜坡。

「小姐！」

托爾一把抓住我的手，將我拉進懷裡護著，與我一起滾落斜坡下方。

「……唔！嗚嗚嗚。托爾，抱歉啊，都怪我不小心。」

結果托爾的手臂、臉頰還有腳上全是擦傷。

我雖然毫髮無傷，不過因為一路滾下坡，頭髮上纏了許多樹葉與樹枝，變得像個鳥巢。

「我沒有大礙。比起以前被拳打腳踢的對待，這點傷根本不算什麼。」

「哪有人拿這來比較的。」

我吸了吸鼻子，從包包裡取出裝在小瓶子裡的魔法藥。這是今天早上剛完成的。

「這個拿去用吧。是我今天早上製作的里比特創傷藥。」

「咦？這個……真的沒問題嗎？」

托爾充滿防備心。這藥膏的確是歷經屢次失敗才完成的。

「今天早上製作出來的成品有成功啦！好了，你就乖乖當受試者，幫我測試一下藥膏。」

「剛才明明還哭得那麼楚楚可憐……」

這款藥膏使用歐蒂利爾家溫室裡栽種的大蘆薈果肉與聖誕歐石楠的萃取物，再加上紅粉末No.8、產自鹽之森的鹽、還有里比特蛙的唾液混合之後熬煮而成。

藥膏質地黏稠，外觀呈現深粉紅色，塗抹在托爾的受傷部位後，傷口轉眼間便消失，完美地癒合。

「噢，似乎跟老爺調配的藥膏擁有不相上下的治癒力呢。小姐真有兩把刷子。」

「對吧對吧！哼哼，我只要認真起來也是辦得到的。」

得到托爾的讚美，我盤起雙臂洋洋得意。

「不過好像有股怪味道。」

「那、那是因為藥草萃煮太久了啦……下次會留意的。」

托爾真是的，連這種小事都能馬上察覺。見我噘起了嘴，他便一臉認真地摸了摸我的頭。

「你幹嘛啦？把我當小孩子喔？」

「不，只是敬佩小姐果然是名副其實的魔女。」

「可是你昨天明明說我很平凡不是嗎？」

我不悅地鼓起雙頰。

托爾用雙手夾住我的臉，邊壓著我鼓起的雙頰玩邊說：

「那是因為……看見您失敗之後哭得格外傷心，反應就像個同齡的孩子一樣，所以才覺得您也是個普通人。您平常那麼特立獨行，所以我才會冒出那種感想。」

「……是這樣嗎？」

「還有，小姐您意外是個愛哭鬼呢。」

「啊～這個嘛……或許沒錯。」

過於情緒化是魔法師的大忌。

但父親大人與母親大人總是告訴我，要趁小時候學會哭泣。因為這個行為能夠淨化體內的魔力，然而大家在長大成人之後，好像就會漸漸忘記該怎麼哭泣。

「我在剛遇見小姐時，對您有很深的誤解，擅自把您當成高傲又任性的那種貴族千金……」

「啊～」

「但是您遠遠超乎我的想像。該說已經超越高傲啦、任性啦這種等級了嗎？」

「嗯？你這話是什麼意思，托爾？」

「這句話沒有負面的意思。小姐雖然有時候的確趾高氣揚，但是勤奮努力的程度令人佩服。分內的事情也不會全交給傭人去打理，幾乎能獨立照料自己。但我還是很在意……您偶爾會跑去奇怪的地方睡覺。」

呃，嗯。今天早上也在麻布袋裡醒來的我百口莫辯……正當我如此心想時，托爾突然對我低下頭。

「不過，既然我的話害您產生了某些誤解，我跟您道歉。小姐，您確實是個令人欽佩的人。」

「咦？不，托爾你不用道歉啦。是我自己單方面誤會你的意思，為此燃起鬥志罷了。」

「鬥志？」

「競、競爭意識啦。因為托爾你一下子就超越我……」

我互戳著兩手的指尖，難為情地說著。

必須好好反省自己。我一直片面誤會托爾說出口的話一定都帶著諷刺。他明明只是認真地看待我而已。

「這想必是因為……我現在的生活相當充實且快樂。看著小姐全心投入在魔法上，我也開始有了必須努力的念頭。畢竟我也想快點獨當一面，為歐蒂利爾家效力。」

托爾的回應出乎我的預料。抬起頭一看，發現他也露出些許難為情的表情。

是因為說出內心話嗎？所以說，他是真的……

「真的？沒騙我？在我們家的生活每天都很開心？」

「咦、呃，是，我非常滿意。」

「所以你願意永遠待在歐蒂利爾家？」

面對我糾纏不休的追問，托爾笑了出來，趁機又露出囂張的表情說：

「這個嘛，只要小姐願意養我一輩子的話囉，這樣我也就不愁吃穿啦。」

他用十二歲小孩不該有的魅惑眼神向我送了秋波，並調侃我一番。真是難對付的美少年。

不小心在外頭遊蕩太久。此行原本的目的應該是來這座森林裡拜訪祖母，完成被交代的差事才對。

我們已偏離原本的路線，不過決定試著走一步算一步。

反正如果發現自己明顯遇難了，總有辦法獲救，所以我們沒把事情想得太嚴重，入迷地欣賞著有別於剛才的嶄新風景。

這一帶的樹林在遠古時期便存在，樹幹特別高聳且粗大，表面還有著奇怪的刮傷，彷彿用金屬線纏繞過一樣……

「欸，你瞧，是紅色的銀蓮花耶。」

「真壯觀……遍地盛開呢。幾乎讓人有點毛骨悚然。」

的確……在雪白森林的對比下，紅色花海顯得更加鮮豔，讓這片景色帶著異常感。

遍地蔓延的紅，令我忍不住多加聯想……

「要不要摘一些帶走呢？」

「這個嘛……好呀，當作給祖母大人的伴手禮吧。」

我踏入火紅色的銀蓮花田，小心翼翼地摘取花朵。

銀蓮花的花心漆黑，好似某種生物的眼睛。

這麼一說才想起，銀蓮花似乎是「紅之魔女」的象徵。花語是什麼來著？

「哇！」

突然，不知什麼東西從花叢底下跳了出來。

是一隻大小像顆球的火紅色青蛙，好幾次往我的臉頰跟腳猛湊上來。

這是鹽之森的特有物種「里比特蛙」。里比特創傷藥的材料之一正是這種青蛙的唾液。遇上一隻的話還好，若是一群就麻煩了，無論我怎麼甩，牠們還是莫名用頭朝我撞上來。

「小姐！」

托爾拔出短劍揮舞了幾下，斬掉了好幾隻。

然而數量實在多得令他難以應付。「嗶——！」此時不知從何處傳來一陣笛聲，引起里比特蛙的反感，牠們紛紛跳著離去。

「瑪琪雅，妳在那裡嗎？」

聽見熟悉的聲音傳來，我抬起了臉。

一位魔女手持掛著油燈的魔杖，出現在花田的另一端，身旁還有一隻鴿子隨從。魔女脖子上掛著一把細細的小笛子，是以鹽之森的眼淚所製成的。

「祖母大人！」

我奔往魔女身旁，緊緊抱住她。這位時髦的魔女有一頭亞麻色短髮，並且戴著用鴿子羽毛做成的髮飾。雖然為人祖母，但仍洋溢著年輕氣息。

「我還在想怎麼等半天妳還沒來，原來在這種地方閒晃呀？里比特蛙的頭槌攻擊很痛吧？

牠們是【火】屬性的生物，有靠近高溫物體的習性。大概是被瑪琪雅妳的高體溫給吸引過來的吧。」

「祖母大人您真厲害，竟然知道我人在這裡！」

「鹽之森跟我家後院沒兩樣。盡職的鴿子向我報告了你們的所在位置呀。」

伴隨著一陣振翅聲，鴿群聚集在祖母大人的身旁。牠們是鹽之森的巡視者。

「我烤了好多餅乾等妳來。好啦，快跟我來吧。還有那邊那個小子也跟上。」

我們橫穿過銀蓮花田，在祖母大人的帶領下前進。在陽光無法照進的高聳林間走了一段路後，來到一間由磚瓦搭建而成的老舊小屋。

這裡不屬於歐蒂利爾家的宅邸，住在這間小屋的祖母大人名叫卡梅莉亞。

她是嫁給上一代當家的魔女。據說她與已故的祖父是就讀魔法學校時相識的，在任職王族內的家庭教師之後，便嫁進了歐蒂利爾家。

順帶一提，我的名字也是她為我取的。據說當初她為我命名為瑪琪雅時，獲得父母一致感動地讚嘆「這名字太美了」。我也很滿意自己的名字，所以很喜歡祖母大人。

戶外的氣溫微涼，進入小屋之後就暖和多了，還瀰漫著餅乾的香甜氣味。

「在森林裡散步還開心嗎？」

「當然！必須趁機行使歐蒂利爾家的特權，在這裡免費採集珍貴的魔法資源。啊，父親大人託我帶了王都的土產來給您，還有母親大人準備的調味料跟信。」

「哎呀，真開心。有我盼了好久的書，還有之前說過想要的調味料。」

由於祖母大人住在偏遠的地方，難以入手的必需品就時常透過傳信鴿向我父母轉達。父親大人會在赴王都出差時採購回來，然後由母親大人打包好，再由我親自送過來。

「小子，也好久沒見到你了呢。已經適應在歐蒂利爾家的生活了嗎？」

托爾恭敬地回應「是的，老夫人」，並且鞠躬行禮。

「上次見面時，你還像隻瘦皮猴，現在多了些男子氣概。來，我幫你們泡咖啡牛奶吧。桌上有瑪琪雅妳愛吃的餅乾喲。」

「耶～～」我興奮地大叫並前往桌邊，伸手拿起餅乾。

祖母大人親手製作的餅乾是我的最愛。厚實的餅乾上有著巧克力與原味的雙色漩渦圖案，切面上灑滿粗砂糖。重點是，祖母大人烤餅乾的火候總是掌握得恰到好處，粗砂糖的顆粒口感令人無法招架。

「呵呵，瑪琪雅妳真的很愛吃甜食呢，從小就是這樣。」

「因為人家是魔女啊。」

「說得也是。據說歷代出名的魔法師，個個都嗜甜。畢竟施展魔法之後攝取糖分，能有效幫助緩解疲勞嘛。」

我啜飲一口添加大量蜂蜜的咖啡牛奶，輕吐了一口氣。

攝取甜食就能讓我產生幸福感，這果然是出於魔法師的天性吧。

「不過托爾對甜食沒有什麼特別的堅持呢。」

「……甜食就是要少量享用，才能產生特別的幸福感。小姐您吃得太多了。」

確實有一番道理。正因為合理，讓人聽了有點不爽。祖母大人還笑出了聲。

「對了。」我從竹籃裡拿出厚厚一本書，翻開貼了標籤的頁面詢問：「祖母大人，這邊的魔法我有點看不懂……上面寫著詠唱咒語時『忘卻童心十秒』，這是什麼意思呢？」

「喔喔，這是在說……」

祖母不愧是王族的家庭教師，教學技巧特別好。

她總是能用淺顯易懂的方式為我說明不懂的部分，所以我每次要來找她時，都會先把想請教她的問題統整好。

同時間，托爾則一臉驚奇似地環顧室內。他小口啜飲著咖啡牛奶，對這個地方充滿好奇。

在魔光油燈的照明下，室內微暗。牆上倒掛著野玫瑰果與銀荊花的乾燥花束，並且擺放著瓶裝藥材、豆類、樹果、乾燥果實、閃閃發亮的礦石、動物骨骼、羅盤、掃帚，以及大小足以裝進一個人的古甕等物品。其中許多東西在歐蒂利爾家也很常見，不過在這裡有一股屬於古老魔法師的美好懷舊氛圍。

「有什麼好奇的嗎？小子。」

「那個，老夫人，請問這棟房子是哪個年代建造的呢？感覺好像很有歷史。」

托爾大概一直疑惑著，祖母大人為何會獨自住在這種地方吧。明明歐蒂利爾家有那麼氣派的大宅。

「這裡是『紅之魔女』五百年前居住的故居。當然，至今已經翻修過好幾次了。」

「……那位紅之魔女，原來是在這座鹽之森誕生的嗎？」

「嗯，對呀。我會住在這裡的理由，就是想更深入了解她的一切。」

沒錯。歐蒂利爾並非原本就是貴族世家，而是多虧某位少女以「紅之魔女」的身分揚名天下，創下莫大的功績與更大的罪行，在獲頒爵位後才興盛起來，同時成為惡名昭彰的家族。

祖母大人是個名副其實的研究家，沉迷於探究「紅之魔女」。她一面管理這間小屋，一面在此進行「紅之魔女」與鹽之森的相關研究。

「……那位『紅之魔女』為什麼要燒掉世界的中心呢？無論參考哪本書的內容，都千篇一律地記載她最後自爆，與托涅利寇的勇者同歸於盡。光憑現有的資訊，我不太能理解她有必要做得這麼絕嗎？」

「這個嘛，歷史書籍上只會記載事件的發生經過，不會連同當事人的內心世界也一併描述。就結果來說，『紅之魔女』雖然被稱為『世上最邪惡魔女』，但其實……」

祖母大人垂低了視線，在咖啡牛奶裡加了滿滿的蜂蜜後用茶匙攪拌，同時用洩漏天機般的語氣低聲細語。

「據說那位魔女，只是陷入了一段永遠不會有結果的戀情。」

初次聽聞這段故事的我，停下了原本大口享用餅乾的動作。

我印象中的「紅之魔女」，一直都是個不擇手段也會把想要的東西弄到手的人。原來她也有得不到的東西嗎？

然後，我在此時回想起來了。關於先前從外面摘回來，剛才放進花瓶裡擺在餐桌中央的銀蓮花，它的花語是什麼……

「好啦，妳差不多該回家了。妳爸媽雖然採取放任主義，但是妳太晚歸的話會讓戈德溫操心的。他可是從上一代當家的時代就效命於歐蒂利爾家的忠臣，可要好好珍惜人家。小子，你也要快點長大，好讓那位老人家能早點退休。」

「……遵命，老夫人。」

「瑪琪雅，這是藥草跟鹽製成的牙膏。魔法師可是視牙齒如性命。在學習魔法上如果又遇到什麼疑問，就來問我吧。」

「好的！謝謝您，祖母大人。」

「還有……妳要好好愛護那只竹籃，畢竟那是『紅之魔女』的遺物呀。」

祖母大人湊近我的耳邊私語，彷彿要告訴我另一個祕密。

她身上總是散發鹽與藥草的香氣。

我們在祖母大人的鴿子引導下折返，途中我悶悶不樂地持續沉思著。

「怎麼了嗎？小姐。您的表情比平常更凶了。」

「欸，托爾，你談過戀愛嗎？」

「您說什麼？」

我唐突的提問讓托爾露出訝異的表情。

「奴隸是不被允許談情說愛的，我怎麼可能有戀愛經驗呢。喔喔，不過倒是有許多人家的夫人很迷戀我就是了。」

……魔性的十二歲少年真討厭。

「欸，托爾，我們回家之後用今天入手的戰利品，一起製作魔法道具吧？用鹽之森的眼淚做個你專屬的戒指，用藍蜻蜓的翅膀做件大衣。」

「小姐，您也距離戀愛兩字還很遙遠呢。」

對現在的我們來說，魔法比起談戀愛重要多了。

但我剛才已完全回想起來，紅色銀蓮花的花語。

我愛你。

這是不會開花結果的愛戀。

第三話　流星雨之夜

在那之後，三年過去了。這段時間我的經歷豐富不少。

比如說，跟托爾一起用地洞陷阱暗算舅舅，害他骨折。

比如說，再次教訓一頓在港口城鎮卡爾泰德販賣奴隸的海賊。

比如說，對企圖收托爾為專屬騎士的公爵千金施下詛咒，讓她作惡夢……

不知為何全是些罄竹難書的事蹟，但只要有托爾一起，我就無所畏懼。無論好事壞事，為了與彼此競爭，我們一起幹遍了各種事。

就這樣經歷了種種，我來到十四歲，托爾則來到十五歲。

我各方面都還充滿孩子氣，但托爾的體格已經跟大人們差不多，多了一些男性魅力。

「唉……只有這傢伙出盡風頭，真不公平。」

托爾只要一上街，就會被年輕女孩們的尖叫聲包圍。

畢竟他已徹底學會紳士該有的言行舉止，以及如何陪笑。

「欸，托爾，你別再對女孩子們獻些無謂的殷勤啦。」

「這有什麼辦法呢，小姐。誰叫歐蒂利爾家容易引來負面傳聞，至少我得表現得討喜一些才行。」

「……的確是，光是今天，我就被說了不知道多少的壞話。說什麼我把你當成自己的所有物、對你頤指氣使的感覺很討厭、你看起來好可憐之類的。」

「噢？小姐，我很可憐嗎？」

「誰知道呀，你好好捫心自問啦！」

今天因為父親要洽公的緣故，我們來到路斯奇亞王國第三都市——德爾赫古。

這裡是比格列茲公爵家族的領地，父親大人也在比格列茲家擔任魔法師顧問一職。

「明天就是公爵殿下主辦的舞會了。托爾，回去之後得繼續進行舞蹈練習才行。你呀，唯一的弱點就是舞技。」

「我明白啦。我也不想讓您蒙羞……但真是鬱悶……」

「啊，托爾你看，好可愛。」

熱鬧的大街上林立著各式各樣的攤販，我在一間販賣天然石首飾的小店前停下腳步。雖然都不是什麼名貴的飾品，但是東方國度的設計風格很創新，讓我看得有些入迷。

「有想要的嗎？我可以買給您喲。」

「不、不用啦。我還沒落魄到要拜託傭人買東西給我。」

「可是小姐，今天是您十四歲生日耶。您在這天幸運遇見我，對您而言是最可喜可賀的日子了。」

「……你也變得越來越伶牙俐齒了嘛。」

嗯……這樣喔～既然你都這麼說了～這個水滴狀的紅水晶耳環，顏色淡淡的很可愛耶～

正當我帶著還不差的心情物色飾品時——

「哇啊啊啊！搶劫啊！誰快幫我抓住他們！」

大街傳來高分貝的尖叫聲。就連如此管理有序的大規模市區，也有歹徒出沒。

似乎是有兩名男子結夥搶了中年女性的包包就逃，而警備隊正好不在附近一帶。

「托爾。」

「是，小姐。」

在我一聲令下，托爾握住腰間佩劍的劍柄，飛奔而上。

然後他使用擅長的飄浮魔法，讓惡徒們搶到手的包包輕盈地浮在半空中。

「啊啊！」「包包飛起來了！」

惡徒們急忙停下腳步，伸出手試圖搶回懸空的包包。隨後托爾俐落地出劍揮舞，將他們身上的裝備與衣物切得片甲不留。

「呃啊！」

我朝著不知為何需要難為情的惡徒雙人組開口。

「梅爾・比斯・瑪琪雅——荊棘呀，將其束縛。」

我施展了簡單的【草】屬性魔法，順勢利用放在路邊的玫瑰盆栽，用無盡延伸的荊棘將他們不堪入目的裸體給五花大綁。

「疼疼疼疼疼疼！」「刺到肉啦！」

惡徒們痛苦扭曲著，但是越這麼做，只會讓荊棘的刺扎得越深喲。

「啊哈哈！看看這副慘樣！誰叫你們企圖行搶。」

「這、這個臭小鬼是怎樣！」

「用這種口氣說話沒關係嗎？我就再把你們綁得更緊一些！」

「小姐，請別再玩弄歹徒了。現在已經分不清楚誰才是壞人。」

托爾將包包歸還給原本的女性，並且責備我。這已經是家常便飯了。

「歐蒂利爾家的千金與其騎士共同擊退了搶匪，真令人佩服啊。對了，之前也曾在卡爾泰德打敗海賊是吧。哎呀哎呀，真是後生可畏。」

正當我在別墅練習舞蹈時，得知此事的德爾赫古公爵——比格列茲卿把我叫了過去。他雖然愕然，但仍對這件事向我表達了慰勞之意。

「你肯定也擔心得要命對吧，艾略特？」

「呵呵，瑪琪雅有托爾照顧，我不用操太多的心喲，公爵殿下。」

父親大人也在房內，似乎正在跟公爵殿下規劃明天的流程。

公爵殿下的年紀足足比父親大人大了一輪，家中子嗣滿堂。順帶一提，他膝下有位與我同年紀的女兒絲米爾妲，那丫頭在溺愛下被寵壞了，個性極其任性。

公爵殿下本人倒是還好，跟父親也是好友關係，人品並不差就是了。

「說是犒賞也有點不好意思，總之，這次就允許妳使用城堡旁的觀星塔吧。妳之前說過對那個地方很感興趣對吧？」

「咦咦！真的可以嗎？公爵殿下。」

我不禁雙手合十，將上半身往前一湊。

比格列茲家位於可以俯瞰德爾赫古街景的山丘上，隔壁還有一座觀星塔。

「嗯，當然可以。瑪琪雅小姐認真求學的態度令我相當佩服。我們家小女要是也有妳這份上進心的話該有多好……她光顧著收藏時髦禮服……」

「那麼事不宜遲，我這就出發囉！」

公爵殿下的煩惱才傾訴到一半，我便拉著托爾離開房間。

一踏出房外，就遇見剛才提到的那位公爵千金絲米爾妲本人。她的髮型就像在頭部兩側各黏上一個可頌麵包。她邊用手指繞著自己的雙螺旋馬尾邊說：

「瑪琪雅，貴安呀，我現在可以大發慈悲陪妳玩喲！」

「啊，抱歉了絲米爾妲。我要去觀星，現在沒空。明天再說。」

「…………」

雖然嘴上那麼說，但她跟我從小就是玩伴，又是個怕寂寞的黏人精，所以常常「好心」想跟我玩。

不過我也沒那個時間，今天就先恕我拒絕了。

「這樣真的好嗎？小姐。人家好歹是公爵殿下的千金。」

「沒關係啦。誰叫她之前還企圖用金錢跟權勢的力量搶走托爾。」

「啊啊……的確有過那麼一回事。記得小姐您好像對絲米爾妲小姐施下作惡夢的詛咒，逼她打消念頭是吧。」

「嗯。我可不允許有人從我手中把你搶走。」

「畢竟我深受小姐寵信嘛。受歡迎的男人真難為呀。」

「……一臉得意洋洋的，真令人不爽！」

就在對話途中，我突然想起明天有件事要先詢問父親大人，於是「啊！」了一聲停下腳步。

「由我去代為請示吧？」

「不了，是關於要送母親大人的土產，由我直接問吧。托爾你先過去做準備。雖然現在是夏天，但這裡入夜之後會有點寒意。」

我踩著倉促的腳步折返，回到剛才公爵殿下的房裡。

結果絲米爾妲還在原地，依舊玩著自己頭上的可頌麵包。

「瑪琪雅真是的，回來這裡幹什麼呀～果然還是想跟我一起玩嗎？」

「不是啦，我有事情要問父親大人。」

正當我要敲門時，聽見裡面傳出父親大人的聲音，於是停住了手。

『其實……我正在考慮未來以養子的名義讓托爾入贅，成為我們家的婿養子。』

「……唔！」

無意間偷聽到的這句話，讓我驚訝地眨了眨眼，順勢跟絲米爾姐面面相覷。接著我們一起把耳朵貼在門上。

婿養子？這意思難道是當我的丈夫？

『……喔喔。我聽說那位少年無論在魔法還是劍術上都才華洋溢，器量也過人嘛。連我們家女兒都好幾次巴著我說想要他。』

『哈哈哈。他資質聰穎又體貼機靈，我也常不知不覺在出外洽公時帶上他，然後就會被瑪琪雅抱怨，說父親大人把托爾帶走，害她無聊得要命什麼的。』

『啊哈哈哈，這的確很像她會說的話呢。』

我隔壁的絲米爾姐也跟她父親一樣嚷嚷著「真的很像」，真煩耶。

『不過，這也代表了托爾是個人才。在魔法和劍術上擁有那般才能的人可不多吧。要不是小女瑪琪雅當初發現他，或許他至今仍是奴隸之身。如此一想，那孩子會來到我們家果然是命中註定……』

父親大人停頓了一會兒，接著對公爵殿下提出請求。

『如果可以，我希望在瑪琪雅進入魔法學校就讀的期間，讓托爾去王都內的騎士學校就讀。但是那所學校的就讀管道只有推薦入學，希望屆時可以得到公爵殿下您的鼎力相助……』

『原來如此。我明白了，艾略特。我跟你也是老交情了，況且站在比格列茲家的立場，也很樂見身為魔法師顧問的你們一家有更好的發展……』

聽完公爵殿下與父親大人的對話，我已把原本想問的問題拋諸腦後，小跑步離開了現場，同時還慌張失措地抱著頭。

托爾要成為我家的婿養子？

托爾要成為我家的婿養子……什麼……

「瑪琪雅呀，妳要跟奴隸出身的男人結婚喔？歐蒂利爾家竟然淪落至此啊。哪像我可是王妃候選人！」

絲米爾妲刻意跟在我後頭，說些挖苦我的話。

「妳那什麼口氣？絲米爾妲。妳之前明明也搶著想要托爾。」

「只是當騎士的話，出身背景我是能睜隻眼、閉隻眼啦，畢竟有張俊俏的臉蛋比較重要。但是結婚對象可就另當別論。貴族千金跟曾為奴隸的男人結婚，實在太荒謬了。瑪琪雅，妳還是死了這條心比較好吧~歐蒂利爾家以後會更加被瞧不起的。呵呵~」

我停下腳步。

說到底，絲米爾妲也只是把托爾當成「物品」。雖然口口聲聲說想要他，卻完全沒有把他視作一個立場對等的人類，或是一位好伴侶。

她的想法無異於那些把托爾當成奴隸買賣的傢伙。就只是看他漂亮，所以想占為己有罷了。

他們都不是真心愛著托爾這個人。

「被瞧不起？那正好啊。反正不管周遭的人如何閒言閒語，只要我喜歡托爾，就沒人有意見了吧。」

「咦？」

「反正我會成為偉大的魔女，我可是未來的魔女男爵耶。如果有托爾以丈夫的身分從旁支持我，怎麼想都是如虎添翼。到時候，我就要颳起一場大暴風雨，第一個就要吹走妳最寶貝的衣櫥！」

絲米爾妲臉色鐵青地跑去確認自己衣櫥的安危了。

我也飛奔似地離開比格列茲宅邸，急忙跑進觀星塔。

總覺得湧起一股強烈的衝動，想立刻看見托爾的臉。胸口緊揪得令我好難受。

不知是否因為用盡全力衝上迴旋梯的關係，我上氣不接下氣。途中為了平復呼吸而停下腳步時，我試著問自己的內心。

——我，剛才，說自己喜歡托爾？

喜歡是喜歡呀。自從相遇以來，他一直是我非常重視的人。

但是這種喜歡，難道是……戀愛？

「小姐您是怎麼了？難得能好好欣賞星空，您卻從剛才就一直咬牙切齒瞪著我，很嚇人耶……我做錯了什麼嗎？」

「……啊～沒事，沒有啦，嗯～」

「您在路邊亂撿了什麼東西吃嗎？總覺得依照小姐的個性，很有這個可能。」

他說得沒錯，難得有機會來到觀星塔的頂樓一睹晴朗的星空，我卻只顧著看坐在長椅上的托爾，猛盯著他的臉瞧。

父親大人說，想讓托爾成為婿養子……這件事該告訴他本人比較好嗎？

可是，如果他得知了絕對會拒絕。我保證他一定會用鼻子發出輕笑，回我「這實在辦不到」或是「要跟小姐成親，我還寧願一死了之」之類的。

是說嘛，我也自知過去幹了許多好事，才會讓他如此回答。雖然對絲米爾姐發下那般豪語，但結婚這件事的前提，本來就是要托爾答應才能成立。

「小姐，請過來吧。」

托爾在我旁邊坐下，掀開身上的斗篷。偏偏挑在這種時候……

「我……又不特別覺得冷，反而還有點熱呢。」

「但我有點冷。」

「………」

那裡確實是專屬於我的特別位置。我輿沖沖地鑽進斗篷裡，填滿了空間。因為我個子小，所以整個人被包覆在內。

「小姐果然很溫暖呢，不愧是【火】之驕女。」

「會把自己侍奉的大小姐當成熱水袋來使用的人，全世界也只有你一個了吧，托爾。」

這種互動明明早已成為稀鬆平常的習慣，今天卻連對方的心跳聲也令我忍不住豎耳聆聽。我至今為止是如何一派自然地跟他相處呢？

「這是蜂蜜咖啡牛奶，請用吧。我泡了熱飲，不過小姐比較想要冷飲嗎？」

「不，熱的好……謝謝。」

我接過馬克杯小口小口啜飲，然後發出了長長的嘆息聲，伴隨著些許寂靜。

「小姐，您果然哪裡不太對勁。竟然沒發現裡面沒加蜂蜜……平常您都會抱怨不夠甜的。」

「咦……啊！」

我現在才察覺到。我平時的確喜歡在咖啡牛奶裡加入大量蜂蜜飲用，托爾也很清楚這一點，所以會為我添加我偏好的分量後攪拌均勻。

「我、我偶爾也會喝喝不甜的咖啡啊！」

我一臉故作沒事地再啜飲一口，結果意識到沒加糖之後，露出苦澀的表情。

托爾一把搶過我的馬克杯，幫我加了一匙蜂蜜並攪拌均勻。

「……嗯，果然還是這樣比較好喝。」

「那當然。小姐，您還是這樣坦率點比較好。表面上看起來彆扭，其實內心非常直率又真誠——這就是您的魅力所在。」

「……我分不清你這話到底是稱讚還是挖苦耶。你在打什麼算盤？」

「請別這樣懷疑我呀。我在小姐的調教下，原本乖僻的性格也變得如此真誠了。」

「一臉若無其事地說這種話……」

不過，初次與托爾相遇時，他的確像隻被拋棄的瘦弱小狗，無法信賴人類。雖然至今仍維持沒大沒小跟愛挖苦人的個性，不過，他已成長為一位出色的騎士，為歐蒂利爾家效命。

我有朝一日也會成為歐蒂利爾家的魔女男爵。為了一族的興盛，找個有魔法能力的新郎入贅也確實是我的義務。

屆時站在我身旁的，如果是別的男人呢？

不，果然無法想像。魔力比托爾還強大的人才應該沒幾個吧。而且，如果他願意永遠待在我身邊，這會是最令我安心且樂見的結果。

托爾他是怎麼看待我的呢……

正當我茫然地仰望著此處的星空時，一道光束突然快速劃過眼前。

「啊，是流星！」

「從剛才就時不時出現呢。不用望遠鏡也能看得如此清楚，感覺真新奇。」

「托爾，看見流星要趕快許願才行。」

我放下馬克杯站起身，靠在塔邊的欄杆前仰望滿天星斗。

一明一滅的星星，強烈得就像陣陣脈動的心跳。

「啊，流星又來了！」

「『希望小姐能順利考上魔法學校』。」

「……咦？」

身後的托爾許下的願望，讓我愣了好一陣子，然後漸漸轉為擔心。

「這就是你的心願嗎？不行啦，你應該要多為自己祈願！」

「這是為了我自己沒有錯呀。小姐成為出色的魔女，歐蒂利爾家就能平安康泰，也就等於我的生活可以平安康泰，不是嗎？」

「這……或許是沒錯啦。可是，如果我沒考上呢？」

「雖然不可能，但若真的發生了，那也沒什麼不好。如此一來，我能待在小姐身邊的時間又變多，未嘗不是一件好事。畢竟後年您入學之後，就要展開住宿生活，四年內沒多少機會能好好見上一面。」

「…………」

「小姐，您今天果然哪裡怪怪的。該說文靜還是溫馴呢？總之不像平常的您。該不會發燒了吧？」

托爾來到我身旁，歪著頭對上我的視線。

他帶著擔心的表情，伸手貼往我的額頭跟臉頰，測量著體溫。

「不過小姐的體溫本來就偏高，量不太準呢……」

還不忘故意裝傻一番。

「欸，托爾……你願意永遠待在我身邊嗎？」

我微微垂低臉，態度又變得更溫順、收斂。托爾見狀，微微瞪大了眼睛。

「是，那當然。當初是您找到了我。我的心願就是在您成為歐蒂利爾家的魔女男爵後，以騎士的身分在旁為您效命……即使您在未來找到了某個貴族家的二少爺還是誰，決定跟對方共結連理。」

總覺得最後那句話特別令我感傷。

或許是因為見我露出複雜的表情，托爾又補了一句。

「啊，難道是因為這件事嗎？剛才小姐您回去找老爺時，公爵殿下幫妳媒合了什麼好對象之類的。」

「啊……」

「果然沒錯。我早就在猜……差不多是時候了。」

我在原地無言以對，結果托爾就這樣帶著誤會露出苦笑，不知為何伸手碰觸我的耳朵。

「咦！」

「請您別亂動，小姐。」

托爾認真地撥開我側邊的頭髮，同時把某個東西戴在我耳朵上。

「……這是？」

「嗯，您白天在市區的攤販上看到的那對耳環。雖然只是便宜貨……小姐，祝您十四歲生日快樂。」

他拿起另一邊的耳環展示給我看，然後又一臉認真地幫我戴上另一只耳環。

接著，他像個忠心耿耿的騎士般單膝跪地。

「瑪琪雅・歐蒂利爾小姐，我在此向您宣誓，此生必定效忠於您。今天這個日子，對我來說也是有幸與您相遇的命運之日。」

輕拂著臉頰的晚風明明是如此寒冷。

托爾的溫度與充滿真心的話語，深深打動我的心，同時讓我感到焦急難耐。

所以我——

「欸，托爾，我未來的新郎不要什麼貴族家的二少爺，就不能是你嗎？」

「您說什麼？」

「父親大人正在考慮送你去騎士學校就讀，然後以婿養子的身分入贅歐蒂利爾家。簡單來說，就是跟我結婚。只要你有意願，我——」

「等……等一下，請先等一下，小姐。這是怎麼一回事？」

這番爆炸性宣言似乎徹底嚇壞托爾，他站起身急忙搖頭。

但他滿臉通紅的慌張反應，完全超乎我的預料。

我原本還以為依他的個性，肯定會嗤之一笑。

「這、這萬萬不可！像我這種來自異國貧民窟的人，真的出生在極其低賤的家庭。這樣的我，會有損歐蒂利爾家的品格。」

「……托爾。」

「歐蒂利爾家光是發掘我、栽培我長大，就已經是我一輩子也還不清的大恩大德。竟然還要收我為婿養子？您不用為了我犧牲到這種地步，我已經非常知足了……」

「不是的，托爾。我們只是很重視你，希望能跟你成為真正的一家人，如此而已。因為，我……」

「……小姐。」

托爾伸出食指抵住我的雙唇，然後還是搖了搖頭。

「小姐，您還沒有真正看過這個世界。」

「…………」

「接下來您將會遇見各式各樣的人，無論在魔法學校還是社交圈。妳不是也說過想進王宮裡工作嗎？屆時您的眼界會變得更加開闊吧，或許也會找到心愛的男人。在您明白真正的愛情為何物之前，就先決定結婚對象，只是作繭自縛。這將會侷限您的自由。」

「可是，這番道理……也可以套用在你身上啊。」

我喃喃說道。

「你未來或許也會喜歡上其他女孩子。」

不自覺流露的心情脫口而出之後，我才開始反思其中的意義。

托爾愛上別的女孩，眼中注視的人將再也不是我……

我突然沒來由地悲從中來。我不明白自己為何要如此難過，但眼眶一熱，有了想哭的衝動。

「我、我……」

看見我這模樣，托爾似乎想向我訴說些什麼。

然而，就在此刻——

那是我從未聽聞過的體驗，卻莫名能了解其中代表的意義。

一陣福音高亢地響徹附近一帶，接著，我看見周遭突然亮了起來，才發現陣陣流星劃破夜空，比至今為止的景色更加壯觀。

「這是……流星雨！」

「天啊。」

在這個世界，流星代表一種福音。

宣告著某種尊貴的存在即將降臨。

「啊……」

經歷一陣頭痛欲裂的痛楚後，我陷入一種奇妙的感覺中，彷彿這些燦爛眩目的光群就要把我吞沒。

接著我的腦袋裡莫名出現好幾幅陌生的畫面，像跑馬燈一樣。

那是屬於某個遙遠世界的景色，不是這裡。

一位男孩安慰著因為大考失利而哭泣的我。

還有另一位女孩子，原本應該跟我很要好，卻與我喜歡上了同一個人。

在那天傍晚，我抱著想傳達的心意奔往頂樓。

然後「我」所看見的景象——

鮮紅色的夕陽、一片血海，以及倒在其中的兩人。

殺害我的那位金髮男子。

啊啊，又是那個夢。關於一個懦弱又消沉的女孩子的夢。

夢？不，不對。

這是我的上一段人生——是我的「前世」。

我不知道自己為何頓悟到這個事實。但在流星的指引下，我明白了那場夢是由遺漏的前世記憶所構成。

——從今以後，你就叫「托爾」了。

突然間，流星促使我回想起在此世為托爾命名的那段記憶。

這個名字當時就像天啟般降臨在我的腦海，讓我在無意識中賜予他。

托爾。TOORU。TO・O・RU……

對了，我記得我前世的心上人就叫做「齋藤徹（tooru）」

難道我無意間為托爾取了前世暗戀對象的名字嗎？

不，那個人也跟我一樣，同日命喪於同一處。

難道說，托爾就是那個人的——

「啊……」

意識總算被拉回現實世界。原本在眼前奔馳的光束，不知不覺間已全數殞落，流星雨也告一段落，夜晚回歸靜謐。

「……好痛！」

然而，身旁的托爾卻緊緊按住胸口，突然發出痛苦呻吟。

「怎麼了，托爾？」

「突、突然間……胸口灼熱得發痛……」

托爾站不穩，身體往後靠向欄杆後緩緩地下滑，整個人蹲在地上。

他的胸前露出了光芒。

我已將剛才那些甦醒的記憶所產生的困惑拋諸腦後，幫眼前的托爾脫下外套，解開襯衫的鈕釦。

「這是……」

我嚇了一跳。就在他心臟的位置上，浮現出神祕的印記，同時散發出淡淡光芒。那印記看起來既像四瓣的花朵，又像四角綻放光芒的星星，同時也像守護著某些東西的四把劍。

「托爾，我們去找父親大人吧！」

無論是剛才的流星雨，還是我無意間甦醒的前世記憶，這一切都不太對勁。

從這印記中能感受到魔力的存在。或許是什麼詛咒。

我帶著呼吸似乎有點困難的托爾下了觀星塔，去找父親大人。

但是比格列茲家的本邸也陷入慌亂，所有人都為了這突發狀況而群起騷動著。

「流星降下啦。」

「救世主大人要降臨了！」

這些話語此起彼落。救世主？我毫無頭緒……

「瑪琪雅，妳回來了啊。」

「父親大人！」

父親大人與公爵殿下一同從後廳出現。

「妳剛才在觀星，看見數量驚人的流星雨應該很吃驚吧。」

「先不說這個，托爾的狀況不太對勁！心臟！心臟的位置浮現了奇妙的印記！」

「……妳說什麼？」

「如、如果是詛咒的話該怎麼辦？托爾似乎也覺得胸口發疼，看起來很痛苦！」

看著托爾冷汗直流、表情扭曲的樣子，父親大人的表情變得凝重。

他檢查了托爾袒露的胸口上的印記後，雙眼瞪得更大。

「這是……」

「原來如此，他是『守護者』的其中一人嗎？」

用冷靜的聲音接續發言的是公爵殿下。父親大人也點頭表示認同。

接著他們把托爾從我身邊拉走，命令侍從把他帶往醫務室。

「托爾、托爾！」

「小姐……」

托爾望向我，又露出痛苦似的扭曲表情。

「瑪琪雅，妳冷靜點。托爾或許現在很難受，但馬上就會沒事了。」

「父親大人，告訴我，您能夠解除托爾的詛咒嗎？」

「那不是詛咒喔，瑪琪雅。托爾是『天選之人』。」

「……天選之人？」

「想必……無論是妳還是我，早在初次見到他時就明白了吧。那孩子是與眾不同的。只是沒想到，竟然代表著這麼一回事……」

父親大人微微垂低視線，露出落寞的笑容。

不，我根本不明所以。對於流星雨、托爾身上發生的事，以及一切的一切。

父親大人與公爵殿下再次前往內廳，並吩咐我待在房裡。

但我對於托爾的狀況心急如焚。

隔日，父親大人這麼告訴我：

「瑪琪雅，妳冷靜聽我說，托爾要被召往王都了。」

事情的發展超出我的預料。

「他被選中了，將成為四位守護者之一，負責守護來自異世界的『救世主』。比格列茲家將收他為養子，在公爵家的後援下赴往王都。這對托爾來說是最好的歸屬了。那孩子今後將成為遙不可及的存在。」

「等……請先等一下，父親大人您這番話的意思……我無法理解。」

我頻頻搖頭。

「托爾在哪？我從昨天到現在還沒見過他。而且，我還有話想告訴他……」

「瑪琪雅……好吧，我就乾脆地說了——我們必須對托爾死心。」

「……………」

「那孩子已不是妳的騎士，也不是歐蒂利爾家的門生或是傭人。他被流星選中，將成為地位比我們更加崇高的存在。今後我們再也無法干預他的人生。」

我無話可說，找不出任何話語來回應。

這話的意思是，簡單來說，托爾將要跟我們分離嗎？

「當初是妳發現了他，並且替他命名。妳果然是個擁有『賦予命運之名』能力的魔女——就像我們的祖先『紅之魔女』一樣。」

「……賦予命運之名……」

對了，替托爾命名的人是我。

我在無意間替他取了一個跟我前世的心上人一樣的名字……

「瑪琪雅？」

我按著心跳加速的胸口，同時拔腿奔馳。

跑出了比格列茲家，看見一輛馬車正要駛出宅邸大門。

馬車上坐著托爾，他的側臉看起來帶著陰鬱。

「等等，托爾！托爾！」

前世未能向心儀對象表明心意的我，在眾多後悔中結束了生命。

既然如此，那我必須親自確認——你到底是誰。

因為我還沒能弄懂，在心裡已確實緩緩萌芽的這股感情，到底代表什麼。

「托爾！」

然而馬車並未為我停下。原本試圖利用魔法追上去，但被身後的父親大人給制止，我只能眼睜睜看著托爾離去，前往遙遠的彼方。

「為什麼？為什麼要這樣……父親大人！」

「托爾背負著必須完成的使命。我會好好說明給妳聽，現在先忍耐吧，瑪琪雅。」

「……不要……」

我完全無法接受。

「不要不要我不要！我要把托爾搶回來，無論用盡任何方法！」

我已不是前世的那個我，不再把重視的寶物拱手讓人。如果有人想奪走，我也會全力阻止。我就是這麼一個魔女的後裔。

但是父親大人緊緊擁住隨時可能失控的我，用全力抱著我。

「死心吧，瑪琪雅。」

雖然口氣很嚴苛，但父親大人對於送托爾離開這件事，應該也很煎熬吧。

正因為深愛著托爾，才讓他以比格列茲家養子的身分啟程。

在那之後，父親大人鉅細靡遺地為我說明了關於流星夜的「祕密」。

那是路斯奇亞王國自古流傳的救世主傳說。

在流星降下之夜，福音將會響起，宣告來自異世界的救世主降臨。

四顆星同時散落各地，被選中的四名守護者將成為救世主之盾。

四芒星紋章將齊聚於黃金劍下，宣誓其忠誠。

救世主將朝著聖地梵斐爾前進，指引混沌的梅蒂亞迎向太平盛世。

簡直就像某些耳熟能詳的童話故事。

這個傳說被刻意替換內容，隱藏了其中的真正意義，以別種形式流傳至今吧。但是據說至今已有好幾位救世主降臨於梅蒂亞。

這個國家存在著一個無人不知的童話故事——《托涅利寇的勇者》。

這是關於一位勇敢年輕人召集四位同伴，打倒三個邪惡魔法師的故事。這正是以真實故事為基底，經過改編而流傳後世的救世主傳說其中一例。故事中的勇敢年輕人，原來指的就是從異世界降臨的「托涅利寇的救世主」

托爾被選中的身分，等同於童話裡登場的「四位同伴」。

正式一點的說法是心臟上帶有印記，從旁幫助救世主的「守護者」。

據說他們是在星星降落的夜晚，在流星的指引下被挑選出來的人。

『我們必須對他死心。』

我總算能理解父親大人當時說的這句話。

簡而言之，托爾已不再是屬於我的騎士。不再為了守護我而存在。

明明承諾過要永遠待在我左右，但這個世界不讓他如願。

他現在已背負起新的宿命，必須絕對效忠且捨身守護從異世界被召喚而來的救世主。

沒多久之後，我在偷聽父親與母親大人的對話時，得知了路斯奇亞王宮已尋獲救世主，並將其收留於王宮內。據說是個年紀與我相仿的少女。

托爾已成為了守護異世界「女孩」的騎士，而不是我的。

第四話　盧內・路斯奇亞魔法學校

哐噹哐噹……哐噹哐噹……

春天到來。

等待夏季收成的翠綠小麥田景色，從列車車窗外連綿不絕地流逝。

在路斯奇亞王國這般氣候溫暖的地區，盛產小麥、橄欖、葡萄、柑橘與檸檬等農作物。搭乘長途列車移動時便能深刻感受到，全國各地除了都市以外幾乎都是農業區的事實。

距離流星夜那晚，已過了一年又半載。

我——瑪琪雅・歐蒂利爾，今年來到十五歲。

此時此刻正帶著一只皮箱與魔法竹籃，搭乘魔力驅動列車。

此行目的是前往我考上的盧內・路斯奇亞魔法學校，辦理入學手續。

在我放空的同時，附近一帶杏樹林花朵盛開的風景不時掠過視野，每每讓我心中漾起寧靜的漣漪。

「杏樹開的花……跟日本的櫻花有點像呢。」

日本——那是我前世生活過的國度。

……抱歉呀，上輩子的我。

從年幼時期就數度在夢境中親眼目睹她的存在，卻絲毫未察覺那正是自己的前世。一直以來把她貶為懦弱又消極的女孩，我在此對於這番行為向她致歉。

〇

失去托爾之後，我經歷了許多。

我因為過度的寂寞而變得自暴自棄，動不動就失控暴走或是以淚洗面，持續著情緒不穩定的狀態。

這時，名義上成為托爾妹妹的那位公爵千金——絲米爾妲‧比格列茲對我說：

「魔法學校就在王都裡，妳或許有機會在某處跟托爾『哥哥』巧遇也說不定喲～」

我心想此話有一番道理，於是開始努力準備魔法學校的考試。絲米爾妲，謝謝妳。

雖然我過去也相當投入於鑽研魔法，但在立定了一個明確目標後，我像是被附身般埋頭苦讀。連我那採行放任主義的父母，都擔心起我的身體撐不撐得住。

據說托爾被召往王宮後，隨即奉命加入王宮騎士團接受栽培，以成為一位優秀的守護者。

因此，只要前往王都，或許有機會在某時某地與他重逢。

從他離開後，我們未曾碰過面，他也沒捎來任何音訊，但我心裡認為，自己必須再見他一次。

我幾度思考了關於在夢境裡與流星雨那夜所見到的光景，也就是我的前世。

那一天發生太多風波，在混亂的狀況下，我未能及時深思其中的意義。隨著時間過去，我逐漸拾回了記憶，再次確信那正是自己的前世。

若是這樣，那麼轉世的人應該不只我一個，或許托爾也是由當時喪命的意中人投胎轉世而來……

這只是一種近似直覺的臆測，毫無任何根據。

單純只是我在無意間替他取了同樣的名字。托爾與那位男孩，無論在長相還是個性上，感覺並沒有多相似。

那一晚，托爾的表現也並不像是想起了什麼前世的記憶，反倒因為被選為守護者，根本無暇顧及其他事情。

下一次如有機會見到他，無論如何都要確認關於前世的事。

無論他最終是不是我前世的意中人都無所謂。

我只想釐清那一天自己所認定對托爾抱持的情愫究竟為何。

因為，不就是這樣嗎？

很有可能是出於「前世的我」的留戀，所產生的一種假性愛慕不是嗎？

如果真是受前世的牽掛所影響而會錯意，那我必須斷個乾淨。

但若能確定這股感情是對托爾本人的心意，我這一次就得清楚傳達——即使這個告白不會有任何結果。

如果不做個了結，我將無法踏出人生的下一步。

也無法徹底對托爾死心……

因為就算找回了前世記憶，我也早已活出屬於瑪琪雅・歐蒂利爾的人格，必須以瑪琪雅的身分為這份情感找出答案才行。

至於前世的我，就暫且把她當成一位只有我認識的「心靈夥伴」以示尊敬，懷抱著感恩之心借用她的記憶與知識吧。

畢竟，若這段記憶的出現具有任何意義，肯定是對我發出的一種「警告」。

——關於那個取走我與其他人性命的金髮男子。

如今我已能清晰回想起他的外貌與留下的話語。

來到此生的我才終於明白。

那個男人當初的確對我說出「梅蒂亞」這三個字。或許他是從這個世界橫跨到那個世界，取走我們性命的吧？

就像救世主傳說也證明了異世界確實存在。

連接異世界與這個世界的道具就是「魔法」。應該是轉移魔法或召喚魔法的延伸運用。雖然極為困難，但並非不可能。

若金髮男子熟諳這類魔法……他現在也有很高的機率已經回到梅蒂亞這個世界。

如果真是如此，今後必須提高戒備才行。

那男人曾留下一句相當關鍵的話語。

『無論投胎轉世多少遍，我必定都會取妳性命。』

○

哐噹哐噹……哐噹哐噹……

「……啊。」

我愣愣地望著車窗外的景色，沉浸於思緒中，結果不小心把擱在膝上的書弄掉了。那是一本以羊皮紙製成的老舊食譜。

我撿起書本，回到現實。

這是祖母在我離開德里亞領地之際送給我的禮物。

本書的作者是何許人也、又是寫於何時，我都無從得知。不過記得祖母當時告訴我要好好學習這本食譜裡的內容，而且吩咐我把「紅之魔女」過去愛用的魔法竹籃一起帶去學校。

肚子正好有點餓了，我打開竹籃並拿出一顆鹽蘋果，邊吃邊翻閱這本老舊的羊皮書食譜。

「鹽蘋果汁搭配紅蘿蔔絲做成涼拌沙拉，就連討厭蔬菜的孩子也讚不絕口。鹽蘋果汁可以促進魔力循環，建議每日飲用。豬肉燉大豆佐鹽蘋果與蜂蜜的滋味，能夠征服男人的胃……嗯哼。」

在鹽蘋果分類的頁面上，理所當然記載了使用鹽蘋果入菜的各種料理。每一道都是祖母與母親的拿手菜，也是我從小吃到大的味道。

簡單來說，出生在歐蒂利爾家或是嫁進來的魔女，都必須學會這些傳家菜色，而現在輪到我來繼承了。

母親已經為我打好魔法料理的基礎，接下來就趁在學期間把這本食譜融會貫通。畢竟我什麼沒帶，就是帶了滿滿一整籃的鹽蘋果出發。

由於父親有工作在身，母親又不想出門，我便隻身前往王都米拉德利多。按照計畫，舅舅將會在我抵達目的地後來接我。

話說回來，這還是我此生第一次搭乘這種列車。

這種列車有別於我在前世所搭乘過的車型，座位採包廂形式，隨著每站停靠，會與形形色色的陌生人比鄰而坐，不過這也別有一番風情。前往王都的交通方式有渡船與飛船等各種手段，而我選擇了鐵路之旅。雖然需要多花點時間，但多了份愜意。

離開德里亞領地才知道，路斯奇亞王國是個魔法大國，相關產業蓬勃發展，有各式各樣的交通運輸工具。

『下一站即將停靠王都米拉德利多，王都米拉德利多。』

噢，到達目的地了。我將皮箱從貨架上取下，深呼吸了一次。

從今天起就要展開新生活，我懷抱著滿心的期待。

「喲，我可愛的瑪琪雅小姐總算來啦。一年不見了呢！」

「有這麼久嗎？梅迪特舅舅也一點都沒變。」

在車站迎接我的是母親的弟弟，烏爾巴奴斯・梅迪特。他那頭深綠色的頭髮與蛇一般的眼睛，跟母親像是同一個模子刻出來的。

他身穿長襬的深褐色長袍，搭配同色的大帽子，戴著看起來更添古怪氣息的單邊眼鏡，造型令人印象深刻。沒記錯的話，他今年應該二十八歲，任教於盧內・路斯奇亞王立魔法學校。目前單身的他特別疼愛我這個外甥女，是個總對我默默露出笑容的怪大叔。

順帶一提，以前我跟托爾曾在家門口做了個地洞陷阱來防範可疑分子，結果臨時登門拜訪的舅舅栽了進去，因此骨折。

不過舅舅姑且是個魔法藥學專家，所以用自己調製的藥三兩下就治好了。

「妳真是越來越亭亭玉立了。個子長高不少，已經完全是個成熟的淑女。」

「可能是高跟鞋的加分效果吧。不過我這一年就長高了五公分喔。」

「已經很了不起啦，以前的妳才這麼嬌小。」

「呃，我也沒矮成那樣吧……」

看舅舅用手比出明顯過低的位置，我向他吐嘈了一句。

不過，的確沒錯，沒多久前的我還很瘦小，五官跟體型都充滿稚氣。

但在托爾離開後，我有一段時期埋首於準備考試而廢寢忘食，整個人變得消瘦又憔悴。我的雙頰凹陷，肌膚、髮絲、嘴唇全變得乾燥粗糙。在大鏡子前看見這模樣時，發現自己已配不上托爾送的那對紅水晶耳環，因而深受打擊。

不能再這樣下去了。

我如此心想，於是為了重新振作起來，充分攝取能補充營養的蔬菜與肉類，並且多喝牛奶。為了轉換心情，還向母親學習魔法料理，然後自己下廚。

最重要的是，我開始會去荒野與鹽之森運動，以找回體力；也拜託家裡的老騎士戈德溫當指導教練，鍛鍊身體。結果這些改變也讓我能更專注於準備考試，有百益而無一害，真後悔沒早點下定決心。

再加上發育期的影響，這將近一年的時間裡，我認為自己給人的印象已有所不同了。

因為長高的關係，身形變得修長且成熟許多，原本平坦的胸部也多了些女性的豐滿。下巴與頸部曲線變得纖瘦許多，雖然五官仍帶著少女氣息，但已不見過去的稚氣。在前往魔法學校就讀前，我也徹底學習了化妝技巧，並且開始注重頭髮與肌膚的保養，就連原本不愛穿的高跟鞋也都適應了。

雖然原本就是個絕世美少女，我又再度費一番苦功提升自身的美麗。

畢竟有朝一日與托爾重逢時，我當然希望自己處於最適合他送的耳環的狀態。

過去的瑪琪雅・歐蒂利爾，意外是個愛哭鬼。

但在失去托爾之後，或許是因為已流盡一生的眼淚，或許是因為前世記憶復甦而擴充了自己的資訊量，又或許只是單純因為長大了。

從那之後，我不再哭泣了。

王都米拉德利多。

位於路斯奇亞王國最南端的這座「水都」，坐擁縱橫交織的運河與水道，提供眾多水上魔法船運行。

「唔哇～那就是米拉德利多城？實際景象比照片看起來更壯觀耶。」

我們也搭乘著往返於水道的船隻，穿過能一睹王城美景的中央水道。

被水路與十根水晶柱包圍的王宮，座落於王都米拉德利多的中心。

純白的城牆搭配有「米拉德利多之藍」之稱的藍色屋簷，非常亮眼。城堡的外部裝飾彷彿戴著無數金冠一般金碧輝煌，城堡內應該也充滿各種絢爛華麗的廳房吧。這挑起我的少女情懷，開始想像裡面舉行舞會時將是怎麼樣的場面。

「欸，瑪琪雅小姐，把身子探得太出去可會跌下河的喲。觀光客落水的意外在這裡可是很常見的。」

坐在對面的舅舅邊含著菸管吞雲吐霧邊警告我。

「舅舅，你去過那座城堡嗎？」

「偶爾囉。不過鮮少有機會遇到托爾。」

「……這樣喔。」

托爾就住在那座王宮中，與那個從異世界意外降臨的少女，還有集結於四芒星紋章下的同志們一起生活。不知道他現在是否已徹底融入這個大都市了。

「是說妳也該快點忘掉那個臭小鬼了吧，瑪琪雅小姐。」

「舅舅從以前就對托爾充滿敵意耶。」

「那當然，誰會喜歡那種年輕有為又有一張姣好臉蛋的討人厭小子。而且有一次我帶著禮物想去給瑪琪雅小姐一個驚喜，結果被他害得骨折了！」

「那次的事情我也有份啦。我們只是想順便練習魔法才做了個地洞陷阱，沒想到你會中計。啊，舅舅你看，那些檸檬樹好可愛，還有專賣檸檬甜點的店家！」

船隻行走在水路上，讓我們沿途得以欣賞米拉德利多的街景。

這一帶的群島盛產檸檬，島上林立著許多店家，專門販售以檸檬製成的點心、料理或雜貨什麼的。

往繁華熱鬧的島中心區前進，還會有街頭藝人在路邊演奏音樂或表演才藝。

這裡的公寓有著純白色外牆，更加襯托出米拉德利多藍色的屋簷與窗框之美，搭配起來非常時髦。乳白色的磚道上林立著彩繪玻璃外型的魔法路燈，路上不乏穿著時尚澎袖服裝的女性，以及身著西裝的紳士。

有著極具特色的圓弧狀玻璃屋頂的拱廊商店街，更是這地區的壓軸美景。這裡是著名的商店街與觀光景點，同時也有打造水路，以供水上魔法船運行。我仰頭望著玻璃材質的屋頂，想必露出了目瞪口呆的表情。

穿過中心區域之後一路南下，便能感覺到景色的氛圍為之一變。

並排於沿岸的民宅有紅有綠也有黃，色調十分自由奔放。生長於路邊的檸檬、柳丁與橄欖樹枝葉低垂，綠葉沐浴在充足的陽光下閃耀動人，並且結著一顆顆寶石般的美麗果實。穿著庶民風服裝的男男女女各自在工作崗位上努力，孩童們則是開心地嬉戲玩耍。簡單的魔法工具似乎也已普及於這裡的平民階級，他們會使用伸縮自如的長柄剪刀來剪枝，或是使用以魔力來驅動的載貨台。孩子間似乎還流行一種彩色玩具球，無論丟往多遠的地方都會自動滾回來。

在這個名為米拉德利多的王都，並存著充滿歷史性與現代色彩的建築，以及扎根於生活中的文化與魔法。人們生氣蓬勃的日常生活令我相當感興趣。

「嗯，我覺得自己好像能喜歡上這片土地呢，舅舅！」

「那就太好了。不知道學校那邊如何呢？」

船隻鑽進大橋下，再次重見天日時，一陣海水的氣息撲鼻而來。

視野變得比剛才更加明亮，藍天碧海映入眼簾。接下來我看見的是——

「歡迎蒞臨盧內・路斯奇亞王立魔法學校。」

這座陸連島透過一條長長的大橋與王都米拉德利多的沿岸相接。

漂浮於碧藍大海上的這塊陸地，與其說是島嶼，更像是一座巨大堡壘，扮演著類似要塞的角色。

高聳壯觀的建築物群盤踞於陡峭的斜坡上，建築風格融合了各時代之大成，頂端豎立著一座細長的水晶燈塔。塔頂掛著圓形的魔法水晶，在這樣的白晝中仍綻放出不可思議的閃耀光芒。

「好壯觀……這就是被譽為頂尖魔法學府的盧內・路斯奇亞魔法學校！」

這是我一直以來嚮往的地方。現在內心的感動更勝於剛才目睹米拉德利多美景時，讓我情不自禁地鼓掌。

從水上魔法船登陸後，我們穿過了通往島嶼的大橋，前往位於海上的魔法學校。

莊嚴的校門前有一座巨大山羊雕像，以及不意外地仍有結實纍纍的鮮黃色檸檬樹靜靜佇立於此。我帶著緊張感踏入校園內。

「盧內・路斯奇亞魔法學校就像一座小型城鎮，利用這座島上的所有設施授課。這裡有大教堂、講堂、學生宿舍、研究設施、眾多工作室、教職員住宅區、眾多餐廳與小商店、販售各種課堂所需用具的魔法道具專賣店，以及小型的紀念品商店。只要取得校方許可，學生也可以在這裡開店。還有，這裡種的檸檬樹供師生自由採集果實。檸檬樹長有尖刺，可要多加留意喔。」

「這裡比想像中來得自由呢。」

「畢竟魔法師基本上是採自由放任主義嘛。不過，也有許多需要自負責任的狀況，就算是學生，也並非百分百能活在學校的庇護下。這裡就是這種地方。」

「……嗯，我並不討厭呢。」

午後的和煦陽光，從層層交疊的老舊建築物縫隙間照了進來。

心中產生一股難以言喻的高昂感，彷彿誤入未知的世界。

生長於學校各處的檸檬樹所散發的果實香氣，今後將成為伴隨我日常的芬芳。

「啊……」

踏著乳白色的磚階而上，我發現一片類似中央廣場的空間，其中有一座古老的噴水池。

一位男孩正靜靜仰望著噴泉。

他有一頭白金色頭髮，身上穿著有點寬鬆的舊西裝。

是這所學校的學生嗎？他的氛圍非常奇妙，讓我不禁用眼角餘光注視，結果感覺到彼此眼神透過噴水池噴射的水柱縫隙，有短短一瞬間交會了。

那對鮮豔的洋紅色眼眸彷彿融合了紅與紫，非常罕見……

「瑪琪雅小姐，往這邊走喲。」

「啊，好的。」

在舅舅的呼喚下，我登上了更高的地方。

從這裡能一睹碧藍色天空與綠松色海洋，還有米拉德利多的街景與散落於周圍的其他小島。就連綿延於島上斷崖處的檸檬樹梯田景色與翱翔的海鳥，也能一併盡收眼底。

「女子宿舍在這邊喲。」

想當然耳，宿舍分為男宿與女宿兩區，女宿明顯被包圍在巨大的高壁之中，甚至令人不禁懷疑這裡才是真正的要塞。

舅舅摸了摸口袋，掏出某樣東西遞給我。

是盧內・路斯奇亞王立魔法學校的學生手冊。

「謝謝你，舅舅。」

「最後容我提醒妳一句，瑪琪雅小姐，以後在學校內記得喊我『梅迪特老師』。」

「啊，對耶……那好吧，梅迪特老師。」

「很好很好。我一直期盼著有一天能被瑪琪雅小姐如此稱呼。好好期待我的魔法藥學課吧。」

「…………」

我今後就要接受舅舅，不，梅迪特老師的諸多指導了，總覺得心情很複雜。

「那就先這樣囉，瑪琪雅小姐。我大多數的時間都待在五號館的專用工作室裡，有什麼事情儘管過來找我。比如說校園生活的疑難雜症啦，或是看室友不順眼之類的。」

「原來有室友嗎？」

「咦，妳不知道啊？宿舍基本上是兩人一間，妳也會有同房的室友喲。我記得應該是……我想想喔……」

然後，我一面確認著入學通知書上的號碼，一面尋找自己的房間。

「梅迪特老師，下次課堂上見囉。」

迫不及待的我，穿過了戒備森嚴的女子宿舍大門。

「我明白了！我自己去一探究竟！」

女子宿舍2020號房。我站在漆成白色的老舊木製房門前。

古典風格的黑色門牌上寫著房號，房門旁則貼了一張寫著名字的紙。

在我姓名下方的是——

「勒碧絲・特瓦伊萊特？」

紙上的姓名很特殊，不怎麼常見。

我隨手整理了一下頭髮，念著「第一印象很重要、第一印象很重要」，像詠唱咒語般喃喃自語，踏入房內。

由於我外表給人的第一印象實在不佳，所以進房時盡力擠出了討喜的笑容。

「…………」

純白色的牆壁與橡木材質的地板。房內的家具僅有擺在正中央、同為橡木製的桌椅，以及老舊的魔光油燈。房裡的窗戶雖然敞開，但不見半個人影。

黃色的夕陽穿過隨風擺盪的水藍色窗簾射入屋內。屋外附有寬敞的半圓形陽台，這令我有點高興。陽台還有橄欖樹與薄荷盆栽。既然有這麼大的空間，感覺再多種點什麼植物也不成問題。

「……嗯？」

隔壁房間傳來嘎吱嘎吱的奇妙金屬聲響。看來應該是寢室的位置，於是我便往內窺探。

房裡有兩張床，一位少女站在中間。

房內窗戶似乎正好開著，少女的黑色長髮隨風飄逸。

「啊……」

空氣中的氣味告訴我，夕陽即將西下。

我努力擠出來的笑容，剎那間轉為驚訝的表情。

當她往我這裡一瞥時，那對暗紫色的眼神直直射穿我，令我不自覺地產生一種想法——她跟托爾有幾分神似。

雖然她的眼眸並非托爾那般鮮豔的紫羅蘭色，但一樣是黑髮，整體印象讓我聯想到托爾。

「妳好。」

這位少女用含糊的細喃聲向我打招呼。

「妳、妳好！」

手裡還拎著皮箱的我也回應了她。

定睛一看才發現，在如此暖和的天氣，她仍穿著長袖的長版黑色洋裝。

她將一頭長度幾乎及腰的黑髮綁成鬆散的三股辮，隨著步伐擺盪的側邊頭髮掠過白皙的肌膚，更添一層神祕的美感。不過，她每一步踩在地板上的步伐都嘎吱作響，類似剛才聽見的金屬聲，令我不解。難道她的鞋子是鐵打的？

「我叫勒碧絲‧特瓦伊萊特。」

「我、我是瑪琪雅‧歐蒂利爾。」

我莫名一陣緊張。對方見我伸出手便微微瞪大雙眼，帶著些許疑惑，緩緩握住我的手。

她的手異常冰冷，而且微微顫抖。

光就剛才的交談看來，她明明表現得非常冷靜沉著，難不成其實也很緊張嗎？

「妳來自哪裡？我是德里亞領地那邊的人。」

「我是……來自福萊吉爾皇國的留學生。」

「噢，福萊吉爾！」

福萊吉爾皇國是西方的大國，也是與路斯奇亞王國關係良好的友邦。

身為繁榮的軍事強國，想必擁有數量驚人的航空戰艦。我記得國王臥病在床，所以由年少的女王代理朝政。

「我認識一個跟妳很像的人。他有著相似的黑髮跟紫色眼睛，也是出身自福萊吉爾。福萊吉爾人大多都有類似的特徵嗎？」

「……跟我很像的人？」

少女微微歪頭疑惑。

「這樣呀，這可真是令人好奇呢。」

她彎起了氣質成熟的雙眼，露出微笑。就在此時，一隻小黑貓靈巧地穿過她的腳邊，我嚇得「哇啊！」大叫一聲並且跳了起來。

「啊啊，嚇到妳了嗎？不好意思。」

「這、這孩子是？」

「是我的使魔，名叫『諾亞』的夜貓。牠非常溫馴的，精靈屬性為【闇】。」

「天啊，妳已經能役使精靈了！」

「是的。由於家業所需，所以我熟諳精靈召喚術。」

依照慣例，進入魔法學校的第一堂課，就是學習如何召喚出自己的使魔精靈，但她早已經學會，而且擁有自己的精靈了……真厲害！

身為夜貓的諾亞也有一雙帶著灰色的淺紫色眼珠，擺出一臉滿不在乎的表情乖乖待在勒碧絲的腳邊。雖然種族不同，但他倆的整體色調很相近，有一種姊弟般的親密氛圍。

勒碧絲抱起黑貓諾亞，讓我好好看看牠的臉。

我撫摸充滿光澤的毛皮，並且搔了搔諾亞的下巴，牠便享受似地瞇起眼睛，十分可愛。

「我們特瓦伊萊特一族的使魔大多都是貓類。」

「據說使魔與家族的血脈有很深的關係性呢。我父親的是烏鴉，母親的則是蛇。所以，我想我的使魔大概也會是這兩者其中之一吧……」

但也有可能出現截然不同的種類。雖然不知會是哪種精靈，總之我也想快點召喚出使魔，讓牠聽命於我。

烏鴉也好、蛇也罷，只要來到我身邊，我都會好好疼愛牠。

「那個……瑪琪雅。」

聽見她理所當然似地直呼我的名字，讓我感到些許詫異。

「學校說今天內要去領取制服，要不要一起去呢？似乎是由宿舍長負責分發。」

「嗯嗯！當然好。」

與同學一同度過校園生活的這種感覺，總令我有些懷念。

前世的我也曾有過同窗好友。我們感情非常好，總是形影不離，但最後喜歡上同一個人，演變為複雜的情感。

「2020號房的瑪琪雅・歐蒂利爾小姐與勒碧絲・特瓦伊萊特小姐對吧。啊，我是女子宿舍長娜吉・梅迪特，就讀四年級。瑪琪雅小姐應該對我很熟悉了，不過以後還是請多多指教。」

個性直爽大方的女子宿舍長留著深綠色馬尾髮型，她將列在某張清單上的我倆名字打勾，並且依照當初申請的尺寸分配相對應的制服給我們。

「好久不見了，娜吉姊。在這裡是否叫妳娜吉學姊比較好呢？」

「畢竟雖然身為表姊妹，但我姑且身兼宿舍長之職嘛～以後敬我三分呀。」

「是！還請多多關照！」

看在輩分上，此時我挺直了腰桿回應。

事實上娜吉姊是母親的哥哥，也就是梅迪特一族現任當家的女兒，與我互為表姊妹關係，過去曾見過幾次面。

梅迪特家族是魔法師名門，嫡系本家位於王都內，同時是盧內・路斯奇亞魔法學校理事會成員之一，據說在校內掌握大權。

「再來是勒碧絲小姐，妳是留學生對吧。歡迎妳遠道而來，進入盧內・路斯奇亞魔法學校就讀。」

「是，以後要麻煩學姊照顧了。」

勒碧絲優雅地點頭致意。

「在女子宿舍遇到任何問題，隨時來找我商量。畢竟女生之間狀況特別多，況且大家都是未來的魔女啊。就算真的發生什麼事，老師們也只會袖手旁觀。」

「呃，嗯……」

「好啦，簡單來說就是好自為之，新生們。啊、哈、哈！」

娜吉學姊爽朗的笑容似乎很耐人尋味。今後到底有什麼等待著我們呢……

回到房裡，我馬上打開制服的包裝紙。

盧內・路斯奇亞魔法學校的制服，是白色襯衫搭配深藍色的長裙與連帽長袍，屬於最典型的款式。胸前的領結則是依照學年區分顏色，並且習慣用顏色相對應的寶石來稱呼各年級。

我們一年級生的領結是紅色，所以被稱為石榴石。

順帶一提，二年級是藍色，被稱為坦桑石；三年級是綠色，被稱為橄欖石；四年級是黃色，被稱為黃水晶。每年在畢業的同時，畢業生會將代表色傳承給下屆一年級生，但唯有被稱為五年級的研究生，固定維持紫色領結與紫水晶的稱呼。

「勒碧絲妳看，原本就耳聞這裡的制服好看，果真很可愛呢。」

「……嗯。」

勒碧絲的回應有些含糊。我心想她是否不太中意這樣的款式而望向她，才發現她的臉色比剛才更加慘白，額頭上冒著冷汗。

「妳是不是哪裡不太舒服？」

我攙扶著試圖前往盥洗間但步履蹣跚的她。

「……不好意思。因為我還不太習慣路斯奇亞王國的溫暖氣候。」

勒碧絲邊說，邊伸手扶上盥洗間的門把。見她的手無力地滑下，我立刻伸出手撐住她，並從中感受到她的魔力循環不太對勁。

一股異樣感讓我回想起先前與她握手時的感受。

她的手格外冰冷，並且微微顫抖。我當時以為她只是緊張，但……

她緩緩滑下身子，跌坐在地，簡直就像全身電力耗盡一般。我試圖將她扶好並在她旁邊坐下，然後挽起她的黑色長袖。

「這是……」

我緩緩瞪大眼睛。沒想到她的右手是魔力驅動型的義肢。

義肢看似具備模擬正常手臂外觀的功能，但目前已經半失靈。

「不好意思……瑪琪雅，害妳嚇到了。」

勒碧絲看起來十分痛苦。這種道具超出我的知識範圍，不過用手心感應其魔力的循環，原因似乎出在魔導義肢與肉體的接合處發生魔力無法流通的問題，這或許就是造成義肢失靈的主因。

我看了看勒碧絲從裙襬露出的雙腳，似乎有一隻腳也是義肢。她在走路時發出的嘎吱聲，正是來自於義肢嗎？

「這種魔導義肢是福萊吉爾的最新科技，布滿了『魔導迴路』，是非常優秀的產品。但由於與人體同步化的關係，只要魔力循環不良就會導致義肢動作遲緩。」

「原來……是這樣。」

她的手會顫抖，或許也是因為身體狀況本來就不太好。

手腳各有一隻是義肢的她，到底曾經歷什麼樣的過去？

雖然很想追問，但我暫時忍住了這個疑問。

「我曾聽說路斯奇亞王國蘊含著古代的魔力，來到此地的異國人都會因為體內的魔力循環受干擾而水土不服。總之，妳先躺回床上休息吧。」

我試圖抱起勒碧絲，但失靈的魔導義肢非常重。

「請、請別勉強。這是由特殊金屬所製，重量很驚人。我用爬的過去就好……」

「放心、放心，現在就是飄浮魔法派上用場的時候啦。」

我對勒碧絲施了飄浮魔法。雖然我的能力還無法移動她整個人，但至少能減輕一些重量。真慶幸當初有向托爾討教。

我發出一聲「嘿咻」，把全身無力的勒碧絲背在肩上，帶著她前往床邊。

「我去叫老師過來喲，妳先等一下。」

「沒關係！我稍微休息一會兒，等身體適應這裡的氣候之後，馬上就能復原了。」

「難道說……妳不太希望被大家知道魔導義肢的事情嗎？」

她點了點頭，似乎有什麼苦衷。雖然我覺得去給校醫看一下比較好……

「我明白了。那不然把衣服脫掉吧，至少能舒坦一些。」

我幫忙手腳無法自由活動的勒碧絲，將她的鞋子與黑色洋裝脫下，並扶著她在床上躺平。

魔力是一種類似血液一般循環於體內的動力，用來驅動魔法。

體內魔力循環失調的現象，經常出現在年幼的魔法師身上。另外像是勒碧絲這樣接觸到陌生異地的魔力時，也特別容易引發。這現象會伴隨著頭痛、噁心以及魔法失靈的症狀。以勒碧絲的狀況來說，身上的魔導義肢也會連帶無法靈活操控吧。

我在小時候也曾發生過幾次魔力循環失調症狀。

每當遇到這種時候，我記得好像都會喝鹽蘋果汁。鹽蘋果具有淨化體內魔力、調節循環的效果，最重要的是能讓身體的不適一掃而空。

「我帶了在鹽之森採集的鹽蘋果過來，這就去榨點果汁回來，妳等我一下。」

我踏出臥室，隨即打開自己帶來的魔法竹籃，從中取出一顆鹽蘋果、祖母給我的食譜以及蜂蜜，並且準備了來宿舍路上順道摘的檸檬，還有房間內提供的杯子。

房裡有簡單的廚房設備，於是我便翻開食譜裡記載蘋果汁做法的頁面，馬上著手製作鹽蘋果汁。

我先使用【風】系魔法，將鹽蘋果封在一小圈的氣旋中，在裡面切碎與攪拌。這也是托爾以前常用的魔法，非常方便。

接著將玻璃杯舉往球狀的氣旋旁，顏色混濁的鹽蘋果汁便伴隨著咕嘟咕嘟的美妙聲響注入杯中。我拿起銀匙加了一匙蜂蜜，並且擠一點檸檬原汁進去之後攪拌均勻。

我用戴著戒指的那一指輕觸杯緣，開始詠唱。

「梅爾・比斯・瑪琪雅——使魔力循環，化為蘋果色的血液。」

至於第二咒語的部分，我則照念了食譜上記載的內容。據說魔法料理相關的咒語，要連同食材的名稱一一詳細念出來，才能發揮更好的效果。

最後我從陽台的薄荷盆栽裡借用了一片薄荷葉，裝飾在鹽蘋果汁上，然後端到臥室去。

「我做了鹽蘋果汁喲。這是歐蒂利爾家的魔女代代相傳的配方之一。妳慢慢來不要急，先喝一口看看。」

我幫忙扶著勒碧絲從床上坐起身，並把玻璃杯遞給她。

她用還能動的左手拿著杯子，試飲了一口。

杯裡的鹽蘋果汁帶著混濁與黏稠感，我想味道應該很濃醇。

「真是神奇的味道，除了甘甜以外還帶著微微的鹹。」

勒碧絲喝了一口，雙唇離開杯緣輕吐了一口氣。她又接連喝了好幾口後，或許是身體的不適逐漸緩解，臉色變得越來越紅潤，魔力循環似乎也恢復正常了。

「看來似乎奏效，太好了。否則明天要是無法出席入學典禮就太可惜了。」

「那個……妳不會覺得我很噁心嗎？拖著這副像是機械般的身軀。」

「咦？噁心？」

突如其來的問題，讓我愣愣地眨了好幾下眼睛。接著我再一次觀察勒碧絲的手腳，甚至還往棉被裡窺探。以鋼鐵製成的魔法義肢⋯⋯

「咦？難不成，其實還有變形功能之類的？」

「不，沒有。」

她斬釘截鐵地否定了。我想也是啦。

「我一點都不覺得哪裡噁心喔。雖然很在意妳變成這樣的原因⋯⋯但我不會追問的。畢竟魔女喜歡保持神祕感，這也算是一種魔法。」

我舉起手指抵在雙脣上，向她拋了個媚眼並且發出輕笑。

勒碧絲臉上的表情幾乎不為所動。

「謝謝妳⋯⋯那個，或許我今後還會給妳添麻煩。」

她已將鹽蘋果汁喝光，凝視著空杯如此說道。

「嗯，沒關係啦。反倒是我才有可能連累同房的妳，給妳帶來許多麻煩。」

我瞇起眼睛，將手放在胸前。

「畢竟我可是惡名昭彰的歐蒂利爾家的魔法師。歐蒂利爾家族是這世上最十惡不赦的魔女的後代喔。不過我很以此為榮就是了。」

勒碧絲抬起臉，用那對暗紫色的眼睛注視著理直氣壯的我。

那對眼睛就像黃昏的顏色，預告著夜幕降臨，彷彿能將人深深吸入其中。

「妳跟我有些相似之處呢，瑪琪雅。」

「咦？是嗎？」

「妳並不對自己的出身感到可恥，反而引以為傲。我也一樣——就算失去了手腳。」

直到不久後的將來，我才了解她這番話的意思。

第五話　入學典禮

時間來到入學典禮當天。我在房裡換好制服，到鏡子前整理睡亂的頭髮。

我用【火】與【風】系魔法製造出的熱風，來吹整一頭充滿光澤的玫瑰色長髮，並將髮尾吹成內彎造型，再用黑色蝴蝶結緞帶綁成公主頭，並戴上紅水晶耳環。雙唇塗上紅色唇膏後，像果實般水潤可口，更能襯托出與魔女相符的魅力與笑容。全新的制服也相當合身，入學典禮的準備到此已大功告成。

「勒碧絲，妳準備好了嗎？」

「是的，謝謝妳幫忙。」

勒碧絲已經完全恢復健康，身上的制服造型也相當適合她。

雖然魔導義肢目前似乎正常維持著偽裝模式，但要是有什麼突發狀況，我得幫她一把才行。看見勒碧絲把制服領結的蝴蝶結打成歪的，我便順手幫她重新綁正。

按照慣例，盧內・路斯奇亞魔法學校的入學典禮都是在校內的大教堂舉行。

偌大的花窗玻璃與宛如森林巨木般高高聳立的柱群十分壯觀。

這裡的彩繪玻璃看似描繪了梅蒂亞的創世神話中登場的十尊神與祂們的神話故事。在陽光照射下，藍、紅、綠的色調灑落在大教堂內，營造出莊嚴的氣氛。

大教堂前方有座古老的祭壇，祭祀著一面巨大的鏡子與被保護在玻璃罩內的「樹枝」。

這個我知道，是聖地的象徵——世界樹「梵比羅弗斯」的遺枝。

也是梅蒂亞最古老且最為主流的宗教信仰「梵斐爾教」的崇拜對象。

據說這座盧內・路斯奇亞魔法學校的前身，也是梵斐爾教的修道院，大教堂至今仍殘留著過去的氛圍。

然而，新生們與這股神聖氣氛完全相反，朝氣蓬勃又鬧哄哄的。

大家目前還缺乏魔女或魔法師該有的嚴肅，只是普通的學生。

「肅靜！從現在開始，誰再多講任何一句話，我就讓他擔任『地底迷宮掃除股長』！」

穿著黃色運動服，看起來就非常注重紀律與輩分的一位熱血運動型魔女，單手拿著魔導擴音器如此威脅大家。大教堂內頓時鴉雀無聲，安靜得簡直像在舉行喪禮。

我記得她應該是魔法體育課的教師法蘭雀斯卡・萊拉老師。她原本在王宮從軍，擔任魔法兵，出了名地嚴格。話說地底迷宮掃除股長……是什麼東西？

「接下來有請盧內・路斯奇亞魔法學校的潘校長致詞。校長，那就麻煩您了。」

在教師群的幫忙下，原本祭祀於祭壇上的巨大鏡子被稍微挪往前方。

正當大家疑惑時，一張偌大的山羊臉突然從鏡子裡冒出，令所有人差點忍不住尖叫。正確來說，有些學生確實叫出聲了。

山羊有一對又黑又長的氣派羊角，捲得彎彎的，還有一對像彈珠般炯炯有神的眼睛。

「那位就是有名的潘校長，我記得是山羊大精靈對吧。」

「聽說牠過去曾效命於盧內・路斯奇亞魔法學校的創校者『白之賢者』。」

我跟勒碧絲交頭接耳討論著，結果發現萊拉老師的視線正朝向我們。我心想不妙而閉緊嘴巴，就在這一瞬間——

「哈～～啾！」

一陣震耳欲聾的噴嚏聲響徹整座大教堂，引發守護障壁魔法接連發動，以保護被列入文化遺產的彩繪玻璃窗。不過位於前排的學生全被橫掃，紛紛倒地。

真是幸好我們待在後方。

「真、真不愧是【風】屬性的潘大精靈。光是打個噴嚏就有這等威力……」

沒錯，剛才的噴嚏來自從鏡中探出臉的潘校長。

「抱歉，從昨天開始就打噴嚏打個不停。補充說明一下，只露臉的原因是由於身軀過於龐大，無法塞進這座大教堂裡……哈～～」

眼看潘校長似乎又要打噴嚏，學生們紛紛嚴陣以待，不過最後只是虛驚一場。

校長明明有著渾厚迷人的紳士嗓音，各方面來說卻是個危險的狠角色……

「回到正題。各位新生，歡迎你們來到盧內・路斯奇亞魔法學校。吾輩乃是潘・法烏奴斯，是這間學校的校長。」

校長總算設法把場子圓回來，並且開始說明。

「這個世界是由一棵世界樹與十位創世神，也就是『魔法師的始祖』所創造，名為梅蒂亞。在悠久的歷史中，無數的偉大魔法師持續推動著這個世界與國家發展。各位正是下個世代的棟梁，是未來的種子。在今後的校園生活中，請力求精進，互相勉勵，時而彼此競爭，共同探求魔法的真諦。」

從彩繪玻璃窗透出的光芒，在此刻更加閃耀地灑落在我們身上，為校長的這番發言增添了亮點，也像是在歡迎我們進入這所學校。

「這個世界是非常美妙的。因為這美麗的背後蘊藏著剛萌芽的魔法，等待茁壯。」

校長以這句話作結，完成了簡短的致詞。

沒錯，這個世界確實美得無與倫比，因為有魔法的存在。

但是從鏡子裡只露出一張臉來致詞，也讓人覺得有點可笑……而且還直接默默縮了回去。

呃，校長，你就這樣退場啦？

「接下來是新生代表致詞。有請本屆入學測驗的榜首，尼洛‧帕海貝爾。」

學生們已忘記校長帶來的震撼，群起騷動，我的注意力也完全被拉走。

坦白說，我偷偷向舅舅打聽過，自己的入學考試成績是第二名。

其實名次根本沒公開，唯有榜首就算不情願也會被強迫公告天下，畢竟要在入學典禮上致詞。

不一會兒，踩著飛快腳步出現在台上的是一位有著白金色頭髮的男學生。

「啊，是他。」

我還記得，他就是昨天在噴水池對面與我對望的男孩。

但他的眼睛現在是褐色，並非昨天見到的那種洋紅色。

他在麥克風前停下腳步——

「……我會咬牙度過艱苦的校園生活。」

然後便快步折返。

咦咦咦咦咦咦！新生致詞也這麼簡短？而且充滿悲壯感耶！

無論是藏鏡人山羊校長，還是寡言的新生代表，魔法學校這地方果然充滿怪人。

「聽說他是來自平民家庭喲。」

「哇，那豈不是天資聰穎。」

明明被警告過保持肅靜，但學生們早已將老師的命令拋諸腦後，開始議論紛紛。

這也顯示平民出身的榜首有多麼罕見。畢竟生於魔法師世家，與從平民成為魔法師，這兩者的起跑點完全不同。

他跟我不一樣，從零開始一路爬到這裡，著實令人欽佩。

也因此點燃了第二名的我心中的競爭意識。

尼洛・帕海貝爾，這名字我牢牢記住了。

入學典禮在歷經種種騷動後告一段落，我們離開大教堂。

接下來轉移場地到隔壁的大食堂，舉行盛大的迎新派對。

入學典禮是由教師群負責主導，迎新會則是由學生自行籌劃，包含高年級生準備的表演，以及學生會舉行的說明會，介紹宿舍及校內規範與年度重大活動等等。

盧內・路斯奇亞魔法學校裡的大食堂就像個被植物包圍的餐廳，並有採光良好的玻璃窗，是個舒適的空間，同時還設有露天座位區。

時間正好來到下午茶時段，食堂內四處設置的白色桌上擺滿了看似可口的蛋糕、果凍與熱壓三明治等輕食。學生們可自行挑選喜歡的位置坐下，一面品嘗這些美食，一面聽著站在中央圓形舞台上的高年級生說話。

「天啊，勒碧絲！有檸檬派耶！這肯定是檸檬派沒錯吧！」

我們坐的這桌擺著一道裝飾了滿滿蛋白霜的糕點，我馬上發現這就是王都的特色甜點「檸檬派」。至於我為什麼會知道……

「以前托爾曾說過，在王都吃過檸檬派。他說外觀是白色的，口感輕盈鬆軟，酸酸甜甜的很美味。肯定就是這個沒錯！」

「妳說的托爾……就是那個跟我很像的人？」

「沒錯。他比我大一歲，是個才華出眾到人神共憤的男生，什麼事都難不倒他。啊，他以前是我的騎士。」

「所以說，他現在仍待在歐蒂利爾家嗎？」

「……不，他目前人在王都。」

「那就能去找他了呢。」

高年級生端著裝滿飲料的玻璃杯走了過來。我邊接下杯子，邊露出苦笑。

「我是很想去見他，但他已經不是我伸手可及的對象……不知道有沒有機會在某處相遇。」

托爾正在王宮內守護著救世主少女。

他應該需要寸步不離地堅守崗位，而我能離開學校前往王都的時間也很有限。期待某一天能在某處巧遇……或許只是痴人說夢。

雖然這麼說，但我也無法前往王宮找他。像我這種鄉下貴族家的子女，應該連踏入王宮的權利都沒有。

即使如此，我仍為了見托爾一路來到了這裡，繼續一籌莫展可不是辦法。

是時候該以魔法學校為據點，擬定計畫以設法見他一面了。

「偷偷潛入？嗯～可行性很低呢。還是埋伏在外？嗯～感覺會被當成可疑分子或跟蹤狂而被逮捕……果然還是得找個正當理由進宮才行……」

正當我一面喃喃自語，一面把檸檬派切成小塊時——

「快看，是學生會的成員耶。」

幾位佩戴臂章的高年級生出現在中央舞台上，引起周遭一陣騷動。

他們利用浮空的大黑板，針對校園生活規範與今後的活動進行說明，但我仍一心享受著檸檬派的美味。

酥脆可口的派皮，搭配口感Q彈滑順、清爽又酸甜的黃色檸檬蛋黃醬。上頭還點綴著滿滿的蛋白霜，表層烤得微焦，內層則輕柔蓬鬆。嘗一口便能感受到甜味與酸味完美融合，以及入口即化的口感。這滋味真令人上癮……

「咳嗯！那麼接下來將介紹盧內・路斯奇亞的獎學金制度。我們學校的規範比較特別一點。」

一位有著自然捲、看似擔任學生會長的男學生，用得意洋洋的口吻開始說明學校的獎學金制度。這個話題似乎引起大家的興趣，原本沉醉於享用甜點的學生們也認真豎起耳朵。

「年度綜合成績拿下第一名的學生，將會被授予『獎學生』的稱號。獎學生除了享有學費減免優惠，還能代表學生擔任學生會成員，負責規劃校園活動。除此之外，還享有進出王宮的權利，以及被招待參加上流沙龍的機會。」

周遭開始鼓譟起來，我也暫停享用檸檬派，抬起了臉。

享有進出王宮的權利，還能參加沙龍聚會……竟然有這麼回事？

關於盧內・路斯奇亞的獎學金制度，我從舅舅那邊稍微打聽過，所以略知一二，不過這還是第一次得知獎學生可以被招待入宮。

「許多獎學生被招待參加王宮內的聚會，進而有機會認識各界的大人物，或是在畢業後獲得工作邀約，甚至歷代學生中還有人被王子殿下相中而成為王妃……」

此時女生們發出了高分貝的尖叫聲。

好了，吵死啦！

王子什麼的根本無所謂。關於那個獎學金制度，我需要更詳細的說明！

「簡單來說，獎學生將被賦予眾多進出王宮的特權，因此能抓住更多的良機。像我們學生會成員也被招待參加夏季的舞會。」

「啊啊～」

大家對學生會成員投以的羨慕眼光變得更加強烈，我也對於這震撼的制度感到興奮，緊握住戰慄的雙手，揚起嘴角……勾出邪惡的笑容。

我要的就是這個。沒想到在走投無路時，突然出現一個能踏入王宮的機會！

「正如剛才會長所說，成為獎學生的條件是在整學期的綜合成績拿下第一名。但是，除了定期舉行的段考以外，各科目的校外實習評分也占了很重要的比例。也就是說，與組員間的團隊合作將是重要的關鍵。」

戴眼鏡、看似副會長的女學生，以凜然的表情指向自己的臂章。

「組員？團隊合作？」

所有人都對於這部分感到疑惑不解。

「實習課大多採取『分組行動』，每組編制為四到六人，成員必須有男有女，否則視為無效。從今天開始，各位要在這將近一個月的期限內自行協調，完成分組。並且需要向學年主任梅迪特老師提出申請，獲得認可後才算分組完成。」

學生會長一臉滿意似地環視在場臉色鐵青的新生，繼續補充。

「雖說如此，但分組不是求快就好，還需要了解同學各自擁有的能力與性格，考量彼此的協調性。畢竟分組活動的表現不好，將會直接影響到成績。總之呢，簡單來說，現在即將展開一場網羅優秀組員的你爭我奪。」

看來才剛開學，馬上就有一項艱難的課題等著我們。

小組不是由老師分配，也不是透過抽籤產生，而是交由學生自行決定。

這也就代表在正式開課前，以打造優秀小組為目標的人才爭奪戰，將在新生間展開。

「各位一年級同學，請全力以赴吧。我很期待『石榴石的獎學生』這個稱號最後會獎落誰家喔。」

隨後，學生會的成員們便從中央舞台退場。

他們同時用守護的眼神與不知所措的新生道別。

「獎學生是吧……」

若能成為獎學生，得到進出王宮的資格，或許就有機會見到托爾。雖然才剛結束入學考試，我現在馬上又有了新的目標。

學生會的說明告一段落，成員們一退場，台下的新生們便立刻從座位起身，蒐集分組情報或是進行商議。明明根本還沒深入認識彼此。

「那邊的同學。」

被某位女學生叫住，我猛然抬起了臉。

對方有一頭保養得宜的柔順金色長髮，將手指抵在脣邊，從上方俯視著我。這位美少女有著令人難忘的深藍色眼珠，身後跟著一群女跟班。

「這位紅髮的同學，我昨天看見妳跟梅迪特老師一起來學校喔。看來妳應該是梅迪特家的人，要不要跟我同一組呢？」

「在這之前，可以先告訴我妳是哪位嗎？」

我用一臉不以為然的表情反問，結果這位大小姐的眉毛抽動了一下。

她旁邊的跟班立刻站上前來，連連砲轟我「竟然連貝亞特麗切小姐都不認得」、「真是失禮的鄉下人」。誠如妳們所言，我本來就來自鄉下。

「咳嗯！算了，沒關係。我是貝亞特麗切・阿斯塔，王宮魔法院的院長奧雷利歐・阿斯塔正是我的祖父。」

喔喔，原來是阿斯塔家的人。聽說阿斯塔家族是魔法師名門，出了許多位王宮魔法師，王宮魔法院現在也由他們家掌握大權。

「我背負著阿斯塔家之名，有義務成為獎學生，所以正在尋找出身自名門的優秀學生當組員。當然，我不會讓妳吃虧的。妳的未來出路由我們阿斯塔家掛保證。」

簡單來說，就是在募集幫忙助陣的成員，讓自己被拱為獎學生是吧。

光是跟具備獎學生資質的人才同列於一組，就能期待連帶坐享好成績，所以這女生似乎擁有一票擁護者。畢竟不管怎麼說，都能獲得王宮魔法院的人脈。

「噢，那邊的黑髮同學……妳是國外的留學生吧？」

但這位名叫貝亞特麗切的大小姐，看見勒碧絲後卻皺起眉頭。

「我聽說留學生的課程安排不同，大多時候幫不上什麼忙，所以我這組不需要妳加入。」

「……喂。」

她的說法讓我火大地站起身。我不否定她尋求優秀組員的態度與高行動力，但無法接受她單純因為留學生的身分，就把勒碧絲排除在外。

光憑這一點，我就不覺得自己跟她能成為同心協力的夥伴。

「又沒人求妳，突然就說什麼要收誰當組員、又不許誰加入。這種自說自話的態度，我無法苟同。」

「噢，真是出言不遜……我不讓妳加入我的小組了！」

「沒差，我才不想幫妳抬轎。我可是也有必須成為獎學金的苦衷在身，要把妳擠掉也在所不惜。」

我明確地做出宣言，一部分也是為了讓自己對目標更有自覺。

「豈、豈有此理！竟然打算把我晾在一旁，自己拿下獎學生資格！看來妳是打算靠梅迪特家的關係走後門吧！」

貝亞特麗切直指著我的鼻子，氣得滿臉通紅。

這種走後門的念頭，只有平時就濫用特權的某人才想得出來吧。

「看妳好像有所誤會，正確來說，我可不是梅迪特家的人喔。」

「咦？」

我緩緩將手心貼在胸前，瞇起雙眼——

「我名叫瑪琪雅・歐蒂利爾。」

我報上真實身分，結果周遭所有人一瞬間陷入寧靜。

「歐蒂利爾……是那個傳說中的歐蒂利爾？」

「今年有歐蒂利爾家的人入學嗎？」

隨後又像迸裂的氣球般群起騷動。躁動的不只新生，還包括高年級生。

畢竟某方面來說，這姓氏或許比阿斯塔家還來得家喻戶曉。

「我是世上最邪惡魔女的後代，請多指教。」

我故意用誇張的口氣在她面前介紹自己。

既然妳要仗著家族的權勢，我就借祖先響亮的惡名來用吧。

「什……什麼嘛！歐蒂利爾不過是落魄的鄉下貴族啊！」

貝亞特麗切・阿斯塔看來似乎被我壞了大好的心情，豪邁地一撥長髮，便率領著跟班們離開大食堂。

「唉～搞砸啦。本來還想盡可能裝得謙虛有禮，結果才剛入學好像就跟麻煩人物槓上了。」

我重新就座，仰頭嘆氣。看來我的校園生活一開場就出師不利。

「瑪琪雅，謝謝妳為了我……」

隔壁的勒碧絲露出歉疚的表情，我一派輕鬆地笑了笑。

「嗯，沒關係啦，勒碧絲。妳都鼓起勇氣來到這個國度了，如果我面對名門大小姐卻表現得畏畏縮縮，不是很難看嗎？乾脆把話說開來還比較痛快。」

「瑪琪雅……該怎麼說呢，妳果然是那位魔女的子孫呢。」

雖然心想勒碧絲分明早就知道我的身分，如今何必重申一次，不過她真正想表達的肯定不是這個吧。

「對了，勒碧絲，妳跟我同一組吧。照這樣下去，我就要落單啦！」

剛才還架勢十足的我，現在露出幼犬般的水汪汪眼神，握住勒碧絲的手。

「可、可以是可以……但是，妳真的不介意跟我一起嗎？」

「當然啊。妳都已經使用精靈召喚術，把諾亞召喚出來了不是嗎？光是這一點就早已領先在場所有的學生了。我也想跟妳變成更好的朋友……」

「…………」

「咦？但這麼一想，反倒是我毫無貢獻耶？」

這讓我擔心了起來。雖然身為歐蒂利爾家的魔女，但我的可取之處頂多只有天賜的火系體質，擁有高於常人的體溫罷了。要是被勒碧絲拒絕，我該如何是好？

「瑪琪雅，妳想成為獎學生嗎？」

「咦？嗯，對呀……因為我想利用獎學生的身分去見某個人。」

洞察力過人的勒碧絲，似乎已經察覺到那個人就是我之前提起的托爾。

雖然她還不清楚任何內情，但仍帶著平靜的表情點頭，回握住我的手。

「那麼我會盡我所能，在瑪琪雅的組裡以組員的身分協助妳。」

「咦！可是勒碧絲應該也想成為獎學生吧……」

「不，我是留學生，獎學金制度並不適用於我的身分。」

雖然覺得這樣有失公平，不過根據勒碧絲所言，留學生所需修得的學分與課程確實有所不同，所以也無可奈何。不過，她仍需要在實習中獲得高分，所以我們到頭來還是必須盡力打造出優秀的團隊。

「看來目前的首要任務，是在明天的精靈召喚儀式上，看看其他同學的實力。」

「嗯，到時就能知道哪個學生召喚出怎樣的精靈為使魔了。我想其他人應該也會先確認過這點再分組。我們一起加油吧，勒碧絲。」

「嗯，當然好，瑪琪雅。」

好，從現在起，即將展開為期約一個月的人才爭奪戰。

以拿下獎學生資格為目標的戰役，早已揭開序幕。

第六話　精靈召喚儀式

隔天我一大早就起床，出門在島上慢跑。回房淋浴淨身後，打了鹽蘋果汁飲用，將體內魔力循環調整至完美狀態。

「呼～依照家傳配方做出來的鹽蘋果汁，喝了之後神清氣爽、狀態絕佳。下次也挑戰看看其他料理吧。」

這是一本以古老羊皮紙編寫而成的食譜。我單手拿著盛裝果汁的玻璃杯，同時翻閱祖母傳承給我的這本書。

「……嗯？」

怎麼回事……記載著鹽蘋果製作方法的書頁，有一股難以言喻的異樣感。

正當我心想，書上的字跟插圖看起來怎麼像在抖動時——

「哇！」

文字與圖片突然跳躍起來，在頁面上亂成一團，原本記錄在羊皮紙上的內容產生變化。

「這是怎麼了？好神奇！」

頁面上出現手寫的字跡，內容如下。

日記本你好。

今天的心情糟到極點，因為我最自豪的一頭秀髮被那個男人給剪了。

我用擅長的絲線將他五花大綁後吊了起來，以報一箭之仇。

咒語如下。

瑪琪・莉耶・露希・雅——紅蓮之理，血傀儡，轉動吧，紅色紡車。

補記　波波與咚撿了好多核桃回來。

　　　明天要烤核桃派大吃一頓洩憤。

「……日記？」

既然開頭都寫了「日記本你好」，應該沒錯吧？

我一口氣飲盡鹽蘋果汁，頁面又默默地變回原本的食譜。

「啊啊……原來如此。只要依照書上記載的食譜做出相同料理，在食用的期間內，頁面上的內容就會轉換成日記是吧？」

因為我是天才，馬上領會其中的道理。

「第一咒語裡應該隱含著本人的姓名，所以這本日記的所有者，大概名叫瑪琪或是莉耶還是露希雅吧。應該是個女性沒錯。」

雖然不清楚這位魔女生於哪個時代，不過還真是設計了一個有趣的機關。

「是說勒碧絲呀，妳也該起床囉～沒想到妳意外地愛睡懶覺呢～」

今天就是學校開課的日子，馬上要迎接最重要的大場面。

第一堂課同時也是盧內・路斯奇亞魔法學校的例行活動之一，就是讓一年級生進行「精靈召喚儀式」。

這座學園裡設有性能強大的精靈召喚陣，即使是還不成熟的魔法師，只要利用這個召喚陣，也能召喚出精靈作為使魔來操控。

但是顯現的精靈各有不同，並可能反映召喚者的家系、成長背景或是性格。

過去那些有名的大魔法師，都役使高階的大精靈。以此為鑑，召喚出的精靈正暗示著召喚者自身所擁有的潛力吧。

話雖如此，但我也聽說過召喚其實類似摸彩，運氣占了絕大部分。

「我看看～今天的精靈魔法學課在第一儀式場集合……咦？妳要帶諾亞一起去嗎？」

正當我在確認教室時，發現勒碧絲抱著自己的精靈──黑貓諾亞站在我身旁。

「嗯。校方說已擁有精靈使魔並向學校提出申請者，要帶著精靈一起出席今天的課程。老師好像要檢視彼此的信賴度。」

「我記得精靈魔法學的專任老師是尤里・尤利西斯・勒・路斯奇亞。我知道這個人喔，他是我們王國的二王子，也是國內首席的精靈魔法師……」

「我聽說過他在年僅五歲時，就成功同時召喚出三隻大精靈。」

「據說是個天才神童，他的事蹟甚至都已經被記載於歷史課本上了嘛～我父親曾經見過他本人一面，說是個氣宇不凡的人什麼的。」

但對方擁有王子的身分卻跑來魔法學校任教，真是奇特。到底是位怎樣的老師呢？

第一儀式場位於島上的西側，是一座石造的古代神殿。

我們在上課前五分鐘抵達，結果沒想到其他學生早已聚集在現場，為了分組的事情交換情報。

「啊，歐蒂利爾小姐。」

「妳們已經決定好組別了嗎？」

我跟勒碧絲也被蜂擁而上的學生團團包圍，爭相提出邀約，問我們要不要一起合作、在同組朝著獎學生的目標努力什麼的。

是因為我昨天當眾表明了歐蒂利爾家的身分嗎？原本以為大概沒人會理睬我，所以有點受寵若驚。

但我也握有挑選組員的主導權，必須先在今天的精靈召喚儀式上看看大家的才能與潛力。

「各位一年級的同學好。」

此時現身的是一位相貌端正的青年，他有一頭柔順白髮與黃水晶色的神祕眼眸，身穿一襲白色長袍、手持長杖，肩上停著一隻貓頭鷹精靈。

王族般的優雅姿態與溫柔中又帶點神祕的微笑，讓女生們紛紛發出驚嘆。

乍看之下，他的長相充滿稚氣，感覺頂多剛從魔法學校畢業而已。但實際上他應該跟梅迪特老師是同屆的……也就是即將邁入三字頭了。

「我叫尤利西斯。稱呼我的方式有很多種，不過大家叫我『尤利西斯』就行了。我肩上的這孩子叫幻特羅姆，是原本就擁有自己名字的精靈，也就是所謂的『原名精靈』，擁有【風】與【闇】的複合屬性；同時也身為智慧的象徵，負責協助我授課。」

尤利西斯老師說起話來平穩沉著，臉上永遠保持著和藹微笑。

而且，擁有雙重屬性的精靈是非常罕見的。我記得曾在書裡看過，貓頭鷹大精靈幻特羅姆也和潘校長一樣，過去曾是效命於那位知名「白之賢者」的使魔。

老師先將一只銀製高腳杯放置於桌上。

「所謂的魔法，是利用第一咒語與第二咒語來發動的。通過本校入學考試的各位優秀學生，想必已經相當熟悉了吧。比方說，以我為例……」

接著他舉起長杖。

「尤里・由諾・西斯——水啊。」

他詠唱著標準的咒語，接著原本空蕩蕩的高腳杯裡溢出了水。

這是非常基礎的魔法，憑尤利西斯老師的能力，應該不需詠唱也能完成。

「『尤里・由諾・西斯』的部分就屬於第一咒語。第一咒語的功能是解放自身的魔力，也被稱為開啟魔法大門的『金鑰咒語』。」

沒錯，第一咒語需要包含自己的一部分姓名，可以自行任意設定。以我的狀況來說，在被命名為瑪琪雅之後，父親就立刻為我設計了咒語。

「只要一旦確立，此生便永遠無法變更。啟動自身魔力的『金鑰咒語』基本上一人只擁有一句，不過也有例外就是了……總之，無論要施展何種魔法，這句第一咒語都會是必要條件。就算在不詠唱的情況下使用魔法，也得在內心默念。這是對世界的宣誓，表示以自身名義行使魔法並且對此負責。」

此外，第一咒語必須在入學時向國家提出申請。

這將成為魔法師的一種身分證明。

「第二咒語的功能則是指定魔法的內容。根據魔法種類的不同，各自有預設的固定句型，也可以自行設計方便使用的內容。在施展簡單或熟悉的魔法時，可以省略詠唱的步驟。相對的，使用的魔法複雜度越高，第二咒語也就越重要。」

第二咒語能達成的範圍，將依照魔法師各自的能力、訓練與知識而有所不同，以及取決於個人對蘊藏於世界的魔法力量，有多深的理解與信仰。

「在精靈魔法學這門課程裡，主要是學習與第二咒語息息相關的『精靈』相關知識。所謂的精靈，是由這個世界裡的魔力具像化而成，也是棲宿於植物、動物或是天空、海洋及森林等自然中的偉大魔法奧祕的具體呈現。魔法師正是借助存在於世界的眾精靈之力，來施展魔法。」

比方說施展水系魔法時，這些水是從何而來？

以這種狀況為例，就是從梅蒂亞的某條河川或是某座湖泊、海洋，藉由精靈的力量轉送過來的。

「此外，魔法師還能召喚出精靈本身作為使魔。透過命令，就可以優先從隸屬於自己的精靈身上借用其力量。」

尤利西斯老師接著站往魔法陣上。

「這裡有一座巨大的精靈召喚魔法陣，每位學生享有一次無償進行精靈召喚的機會。但是，每個人能役使的精靈數量根據自身魔力高低而有不同的上限值，請深思熟慮後再立下契約。」

學生們全都露出躍躍欲試的表情，彷彿在說「期待好久了」。

召喚精靈原本需要龐大的魔力與繁複的魔法陣，並非魔法師能獨力輕易完成的魔法。

因此，必須在學校等大型機構借助專家的力量，才得以執行。

此時可能就需要花上一大筆費用，而且不能保證如願召喚出期望中的精靈。

「那麼就開始吧。請大家一個個輪流站上魔法陣的中心，詠唱『第一咒語——吾之精靈，以吾之名顯現吧』。」

學生們精神抖擻地附和一聲「是」。

尤利西斯老師詠唱完展開儀式所需的繁冗咒語，位於中央的魔法陣隨之亮起淡淡的光芒。首先由一位男學生打頭陣，站往魔法陣的中心。

「亞倫・庫庫・摩拉——吾之精靈，以吾之名顯現吧。」

結果魔法陣綻放強烈的光芒，並且冒出一陣輕煙。某個身影隨之從中顯現。

「哇！是水玉兔！」

那位男學生外型偏粗獷，與水藍色毛色的小兔子在一起，反差大得可愛。

水玉兔是【水】屬性的中級無名精靈，據說魔力消耗度低，操控起來很好上手。尤其是想專攻水系魔法的人，可以說幾乎是人人必備一隻的程度。

因此這位男學生似乎決定與其締結契約。

精靈召喚儀式就依照以上流程陸續進行，其中絕大部分的精靈都是化為動物型態，除了兔子以外還有狗或狐狸、鴿子或青蛙以及鹿或孔雀等種類。聽說魔法師隨著能力進步，習得更高階的召喚技術後，精靈就能化身為人形或是身分更崇高的神獸。

「吼～這種『下下籤』精靈，誰受得了啊！」

也有些人怨聲連連，選擇放棄與剛召喚出的精靈締約。

但是難得有機會能進行精靈召喚，基本上大家都會立下契約。畢竟有無役使精靈將會左右魔法的純度高低，而且越高階的魔法越需要借助精靈的力量。

尤其精靈的屬性特別重要，牽涉到自己今後想專攻的魔法領域與自身獨特的個性。

「貝亞・特・麗切——吾之精靈，以『阿斯塔』之名顯現吧！」

擅自亂改編咒語來挑戰召喚精靈的，正是那位貝亞特麗切・阿斯塔。

第一咒語還放滿了自己的名字，感覺整個人自信滿滿。

然而魔法陣綻放的光芒之強烈，的確讓人無法不認同她的自信。還迸發出啪滋作響的紫色電流，有別於前面學生的表現。

不一會兒，魔法陣中心出現了一頭毛色銀中帶綠的獨角獸。

「太好了！是綠銀獨角獸！」

貝亞特麗切相當激動，她的跟班們邊哭邊為她獻上掌聲。

這麼說來，記得阿斯塔家的家徽好像就是獨角獸圖案。

「非常出色的表現。看來妳成功召喚出了【草】屬性的高階精靈呢。」

「是的，殿下！我成功召喚出不愧對阿斯塔家之名的精靈了！」

尤利西斯老師聽見「殿下」這稱呼，臉上笑容微顯僵硬，但仍用平靜的聲調短短回應一句「很好」。

「那麼，下一位輪到尼洛・帕海貝爾同學。」

原本鬧哄哄的學生們突然鴉雀無聲。

因為這位尼洛・帕海貝爾是我們一年級生的榜首，所有人都期待他的表現。

「帕海貝爾同學？」

然而他卻未站上前去。正確來說，他根本不在場。

「他的室友是哪位？」

「是弗雷・勒維。他也沒來。」

「……這樣啊。沒想到榜首第一堂課就缺席，還挑在最重要的精靈召喚儀式。」

尤利西斯老師手拄著下巴露出苦笑。

或許這是首例，但那位同學確實不在場。

真搞不懂尼洛・帕海貝爾到底在想什麼，竟浪費如此難得的機會。

「那麼輪到最後一位，瑪琪雅・歐蒂利爾小姐。」

「呃，是！」

被叫到名字的我猛然回過神，依循相同的步驟站往魔法陣中心。

同學們全都聚焦在我身上，想一睹歐蒂利爾家的繼承人將召喚出多厲害的精靈。

我的祖母是召喚出鴿子，父親是烏鴉，母親是蛇，舅舅也是蛇。

歐蒂利爾家的人，有很高比例以烏鴉作為使魔，梅迪特家則是以蛇為家徽。

這些可能因素將產生什麼化學變化，我自己也非常好奇。

啊啊，既期待又緊張。不過我早就下定決心，無論召喚出怎樣的精靈，既然牠願意來到我身邊，我就會全心全意疼愛牠。

「梅爾‧比斯‧瑪琪雅——吾之精靈，以吾之名顯現吧！」

我依照預設的固定句型詠唱出咒語。

結果魔法陣發出了閃耀的大紅色光芒，嶄新的特效讓所有人為之興奮，並且因為過於刺眼而閉上眼睛。

光芒終於消退後，我張開雙眼。

「……嗯？」

然而卻不見精靈的蹤影。我四處張望尋找，不知哪位同學大喊：「在妳腳邊！」我又將視線移往腳下。

「……老鼠？」

結果發現腳邊有兩隻小老鼠正在魔法陣上打轉。

一隻是胖嘟嘟的白毛鼠，一隻是體型較為嬌小的黃毛鼠。兩隻都有著又短又圓的尾巴。

「噗！竟然是老鼠，低階中的低階呢。」

貝亞特麗切‧阿斯塔的一句話，讓全班哄堂大笑。

我起初也錯愕地呆立原地，不過——

「不對，不是老鼠……是倉鼠才對。」

「啥？」

我朝著在腳邊溜達的老鼠伸出手，試著溫柔地呼喚「過來」，牠們便爬上我的手心，乖巧地坐好。

「跟我以前養的小倉鼠好像！」

我用臉頰輕蹭著牠們。

好小巧、好可愛，軟綿綿又好溫暖，是真實的小生命！

補充說明，我所謂的「以前」是前世的經歷。小學時，哥哥硬是拜託父母讓他養倉鼠，結果沒人要照顧，最後變成我在養。

雖然壽命只有短短兩年多，不過當時被家庭關係逼得喘不過氣的我，對倉鼠傾吐了許多心事，藉此得到療癒。

雖然在場所有人都露出一臉詫異的表情，但我十分開心迎接牠們的到來。

「看來妳的精靈擁有侏儒倉鼠的型態呢。這種倉鼠的特徵是短尾與大大的頰囊，看見什麼就往嘴裡塞。」

尤利西斯老師語畢，學生們又發出噗噗的嗤笑聲。

「另外，根據毛色不同，分別擁有不同的屬性。白毛是【水】系，黃毛則是【火】系的樣子。」

老師帶著有點複雜的表情問我：「妳要先放棄立約嗎？」而我急忙搖搖頭。

「不、不要，我就是想要牠們。咦，難道不可以嗎？」

「不，沒有不可以。只是召喚出老鼠或倉鼠精靈的人大多選擇放棄締約，所以我姑且問問妳罷了。」

尤利西斯老師隨後露出了至今為止最溫柔的笑容。

「同時召喚出兩隻精靈是非常罕見的情況，請好好疼愛牠們吧。」

然後他輕拍雙手，以一句「今天的課程到此結束」作結。

精靈召喚儀式就這樣順利落幕，不過其他同學還在偷笑我的精靈。召喚出倉鼠這件事真有如此奇怪嗎？

「虧妳還表現出一副有模有樣的架勢，結果歐蒂利爾家也只是雷聲大雨點小嘛。出身自名門之人，竟然召喚出最低等的精靈，實在太荒謬了。」

貝亞特麗切・阿斯塔刻意經過我身旁，用我聽得見的音量挖苦我。

「肯定是因為緊接在貝亞特麗切小姐之後，被您的表現給震懾到了。」

「貝亞特麗切小姐才是被幸運女神所眷顧的貨真價實魔女！」

跟班們拚了命地吹捧她。無視就好，無視吧。

「瑪琪雅，妳沒事吧？」

「沒關係啦，勒碧絲。光倚靠精靈的位階，是無法提升自身魔法實力的。況且妳瞧瞧，牠們倆多可愛～」

我跟勒碧絲一同湊往我的長袍口袋，窺探窩在裡頭睡覺的兩隻倉鼠。

牠們就像兩團圓滾滾的毛球，邊發出「噗咻噗咻」與「吱～吱～」的聲音，邊露出小嬰兒般的天真無邪表情，彼此依偎著熟睡中。

「瑪琪雅，妳並沒有對於自己召喚出的精靈感到遺憾對吧？」

「那當然。能將所有精靈培養成出色的使魔，才是真正的魔法師。既然與牠們締下契約，我就必須負起養育栽培的責任。」

雖然被嘲笑為低階精靈，但我只覺得滿心歡喜。

無論是對於自己終於擁有使魔，還是這兩個孩子願意來到我身旁。

「啊！這才想起來，勒碧絲妳的使魔是貓耶，會不會追著倉鼠跑啊？」

「妳放心，諾亞是乖巧的好孩子，我想牠反而會很疼愛牠們。」

待在腳邊的諾亞難得叫了一聲「喵」，彷彿在附和主人的話。

結束了精靈召喚儀式後，當天並沒有其他課程，下午進入自由活動時間。

不過，唯有勒碧絲說要去參加留學生說明會，隻身前往其他教室。

我則依靠前世飼養倉鼠的記憶，打算替兩隻侏儒倉鼠準備飼養籠，前往學校的五金行採買木材與玻璃板。

根據女子宿舍長娜吉學姊的資訊，島上的邊緣地帶設有工作室供學生自由使用，所以我打算去那邊製作鼠籠。

「噢，瑪琪雅小姐。」

「尤利西斯老師。」

我在五金行巧遇了教授精靈魔法學的尤利西斯老師。

他不知為何站在點心櫃前，直盯著餅乾瞧。

「上完第一堂課的感想如何？妳召喚出了兩隻精靈，看起來卻好得很呢。」

「好得很……請問是什麼意思？」

「一般來說，召喚儀式結束後，學生都會因為魔力耗竭而精疲力盡，所以第一天才會只安排這堂課。」

「喔喔，原來是這麼一回事。嗯，我精神很好，大概是因為早上先喝了鹽蘋果汁的關係！」

我得意地說，結果老師似乎沒意會過來，反而一臉狐疑地看著我手上的木材。

「妳打算用那些做什麼呢？」

「啊，我想替今天召喚的兩隻小倉……侏儒倉鼠精靈做個窩，還有玩耍用的滾輪。」

「呵呵呵。其實精靈跟一般動物不同，會自己尋找生命的出路。我還是第一次見到有學生如此悉心照顧老鼠與倉鼠類的精靈呢。」

「是這樣嗎？」

「你們這個年紀的魔法師，大多只依照稀有度與階級來斷定精靈的優劣。雖然這並沒有錯，但若只重視這部分，將難以發覺精靈的本質。精靈也擁有感情，被輕易歸類成『下下籤』也會傷心。再說，精靈只願意出借力量給深得自己信賴的主人，對牠們投入多一點愛情絕不會吃虧的。」

「……好的！」

就算面對倉鼠精靈，尤利西斯老師也不像其他同學一樣擺出輕蔑的態度。

不愧是精靈魔法學界的翹楚。想必他應該對精靈充滿感情吧。

「那個，老師應該對精靈很有研究吧，請問牠們平常吃什麼？果然也是葵花籽嗎？」

「葵花籽？啊哈哈哈哈！」

尤利西斯老師難得放聲大笑。

「精靈是不需要餵食的，不過也有些精靈會把吃當成一種享受。打賞牠們喜愛的食物，也是一種促進親密關係的好方法。我就是為了採買幻特羅姆愛吃的餅乾才來的。牠連品牌都很講究，嘴巴挑得很。」

「咕～咕～那是因為殿下平時老把我使來喚去的關係，可以說是一種等價交換吧。咕～」

原本停在尤利西斯老師肩上的貓頭鷹精靈開口說話了！

原來如此，老師站在點心櫃前是為了買這孩子喜歡的食物啊。

「對了，妳有帶著那兩隻侏儒倉鼠過來嗎？」

「啊，有，就在我口袋裡。」

倉鼠們原本還在口袋裡蠕動著，被我一呼喚便爬上我的肩頭。尤利西斯老師看著這兩隻反應有點遲鈍、還露出呆呆表情的小傢伙，瞇起眼睛說道：

「好像沒有任何人發現，牠們倆其實是原名精靈喲。」

「咦！是嗎？」

我還頗期待替牠們取名耶，因此頗受打擊。

不過，既然是原名精靈，也就代表牠們曾經效命於先人，並立下豐功偉業。

這麼弱小的小倉鼠竟然……啊啊，牠們正在搓臉的模樣真可愛。

「老師，你知道牠們的名字叫什麼嗎？」

「嗯嗯。白色的叫波波羅亞庫塔司，黃色的叫咚塔那提斯。」

「意、意外地派頭十足呢……」

「牠們原本是效命於『紅之魔女』的精靈，不過這件事並未記錄於任何文獻中，所以沒人知道就是了。牠們的出現，應該也正驗證了瑪琪雅小姐確實繼承了『紅之魔女』的血脈吧。」

「…………」

紅之魔女，這世上最十惡不赦的魔女。

沒料想到這兩隻精靈是侍奉我們家祖先的使魔，我滿是震驚，壓低視線望向肩膀上的小倉鼠。

「無論役使的精靈多麼優秀，能否引導牠們發揮實力，還是取決於主人本身。反言之，無論是多麼渺小的精靈，只要與其心靈相通，並且深入了解其特質，就能成為無可取代的眷屬。妳不會以階級高低來評斷精靈，毫不猶豫地同意收牠們為使魔……請繼續保持自信，努力精進精靈魔法學。牠們一定會回應妳的期待。」

「……是！」

尤利西斯老師點點頭，拿著餅乾盒前往結帳櫃檯。

明明貴為王子，行為舉止卻毫不驕傲自恃，待人十分溫柔和善，而且每一句教誨都打動人心，真是一位優秀的教師。

「咦？不過尤利西斯老師怎麼會認得這種文獻上並無記載的精靈？是因為成為精靈魔法學科的教師，進行各種研究調查而得知的嗎……」

我發出了一聲「嘿咻」，重新抱好手裡的木材，內心同時產生這麼一個小疑問。

位於島嶼邊緣的工作室建築群，俗稱為「玻璃瓶工房」。

因為這些建築物以鑲嵌的形式點狀分布於層狀斷崖上，外觀模擬玻璃空瓶，各有不同的形狀與顏色，是非常有特色的設施。

這裡雖然提供學生自由使用，但最近島中心搭建了更方便的工作室，這一帶的舊設施似乎乏人問津。

然而中心區的工作室多被高年級生占用，於是我改來這裡做飼養籠。

「就是要有點不方便，才有魔法師工房的味道啊。」

這一帶確實人煙稀少，不過我踏入的這間水藍色玻璃瓶造型工作室，裡頭已有一位男學生正在工作桌前默默進行作業。

怎麼辦？該轉移陣地嗎……

「不好意思～」

我姑且先出聲打個招呼，對方發現我後，把看似作業專用的眼鏡或是護目鏡往上推到額頭處，還隨意地夾到了他細軟的白金色瀏海。

「啊。」

他的其中一隻眼睛呈鮮豔的洋紅色。

這下我總算發現這位男子的身分。他正是跟我同屆的榜首，尼洛‧帕海貝爾。

明明連精靈召喚儀式都蹺掉了，竟然窩在這種地方。

「我叫瑪琪雅‧歐蒂利爾。你是尼洛‧帕海貝爾沒錯吧？」

「……嗯。」

他的回應非常冷淡，而且已重新戴回護目鏡，將專注力拉回桌面上。

「我也想使用這個空間可以嗎？」

「沒什麼不可以……妳想用就用吧，這裡是公共設施。」

「謝謝。」

這位五官端正的纖瘦男子，個性比想像中來得冷酷啊。

我將買好的木材與玻璃板放置在寬敞的空間，並物色所需的工具。

話說回來，這工作室還真奇妙。從室外難以窺探內部空間，但從室內往外看倒是一清二楚。充滿開放感的空間規劃，加上能一覽外面的海景，令我不解這麼棒的工作室為何會乏人問津。

我查看了一下二樓，發現是置物間，所有工具一應俱全。從這裡還能俯瞰一樓。

圓拱形的屋頂上覆有一層魔法保護層，呈不透明的乳白色，似乎是用來遮光隔熱的構造。這保護層還兼具冷暖調節機能，可以讓室內全天保持在舒適宜人的溫度。

若需要完全不透光的暗房，似乎還有地下室空間可使用。光是這座水藍色玻璃瓶工作室，感覺就能滿足魔法師的所有需求。

我馬上綁起頭髮，脫掉長袍開始工作。尼洛・帕海貝爾似乎很在意有個人在他面前敲敲打打、發出一堆噪音，所以不時抬起臉觀察我的行動。

而我也同樣對他的作業感到好奇，不知道他到底在忙些什麼。

他手持細細的棒子，看似正在進行小範圍的精密作業，同時揮灑著細碎的光芒。自己的工作告一段落後，我偷偷繞往他身後觀察，結果發現他似乎正在把魔法式寫入一只類似圓形玻璃薄片的物體上。

「唔哇……真虧你能完成這麼細的工呢。」

「！」

尼洛・帕海貝爾這才發現我在後面觀察，顯得有點驚訝，並露出不太愉悅的表情轉過身來，但我絲毫不在意。

「這是隱形眼鏡嗎？你的眼珠會呈現不同顏色，是因為戴了這個嗎？」

「……………」

「我在入學典禮那天看見你的兩隻眼睛都變成褐色，覺得很不可思議。因為更早之前遇見你時，你雙眼都是美麗的洋紅色。那才是你真正的瞳色對吧？」

尼洛・帕海貝爾沉默了片刻，然後摘掉臉上的護目鏡。

「我的眼睛顏色太過鮮豔，在這個國度被視為禁忌。即使我不想張揚，仍會引人注目，所以才戴著保險的變色鏡片。畢竟這是很方便的魔法道具。」

「這是……魔法道具？」

「這是一種先進的魔法產物，裡面設有魔法驅動迴路。不過在路斯奇亞王國還未普及就是了……說起來妳還真會猜，竟然知道這是戴在眼球上的鏡片。」

「呃……」

被他這麼一說，我才想到這好像是我此生第一次看見隱形眼鏡這玩意兒，但在前世的世界裡倒是極為普遍的用品。

「戴上這個有什麼功用？」

我帶著好奇詢問，結果他的態度依然冷淡，卻仔細地為我說明。

「……能夠用視覺來掌握魔力的流向。這樣能追蹤魔法與詛咒的軌跡，也就方便解除。這還能代替戒指與魔杖的功能，省去一部分的詠唱咒語步驟。總之是個能實現魔法高速化的工具。」

我還來不及驚訝，他便快速將視線掃往一旁。單憑這個動作，窗邊的空瓶就隨之破裂，因為他在剛才那瞬間已使出了魔法。

「大概就像這樣子。畢竟在未來的時代，魔法的敏捷度將會開始受到重視吧。」

我目瞪口呆地盯著破裂的空瓶。

剛才分明破掉了，卻不知何時已被修復完好，簡直神速！

「等、等一下，這也太厲害了，幾乎能補強魔法師的絕大多數弱點啊。你到底是何方神聖？」

尼洛・帕海貝爾跟死讀書的我不同，在魔法師的身分上已經領先了這個時代。

現在我能認同他成為這屆的榜首是實至名歸。不過，他究竟從哪裡得到這種技術的呢？

我們注視著彼此一段時間，互相試探對方的底子。

覆蓋在他單邊眼睛上的鏡片，表面不斷跑動著細膩的術式。

「沒什麼……純粹因為我在其他國家也待過很長一段時間，有比較多的機會接觸到先進的魔法技術罷了。事實上我的魔力沒有特別高，又沒什麼特殊才能。跟妳這種名門出身的人相比，我根本——」

「不！這是路斯奇亞陳舊的魔法技術所沒有的強大武器！應該說已經遠遠超過學生的程度啦。」

「我想路斯奇亞王國內的傳統派系魔法師，應該不會喜歡這套。」

「才沒這回事！我可是充滿興趣！」

「…………」

尼洛・帕海貝爾仍是一臉難以言喻的表情。

或許是我過於激動的態度嚇到他了。

「咳嗯！對了，你好像沒出席精靈召喚儀式，是怎麼回事？肚子痛還是怎樣？」

總之我先試著轉移話題。

「……為何妳要在意我出不出席？」

「出於好奇啊。我在猜你是不是對於役使精靈沒興趣。」

「也不是。因為我已經擁有一隻精靈，所以不缺罷了。」

「咦！在哪裡？」

他竟然跟勒碧絲一樣，早就擁有自己的精靈。該說真不愧是榜首嗎？

我四處張望尋找，結果他懶洋洋地走往窗邊，伸手指向大玻璃窗外的天空。

「啊……」

一隻氣派的老鷹盤旋於空中。原來他的使魔是鷹啊。

「真帥氣耶。我家族裡也出現過烏鴉使魔。鳥類精靈能在高空守護主人，自由自在的感覺真好。」

「……是呀。能夠不受拘束地想去哪就去哪，這點令人有點羨慕。」

尼洛・帕海貝爾此時難得露出了柔和的表情。

他原本打算順勢回到工作桌，但被我一把抓住肩膀繼續追問。

「欸！你已經被其他小組延攬了嗎？我現在正在招募組員。」

他的表情突然變得神經質，別開視線回答：

「原來妳要問的是這個……貝亞特麗切・阿斯塔有邀請我。」

「難道你答應她了？」

尋求優秀人才的貝亞特麗切若沒搶第一個邀請榜首，我反而才意外。

「不……因為她擺出高姿態對我說：『雖然你是平民，但我還是好心收你為組員，心懷感激地接受吧。』所以我拒絕了。我討厭那種傲慢的魔法師。」

「啊啊……」

不難想像那幅畫面。尼洛・帕海貝爾身為榜首，真要說的話，他是握有選擇權的一方吧。

「我很明白你的心情，我也因為祖先的惡名被說三道四。說起來，無論是貴族、平民甚至是奴隸，出身背景對魔法師來說根本不重要，本來就應該憑實力說話。」

雖然也有魔法師信奉血統主義，但就我看來，這簡直愚蠢至極。

畢竟也有像托爾一樣出身自奴隸的天才存在，我可是一直以來看著他一展長才而被重挫自信心呢。家世背景在那種天才面前，根本毫無意義。

尼洛・帕海貝爾也一樣，他絕對擁有與托爾不同類型的天賦。

「所以說，你要不要加入我的小組？不……不對。」

我馬上訂正這句邀請，並且伸出手。

「要不要先跟我交個朋友？尼洛・帕海貝爾。」

「…………」

海水的氣息與檸檬的香味，乘著風從敞開的天窗淌流而下。

這短暫的沉默瞬間，伴隨著爽朗的氛圍。他出乎預期地露出放鬆的表情，凝視著我伸出的手。

但卻遲遲不肯握住。

得不到回應的手，只能徒然僵在半空中……我不停握拳又張開，掩飾這股空虛。

「好、好吧……雖然在精靈召喚儀式中叫出兩隻侏儒倉鼠的我，的確找不到組員而落單啦……啊！但倉鼠很可愛喔！」

「……倉鼠？」

他的視線望向我剛才進行作業的空位。

那邊擺著我用木材與玻璃板搭成的四方形箱子，目前還沒完成。

「咦？妳剛在做的是倉鼠籠嗎？」

「對啊。我想做個大一點的空間，讓牠們住起來舒服點。另外也想做個滾輪，不過這部分的製作方式還沒摸透。我在想，是不是乾脆拿洗臉盆打個洞然後裝進去就好了。」

「…………」

原本待在長袍口袋裡的兩隻小倉鼠，發出窸窸窣窣的聲音爬出來，輕巧地跳上我面前的桌子後開始嬉戲，彷彿在玩相撲。

看牠們軟Q又圓滾滾的模樣實在太可愛，我便跑去拿了剛買的葵花籽過來，在桌上排成圓形的相撲擂台。

尼洛・帕海貝爾則目不轉睛地看著我跟小倉鼠們的一舉一動。

「……我也來幫忙吧。」

「咦？幫什麼忙？」

「製作倉鼠用的滾輪。」

「咦咦！不、不用啦。你還有自己的事情要忙不是嗎？光是願意加入我的小組，就已經很感謝了啦！」

「什麼時候已經決定我要成為組員了……好吧，也行，反正我終究還是得找個小組加入。」

「好耶！」

我握拳擺出勝利姿勢，尼洛・帕海貝爾則輕嘆一口氣，暫停自己手邊的工作，去看我做到一半的籠子。

「什麼嘛，原來妳的籠子做得挺不錯呀。」

「別看我這樣，還算是擅長手工勞作喔。畢竟我住在鳥不生蛋的地方，一直都是自己去收集材料回來親手製作。」

主要都是運用在鹽之森採集到的資源。

話雖如此，但以前沒機會幫倉鼠做滾輪，所以陷入一番苦戰。

尼洛・帕海貝爾似乎很擅於這類工藝，用工具與魔法幫我做了一個有模有樣的滾輪，簡直像是店家賣的商品。

「謝謝，尼洛・帕海貝爾！啊……叫全名也嫌麻煩，可以直接喊你『尼洛』嗎？」

他維持了幾秒的沉默，然後用愛理不理的態度回一句「都可以」。

「這名字真不錯，很像暴君會取的名字，或者感覺會牽著一頭法蘭德斯畜牧犬。」

「什麼？」

「沒事，我自言自語。」

「……妳呢？」

「咦？」

「我該怎麼稱呼妳？」

尼洛重新轉身面向我，用單邊呈洋紅色的眼睛注視著我，同時冷淡地問道。

他的瞳色與冷酷的態度相反，鮮豔得過於熱情，讓我從中感受到某些預兆。

「……就叫我瑪琪雅！」

我反射性地用充滿雀躍的語氣回答，並再次向他伸出手。

他有心想要好好稱呼我，這令我有些高興。

這一次，尼洛好好地回握住我的手。

「勒碧絲，妳聽我說喔！那個榜首的男生要加入我們的小組了……呃，奇怪，人怎麼不在？」

我抱著剛完成的籠子回到女生宿舍，原本想跟室友勒碧絲說說今天發生的事情，但她還沒回房。

然而她的使魔——名為諾亞的黑貓，卻喵喵叫著湊往我的腳邊。

「這是新入住的小倉鼠室友，你可不能吃掉牠們喲。」

我讓諾亞跟兩隻倉鼠打招呼，結果牠嗅了嗅，隨後舔了牠們一口。

小倉鼠們毫不膽怯，反倒爬往諾亞身上，把毛皮滑順的貓背當成溜滑梯，玩鬧了起來。真是不怕死……

我立即拿廢紙絞碎成紙屑，鋪在玻璃籠子裡作為墊材，並試著把睡窩、飼料盆、砂盆與滾輪安裝好。把原本還在玩鬧的小倉鼠們放進籠裡後，牠們先東張西望了一番，便開始在砂盆裡打滾，並且跑起了滾輪。

這樣一瞧，牠們果然怎麼看都與一般倉鼠無異。

「嗯～『波波羅亞庫塔司』跟『咚塔那提斯』這種名字太冗長，喊起來拗口又不討喜耶。就叫你們『波波太郎』與『咚助』好啦。嗯，這樣可愛多了。」

我試著把老祖先「紅之魔女」所取的名字，極度隨興地簡化成暱稱。

白色的叫波波太郎。【水】屬性，圓滾滾又胖嘟嘟。

黃色的叫咚助。【火】屬性，個頭嬌小且動作敏捷。

身為我的精靈，牠們要如何派上用場我還沒有頭緒。不過就屬性來說，剛好是我最不擅長的【水】系與最擅長的【火】系，這點倒是令我滿慶幸的。

啊，玩累了是嗎？

兩隻小傢伙像融化般癱成一片，在滾輪上疊著彼此身軀睡著了。

第七話　尋找留級生

展開校園生活至今已過了三週。

一年級生要修讀的課程，主要有以下幾個科目。

「精靈魔法學」：專任教師　尤里・尤利西斯・勒・路斯奇亞

「元素魔法學」：專任教師數位

「魔法藥學」：專任教師　烏爾巴奴斯・梅迪特

「魔法世界史」：專任教師　瑪麗・埃利希

「魔法體育」：專任教師　法蘭雀斯卡・萊拉

這些基礎魔法學課程包含在基本學程中，其餘則由學生安排自己有興趣的通識課程，修足升級所需的學分。

首先介紹「精靈魔法學」。

「精靈魔法學是學習起源於路斯奇亞王國的『精靈魔法』之重要課程，內容包括精靈生物學、召喚術與魔法陣生成術等，是發展國力、守衛國土必需的專業魔法課程。」

本科目的教師是尤里・尤利西斯・勒・路斯奇亞，在精靈召喚儀式時也已經打過照面了。他身為路斯奇亞王國的二王子，被譽為國內首席精靈魔法師，據說目前效命於他的大精靈超過十隻。老師雖然有一張小於實際年齡的童顏，但是言行舉止成熟穩重，在課堂上的表現能讓人充分感受到他對精靈的熱愛，是我非常尊敬的師長。

接下來是所有魔法的基礎「元素魔法學」。

元素屬性主要分為【火】、【水】、【冰】、【地】、【草】、【風】、【雷】、【音】、【光】與【闇】。在「元素魔法學」中，透過詳細了解並正確學習這些元素之魔法，以靈活運用於攻擊或守護等種類的魔法上。各屬性的「元素魔法學」都由不同的專任教師負責教授，本科目也是一年級課程中課堂數最多的科目。聽說，先了解自己擅長與不擅長的屬性是很重要的。順帶一提，我最拿手的當然是【火】，【水】則是最大的罩門。

再來是與路斯奇亞王國發展密不可分的「魔法藥學」。

專任教師是烏爾巴奴斯・梅迪特，也就是我的舅舅。

「我國的發展建立於毒與藥之上。簡而言之，『魔法藥學』是栽培路斯奇亞王國主要產業之未來棟梁的課程。由於包含許多採集藥草等校外課程，所以也需要充足的體力～」

本科目透過採集自然界中的魔法素材，並運用自身魔法加以組合，來製造出對人體產生各種功效的魔法藥。根據第一堂課的說明，魔法藥學是由元素魔法學中的【草】、【地】、【水】與【光】屬性衍生發展而成的。

魔法藥的優點在於，即使服用者不是魔法師，也能享受其功效。因此，魔法藥成為本國蓬勃發展的產業，在梅蒂亞中的其他各國具有極高價值。順便補充，魔法藥學是歐蒂利爾家長年以來鑽研的領域，可說是我的拿手科目。

下一個是「魔法世界史」，這是學習梅蒂亞的歷史與認識各時代魔法與大魔法師的科目。

本課程的專任教師為瑪麗・埃利希。她有一頭齊肩短髮，戴著寬帽簷的三角尖帽，身穿黑色長袍洋裝，是個造型自有一番特色的壯年魔女，教學風格屬於嚴格的正統派。不過她還有另一個特點，就是只要一抱怨起擔任王宮魔法師的丈夫，就會講個沒完沒了。

「所謂的梅蒂亞，是由十尊神所創立的『救贖』世界。這群眾神也被稱為『魔法師的始祖』。」

所有歷史課都一樣，首先從起源神話說起。本課程內容也包含了梅蒂亞創世神話學與梵斐爾宗教學。

由於這堂課主要是坐在教室裡聽老師講課，並死背各種人名與歷史事件等等，很多學生總是昏昏欲睡。

最後是「魔法體育」。本課程的主旨在於活動筋骨來鍛鍊基礎體力，並學習徒手或利用短小武器進行的體術、劍術、轉移魔法、飄浮魔法與飛行魔法等能力。

此外，聽說這堂課還會學習如何操作主流魔法道具，未來也會舉辦各種利用魔法與魔法道具來進行的校外實習、模擬戰鬥與決鬥賽等活動。曾聽說未來有志成為魔法兵或魔法騎士的學生，本科目的成績將會是關鍵。

「魔法師常被認為是一門閉門造車又孤僻陰暗的職業，但是現今這個時代需要『靈活』的魔法師，優秀的身體能力是必備的！若無法在這堂『魔法體育』課取得A以上的成績，休想得到我的推薦成為魔法兵或魔法騎士！」

本科目的專任教師是法蘭雀斯卡・萊拉，在以正統派魔法師為主的本校教師陣容中，這位女老師一身黃色運動服搭配墨鏡的造型，顯得獨樹一格。用字遣詞也粗獷豪邁，總之是斯巴達式的教育者。她與埃利希老師常為了教學方向起爭執，不過在她進入本校任教之後，畢業生中培養出優秀體力的人數比例顯著增加，這方面也要歸功於她。

如同以上介紹，我們在各具特色的教師陣容悉心照顧下，今天也勤勉向學。

「一年級的各位，差不多習慣學校的課程了吧？喔喔，上一堂課是魔法體育？難怪大家要死不活的～」

某日的魔法藥學課，梅迪特老師看著精疲力盡的學生，默默露出笑容。畢竟大家才剛被要求在島上練跑，鍛鍊基礎體力。

平常沒有打下體力基礎的學生們，看起來累得半死。

我有每天慢跑的習慣，從入學前也持續訓練，所以這點強度還能輕鬆應付。

「那我先來說明下個月要舉辦的校外實習——藥草採集活動，順便讓大家休息一會兒～大家累歸累沒關係，只要耳朵注意聽這邊就好囉。」

「……校外實習？」

學生們雖然累成一片，但似乎對於老師口中的這個活動相當好奇。梅迪特老師推著單邊眼鏡說道：

「各位已經分好組了嗎？」

「…………」

在場所有人屏息，嚥了一下口水。早就分好組的同學們露出一臉從容不迫的表情，尚未分好組的人則鐵青著臉……而我當然屬於後者。

「下個月的藥草採集校外實習課，也是一年級的首次小組活動。分組表現將會關乎個人成績，請各位加把勁找好組員。啊，還沒提交分組申請的同學們，只剩下一星期的時間，加快腳步喲。若最後還是無處可歸，就由老師自行分配了……那就開始今天的課程。翻開課本第二十四頁。好了，那邊的同學別睡覺啦！」

舅舅意外地具備老師該有的架勢。他扔出的粉筆準確命中正在打瞌睡的男同學，讓教室內響起一片掌聲。

課堂結束後，我與勒碧絲一同走出教室時，被埋伏在外的貝亞特麗切在走廊上堵個正著。

「貴安呀，瑪琪雅．歐蒂利爾。聽說妳還沒湊齊組員呀？真是太離譜了～」

貝亞特麗切輕快地撥了撥頭髮，同時對我投以酸言酸語。

她身旁站著一群看似同組的夥伴。這些人全都擁有名門背景，在課堂上的表現也很出色。

我看看，有兩個是原本就跟在她屁股後面的千金小姐，還有一個同樣出身自阿斯塔家的男生，加上一位侍奉他們家族的管家。這些人的名字我一個都還沒記住。

「隨妳耍嘴皮子吧，我只是要等到最後一刻再亮牌罷了。我可沒有暴露的嗜好，像跳脫衣舞似地把組員一個個秀出來炫耀。」

「什……」

她的跟班們紛紛叫嚣：「什麼脫衣舞，太失禮了！」「妳要死鴨子嘴硬也只能趁現在！」

然而我一臉無所謂地直接離開現場。

「瑪琪雅，說出那種話真的沒關係嗎？我們還沒湊齊組員耶。」

「那是在虛張聲勢啦，虛張聲勢。誰叫她有事沒事就來找碴，令人火大。啊～不過……」

正如勒碧絲所言，最後剩下的一個空缺，我們無論如何都找不到人選。

似乎是因為我跟貝亞特麗切槓上的關係，大部分女同學都選擇往她那邊靠攏。

男生們則是大多數重視精靈的位階，召喚出倉鼠的我，應完全不在他們的考慮範圍內。

「這下子需要開個作戰會議了呢。」

「現在就去一趟工作室吧？我想尼洛同學應該也在那邊。」

「嗯嗯。不過我可以順道繞去藥草園一下嗎？」

「當然。妳需要什麼嗎？」

「我要去採點接骨木花。因為受人委託，要做點東西。」

「委託……嗎？」

學校的藥草園位於島內高海拔地帶，包含室外種植與溫室栽培在內，約有百種的花草提供校內學生自由取用。

我在園裡尋找接骨木花的身影，挑選了開滿奶油色小花的漂亮枝葉摘取。這種植物是接骨木屬的萬能藥草，自古以來就受到魔法師愛用。

回到正題。我跟勒碧絲捧著大量的接骨木花來到工作室，看見尼洛難得待在玻璃牆邊發呆。他明顯地皺起眉頭問了句：「幹嘛？」

「我要用接骨木花做甘露酒啦。很有魔女的感覺吧？」

「甘露酒？」

「噢？你不知道嗎？就是花草做的糖漿。可以兌熱水或氣泡水做成飲料，也可以淋在優格或冰淇淋上享用。總之可以做起來存放，運用在各種料理上。」

玻璃瓶工房的地下室內設有簡單的廚房設備。

地下室的室溫非常涼爽，適合魔法藥與魔法物質的存放與調配作業。需要在工作室燒開水、熬煮或溶解什麼物質時，我就會利用這個廚房空間。

我在這裡找到巨大的調理盆，仔細清洗過後倒入熱水、砂糖，把接骨木花放進去醃漬，並且拿校內摘來的檸檬擠了大量原汁進去，順便加上切片的檸檬。

接骨木花是用來製作花草甘露酒的代表性植物。

至於我為什麼在製作這玩意兒，是因為昨天受到女子宿舍長娜吉學姊的拜託，要我幫忙做歐蒂利爾家特製的花草甘露酒。

娜吉姊從以前就很愛我家的花草甘露酒。

而且接骨木花還有預防感冒的功能。畢竟就快到夏季感冒的流行季節了。

「好，把這放置在陰涼處醃漬個三天吧。盧內・路斯奇亞這裡有用不完的免費檸檬，真是幸運。」

我將半成品收進地下室的保冷箱裡，完成準備工作。

等大功告成之後要用棉布過濾，再裝進熱水消毒過的瓶子裡保存。

在旁邊協助我的勒碧絲，拿了剩餘的接骨木花插在花瓶裡，放在一樓牆邊當擺飾。大片的圓拱狀玻璃牆邊，還擺放著許多盛開的向日葵盆栽。盆栽的主人是我，打算未來把種子拿來當小倉鼠們的點心。

玻璃牆外可望見藍天、沿著水平線的連綿積雨雲，搭配眼前盛開的鮮黃色向日葵，這景色令人感受到夏天即將到來。

「欸，最後一位組員找到沒？」

尼洛趁我們的作業告一段落時，用冷淡的聲音詢問。

「還沒。雖然問了許多人，但大家的組別差不多都確定了，應該機會渺茫……好吧，應該說主要原因在於我。」

此時尼洛猶豫了一會兒，還是決定開口。

「我知道有個人……應該還沒被任何人找過，但不確定他有沒有意願加入我們就是了。」

「咦！誰？」

「我的室友——弗雷・勒維。他原本大我們一屆，但留級了，所以跟我們同學年。入學典禮他沒參加，課也沒來上，應該很多人根本不認識他。正確來說，他連宿舍都不常回來，對我來說是個再完美不過的室友。」

「哇～原來如此。」

也就是說，那個人原本應該是二年級的學長，留級之後待在我們的學年……

「呃，對方既然是留級生，應該是個麻煩人物吧？」

面對勒碧絲的擔憂，尼洛回答：

「我也明白妳的疑慮，不過，我想他應該不是單純吊車尾的劣等生。」

「怎麼說？」

「這個嘛……見到他本人就會明白了吧。妳們兩個跟我過來。」

他走出工作室，我跟勒碧絲也帶著疑問跟上前去。

在怡人的海風吹拂下，我們穿越玻璃瓶工房區，來到斷崖上的開闊空地。

尼洛舉起手吹了聲口哨，一隻盤旋在高空的雌鷹便往下降落，繫在其尾羽上的鈴鐺同時叮噹作響。

「哇~近看才發現真可愛。牠叫什麼名字？」

「名字叫……芙嘉，屬性是【音】。」

「是喔，真少見耶。」

芙嘉張開鳥喙玩著尼洛的頭髮，尼洛則撫摸牠的翅膀後，再次將牠放回空中。

他與精靈之間似乎已建立起互信關係。

「聽說弗雷・勒維應該馬上會來到這附近。」

應該是芙嘉提供的消息吧。

在原地停留片刻後，某位男學生現身於正下方的寧靜海濱。

正是那位弗雷・勒維。他將手插在口袋裡，同時哼著歌。

他有著修長的雙腿與微微駝背的上半身，以及髮尾外翹的亞麻綠色髮型。身上的制服穿得隨興，還戴著耳環。垂眼搭配高挑眉型與纖細的下顎線條，感覺就很受青春期少女的歡迎。

「原來如此，外表看來是個不良少年，或者該說是輕浮男呢。」

如果長這樣卻有著認真嚴肅的性格，應該屬於那種靠反差萌加分的類型。

「啊，瑪琪雅，有女學生過來了。」

「是三年級的學姊，領結是綠色的。」

「啊，瑪琪雅，他們開始在海濱卿卿我我了。」

「不妙，我可看不下去了啦。」

純真的我正打算用手遮住眼睛——

「嗯？」

此時又有一位女生來到這片海濱。她板著駭人的嚴厲神情，踩著重心向前的步伐大力走過來。看她的領結是黃色，代表是四年級生。

「啊，修羅場。」

看來這位弗雷・勒維似乎腳踏兩條船。

兩位學姊為了這男人展開一場女人的廝殺。

那麼當事人弗雷・勒維此時又做何反應？

那傢伙繼續手插著口袋，輕而易舉地跑上斷崖逃走了。

「原來如此。他是【地】之驕子呢，擁有受大地眷顧的特殊體質……可惜是個渣男。」

「可惜是女人的天敵。」

我與勒碧絲妳一句、我一句地說著，尼洛有點尷尬地問道：

「妳們怎麼看？女孩子應該不喜歡這種類型的傢伙吧？」

「不會，我反而慶幸能親眼確認他的逃跑速度之快。我們去延攬弗雷・勒維吧。那麼矯捷的身手，在校外活動課上肯定能發揮所長。」

於是，我們決定尋找弗雷・勒維的蹤影。

請雌鷹芙嘉從上空搜索後，得知人似乎已逃往校外了。我們為了找到留級生，也不得不踏出學校。

我們穿著制服奔波在米拉德利多的市區街道上，結果被各式各樣的人搭訕。

「這裡有賣品質優良的鐵鍋喲～包準讓你的魔法藥怎麼煮怎麼成功！」

「最近流行的長袍款式又回歸原點，來到黑色啦。前陣子還流行深綠色的說。」

「要不要打磨一下魔杖呀？可以算你們便宜點喲！啊，最近的學生都戴戒指來著？」

——諸如此類。王都是魔法師的聚集地，以魔法師為主要客群的生意也很多。

半路上，我們跟丟了弗雷的蹤影。

一部分是因為人潮眾多，加上市區的水路縱橫，來回穿梭在構造類似的人行橋與錯綜複雜的巷弄間，越來越失去方向感。

「分三路搜索比較快。找到的話就用精靈互相聯絡吧。」

「有道理。」

「我明白了。」

我們在分成三條岔路的中央廣場解散。走中央大道的我目睹弗雷・勒維走進拱廊商店街，於是跟著追上前。拱廊商店街是一條擁有圓拱狀玻璃屋頂的購物街，今天也依舊熙來攘往。

「真是的……那個男的在這種地方也能悠然自得地飛簷走壁。」

弗雷・勒維似乎絲毫不受人潮影響，無視地心引力，緊緊黏著建築物的牆壁與天花板行走自如。他的體質在與地面相接的物體上也能發揮效用，再加上人潮眾多的關係，這種能力看起來更像造成了視覺上的錯覺，令我頭暈目眩。

總算穿過拱廊商店街後，發現弗雷・勒維早已拉開距離，鑽入巷弄裡。我拖著憔悴的身軀仍繼續追上前，但跟丟了。

在巷弄裡打轉的我，原本以為自己迷路了，結果在某個轉角與人相撞，狠狠地一屁股跌坐在地。

「疼疼疼……」

「喂，妳沒事吧？瑪琪雅。」

「尼洛！」

我在這裡意外與尼洛會合。他幫忙拉了一把讓我站起身。

「王都真是個可怕的地方，人潮洶湧得驚人。好想回歸農村……」

「看來妳受到大都市的震撼教育了。不過我也能了解妳的心情。」

尼洛姑且對我表達了同情，接著說道：

「剛才我在這條巷子裡看見弗雷・勒維。」

「沒錯！我也看見他走進這裡，然後就迷路了……」

「我也一樣。總覺得被那個男的玩弄於股掌間。」

的確是。我甚至懷疑弗雷・勒維對整個王都熟門熟路，簡直有如自家後院。

尼洛仰望天空，暫且先把芙嘉叫回來，再重新下令搜索弗雷。

我們決定先走出這條巷子。反正尼洛記得回程的路。

出了巷子口，似乎是熱鬧的平民生鮮市集。

這裡販售著蔬果、穀物、肉類與新鮮的海產。

注意力被市集景色吸走的我，發現了某樣商品，突然急踩剎車。

「白米……」

「嗯？」

「這裡有白米！尼洛，白米耶！白米！米米米！」

沒想到在這裡發現了秤重販售的白米。

呃，米拉德利多這裡確實有海鮮飯與燉飯等著名的當地料理，所以我本來就猜想有賣米。

但是，其實我在梅蒂亞出生以來，並沒有吃過米飯。

取回上輩子的記憶後，最麻煩的就是對前世世界中的食物產生渴望。尤其是米飯，就算想吃，這個國度除了王都以外並無米食的需求，位於邊陲的德里亞領地更是難以入手。

「喂，妳在做什麼……我要自己先走囉。」

「等、等等等、等我一下下就好，拜託！」

我將原本目的一瞬間拋諸腦後，讓尼洛在旁邊乾等，自己急忙買了大約五百公克的白米。這裡的米大多自東方國度進口，標價牌上寫著「黃麟國產」。這是東方最大的國度。順利購入戰利品的我滿心歡喜，結果——

「啊啊啊啊！」

「這次又怎麼啦？」

「杏桃！是杏桃耶！既然都有賣白米了，果然少不了那個。」

呈現美麗橙色的杏桃似乎正值收成期，堆成一座小山販售。尼洛又露出奇怪的表情問：

「妳要買來幹嘛？」

「呵呵呵，用這個做醃漬杏桃乾呀。檸檬酸可以用檸檬原汁代替，至於鹽呢，我有採集自鹽之森的特殊鹽。行得通……這下行得通！」

「……雖然完全不懂是怎麼一回事，不過恭喜妳。」

尼洛不意外地露出疑惑的表情，彷彿不解我為何為了白米跟杏桃如此心花怒放。就算我說明要做醃漬杏桃乾，他也有聽沒有懂的樣子。

白米跟杏桃占去我兩手的空間，於是尼洛說了「我來拿吧」便幫我拿了杏桃。喔喔，意外是個體貼的紳士嘛！

此時芙嘉正好飛下來，向尼洛傳達情報。

「喂，弗雷・勒維似乎在迪莫大教堂的頂樓上。」

迪莫大教堂是王都內最大的梵斐爾教大教堂，位於東區廣場裡。

尖塔上立有創世十尊神的金色雕像，眾神的雙眼靜靜地俯瞰這片市區。

我們在這裡跟勒碧絲會合。大教堂的大門此時正好打開，一大群身穿主教服的人紛紛走出來。混在圍觀群眾裡的勒碧絲凝望著他們的模樣。

「據說他們是從梵斐爾教國前來巡禮的主教，地位相當崇高。」

「哇……」

一位頭戴主教冠並走在前頭的主教，往我這裡一瞥。

我感覺到彼此的視線隔著一層從主教冠垂下的頭紗，短暫交會了一瞬間。

「瑪琪雅，好像有樓梯可以上去。」

「啊，嗯！」

在勒碧絲的呼喚下，我們從大教堂側邊的階梯前往頂樓。

為了上去屋頂，還付了一些參觀費……

「唔哇——」

這裡的視野非常好，可以近距離欣賞大教堂尖塔上的雕像，以及柱身與圓拱門上的雕刻。就連米拉德利多城與遠方的群山都能盡收眼底。

那位盧內・路斯奇亞魔法學校的男學生，正獨自躺在頂樓的長椅上呼呼大睡。

「冒昧在你睡得正香時打擾，方便借點時間嗎？」

「嗯？」

戴著自備的眼罩睡午覺的男子，正是弗雷・勒維。

我上前攀談後，他一面摘下眼罩打了個呵欠一面坐起身，接著輪流打量我們三人。

「呃……幹嘛？告白？」

「算告白嗎，還是應該說是延攬人才？」

「欸～很遺憾，我的原則是只接受年長大姊姊提出的邀約。是說你們從剛才就一直跟蹤我吧？我明明嫌麻煩，甩掉了你們好幾次。」

弗雷・勒維說完又躺下身。我們三個面面相覷。

「我們正在募集組員。你還沒加入任何組別對吧？」

被尼洛用平淡的語氣一問，弗雷・勒維仍繼續躺著，只將眼神移往尼洛身上。

「啊～就想說好像在哪見過你，這不是跟我同寢的閉俗男嗎？」

他總算發現尼洛就是自己的室友。

「喔喔，原來如此。一年級的分組活動是吧？不過啊～還真麻煩耶～」

這傢伙像個小孩般滾來滾去……

「難道你不打算升級嗎？」

「完全不想。就算讀到畢業了也沒有大好前程等著我。所以我寧願永遠留在一年級。而且，我對年紀比我小的小妹妹沒興趣～」

弗雷・勒維看了看我跟勒碧絲，大嘆一口氣。

這副態度反而讓我們確信，讓他加入我們的小組很安全。

「那就再好不過了。還有，你沒發現自己的主張互相矛盾嗎？一輩子都留在一年級，代表以後總有一天，就連四年級的學姊都會比你還年輕啊。」

「啊……」

他露出一臉恍然大悟的表情。看來這男的……是個笨蛋吧？

「反正一個月後，你都會被分配到某一組。落單的人之後會被湊起來啦，既然如此，你先加入我們這一組也沒差吧？」

「加入你們的小組，對我有什麼好處？」

「我們隨時都以第一名為目標，也就是說，可以保證你拿到好成績！」

我一臉得意地大膽發下豪語，結果弗雷・勒維露出明顯不感興趣的表情，翻過身子。

「我才沒有那種目標。爭取第一名等於是出盡風頭，我可不想引人注目。」

「……為什麼？」

「真煩耶。因為我要是太高調，會讓某些人為難啦。」

尼洛小聲呢喃：「你現在也已經夠高調了，在壞的方面上。」

「啊～夠了～你們煩死人啦～閃一邊涼快去吧。」

看他似乎開始不耐煩，我們心想繼續說下去也是白費唇舌，便打算撤退。但我不打算放棄他，轉過身去問道：

「姑且問一句，對你而言，怎樣的條件才會心動？」

「啊～直說的話就是年長大姊姊。」

對一年級生的小組提出這種強人所難的要求……

「比方說怎樣的年長女性？」

「啊……我確實看上了某位學姊，但是像你們這種位於底層的一年級生，感覺就派不上用場～」

「對方叫什麼名字？」

「娜吉・梅迪特學姊。她是女生宿舍的宿舍長，妳應該知道是誰吧？雖然高不可攀的她感覺是個難對付的角色，但就是這點激起我這個姊姊殺手的好奇心。」

我回應「啊～原來」，並大力點頭認同。

「娜吉姊的確是個性格直爽大方又可靠的姊姊，很有魅力。」

「噢，妳很懂嘛。」

弗雷・勒維猛然坐起身，對我露出得意的竊笑。

「其實我跟娜吉學姊是表姊妹。」

「……表姊妹？」

弗雷・勒維極為失禮地咕噥一句「一點都不像啊」，而我也毫不留情地否定他。

「我想娜吉姊應該對吊兒郎當的男人沒興趣。」

娜吉姊是統率女子宿舍的可靠前輩，但最近好像才被年長的男性王宮魔法師玩弄感情……我聽說她發下豪語，說再也不會被男人欺騙了。

如此看來，弗雷・勒維這個不正經的輕浮男，可能根本是最糟的人選。

「但若是個性乖巧又認真進取、機靈勤快的小弟弟，或許還有機會。」

弗雷・勒維露出了半是感興趣、半是警戒的複雜表情。

他坐著盤起雙腿，開始認真聽我說。

「你要表現自己，只能在魔法藥學的校外實習交出亮眼的成績單。畢竟娜吉姊是梅迪特家的千金，肯定不會喜歡不認真參與藥草採集實習課的男生。」

「唔……竟然想用這招說動我……」

「機會難得，你就乖乖上鉤吧。我會幫你安排一個精心準備的任務。」

「任務？」

「我受娜吉姊所託，幫她製作接骨木花的花草甘露酒。下次由你負責把成品拿去給她。你只要說是同組的我拜託你跑腿，至少能當成不錯的理由來開啟聊天話題吧？」

「…………」

這招似乎奏效，弗雷先嘆了長長一口氣後——

「唉……好啦好啦。那就以此為條件，我好心加入你們的小組吧。交換條件是妳要好好向娜吉學姊宣傳我在校外課程中的英姿。」

「校外課程中的英姿？這是什麼意思？」

「啥？話先說在前頭，你們可別因為是第一次的小組活動就輕忽大意，否則會後悔莫及。盧內・路斯奇亞的教師都鐵血無情，還會設下各式各樣的陷阱啊～」

「…………」

「但我去年已經體驗過一次，所以應該游刃有餘吧～」

明明是個留級生，口氣卻格外有自信。不過，組員裡有人實際經歷過校外課程，的確令人更放心。我們果然不能錯過這個男人。

「明白啦，我會盡最大限度的努力實現你的願望。你就儘管利用我們，在娜吉姊面前展現最帥氣的一面吧……無論最後結果如何。」

「我可是姊姊殺手耶～結果早就在我的預測內，只是一直欠缺機會接近她罷了。」

「好好好。不過，就算你對同組的我們沒興趣，至少記一下名字吧。我是瑪琪雅・歐蒂利爾，她是勒碧絲・特瓦伊萊特，然後他是你的室友尼洛・帕海貝爾。總之就先用我們四個人的名義提出分組申請囉。」

「組長是誰？」

「什麼？組長？」

「按照慣例，在申請的同時必須決定組長人選。這種麻煩差事我可不幹喔。」

弗雷語畢又躺下了。我跟勒碧絲與尼洛三人互望著彼此。

他們兩人都抗拒地搖搖頭。

「……真是沒辦法。好啦，我來當組長。」

於是我們便這樣回到學校內，由我以組長身分去找梅迪特老師提交分組名單。

梅迪特老師正在自己的工作室裡改小考考卷，一發現我來了，就喜孜孜又殷勤地泡起珍藏的紅茶，身為教師的威嚴蕩然無存。

「哎呀哎呀，瑪琪雅小姐，我就在想妳差不多該來找我了。怎麼啦？是想念家鄉了嗎～？還是想念妳的舅舅了呢～？」

「完全不是這麼回事耶。」

明明要我稱呼他為老師，現在又徹底擺出自家人的態度。

「我呀，總算湊齊人數了，所以來提交分組名單啦。組員有勒碧絲・特瓦伊萊特、尼洛・帕海貝爾、弗雷・勒維，再加上我。」

「哦？這還真是聚集了各有特色的成員呢。尤其是弗雷・勒維，沒想到他會加入妳的小組。」

「……我問你喔，弗雷真的只是因為成績不好而留級嗎？他是【地】之驕子，總覺得他只是裝成落後大家的樣子……老師知道些什麼嗎？」

老師停下改考卷，從單邊眼鏡的縫隙間瞥了我一眼。

「別看我這樣，對於教師這份工作也抱有一定的榮譽感，可沒笨到洩漏學生的隱私喔……不過，正如同妳的猜想，弗雷・勒維是難得一見的奇才。他去年在學期中突然開始曠課，純粹因為學分不足才留級。」

……我邊聽邊心想，你這不是全洩漏出來了嗎？

「他是個卓越的人才，只要願意認真，一定能以魔法師的身分追求更高的成就。過去沒有人能拉他一把，但若是瑪琪雅小姐，或許有辦法幫助那個問題學生。」

「我？我有這種才能嗎？」

「發掘托爾並且拉拔他進入這個世界的人可是妳耶。妳具備獨一無二的慧眼，能發現誰也找不到的寶物……還擁有勇氣，向被全世界放棄的人伸出手。」

「…………」

我沒預料到托爾的名字會在此時出現。

擱下茶杯的我，邊看著晃動的茶水表面邊問：

「欸，老師，不知道托爾他過得好不好。」

「嗯？嗯……這個嘛，他在那邊的生活，似乎各方面也很辛苦。」

「辛苦？」

老師又發出一聲「嗯……」，做出故作神祕的反應，卻又擺出豁達的態度說：

「瑪琪雅小姐，妳知道為何救世主的存在至今還沒有公諸於世嗎？」

「不知道，但一直很好奇……」

沒錯。

其實，從流星雨之夜到今天為止，救世主的存在都未正式對外公開。

「畢竟相關的傳說也是用隱喻的形式流傳下來，所以我原本猜想，或許不公開也是慣例的規矩。但這裡是魔法學校，貴族身分的學生也很多，我想知情的人應該都知道吧。」

「沒錯。距離流星雨之夜已過了將近兩年，無論再怎麼隱瞞，傳言還是逐漸流傳開來。更可怕的是，救世主傳說本身的內容遭到扭曲，並往平民階層擴散。其實王宮應該正式公告，向大家說明救世主與守護者的事，但目前有點小狀況。」

「小狀況？」

「……其實，守護者還少一人。」

梅迪特老師拿起方糖排列在桌上。他擺好粉紅色的方糖並說「這是救世主大人」，然後一面在粉紅色方糖的周圍擺放白色方糖，一面說明「這些就是守護救世主大人的守護者」。一顆、兩顆、三顆……然而，他就此停下動作。

「簡單來說，目前守護者中還有一位下落不明。明明應該有『四人』才對。」

「怎麼會？托爾可是第一天就被帶走了耶。」

這也成為我的心靈創傷。

「托爾的狀況是他身旁本來就有很多人知道這個救世主傳說。現在到齊的三人，都是在一週內被召去王宮的，因為他們都有一定的家世背景。但最後剩下的一人遲遲不知下落。至於最關鍵的救世主本人，也是在流星雨之夜過後約莫花了一年時間才找到的。不過，這一點倒還算在預期範圍內。」

「為什麼會預期要找這麼久？我一直覺得有點意外，聽說救世主的出現距離流星雨之夜隔了相當長的時間。」

「救世主大人降臨於此世的時間，依照傳統，是認為會在福音響起的流星雨出現之後的『一年內』。但也有在流星雨之夜過後馬上現身，又或是只隔了一小段時間就現身的案例存在。簡單來說，那場流星雨與福音代表的是一種『做好準備』的指示。」

「是要誰做好什麼準備？」

「這個嘛，就是這世界上的眾生囉。被流星選中的守護者當然不用說，另外也包含各國的君主、偉大的眾魔法師……以及那些面對接下來即將發生的變革，下定決心留名於歷史分歧點的所有人。」

「…………」

這簡直就像由世界率先起身，醞釀一股時代的波動。

但我把這句感想吞回肚裡，繼續默默聽舅舅說明。

「據說這次是在偏僻的農村內發現救世主大人的蹤影，所幸馬上確保其安全。畢竟救世主降臨後，未及時被找到的案例也不少。」

舅舅說明，以救世主身分降臨於這世上的異世界人類，也有可能落入惡人手中，或是捲入意外事件而下落不明。

因此，這個傳說並沒有廣泛地傳遍天下，就是因為擔心救世主真的降臨時，會有人將此傳說用於不當的目的。

「不過，這麼做的壞處是，當沒聽過傳說的人身上出現守護者印記時，或許會以為只是個奇妙的胎記而未出面；又或者有些人明知道救世主傳說，卻因為某些理由而不願出面。」

梅迪特老師將桌上的文件整理好，然後將手肘撐在桌上托著臉，含著菸管吞雲吐霧一番後繼續說道：

「不過王宮那邊呢，有義務盡早找齊四名守護者，讓他們護送救世主大人前往梵斐爾教國的『聖地』。據說救世主大人遲遲未抵達聖地，讓那邊的大主教不太開心。」

「原來是這樣。根據傳說內容，救世主跟四位守護者齊聚之後，必須先前往聖地……」

梵斐爾教國是梅蒂亞內最主流信仰「梵斐爾教」的總部，負責守護「聖地」的一個小國家，就位於西方大國福萊吉爾的首都中。

這麼一說我才想起，今天在迪莫大教堂看見了梵斐爾教國的主教貴賓們。

難道他們是因為這件事才造訪路斯奇亞王國嗎……

「王宮也差不多該把救世主大人與其守護者的存在昭告天下，找出最後一名守護者了。」

「那個……我打個比方而已喔，假如有人身上出現了守護者的印記，還能拒絕成為守護者嗎？」

「無法拒絕呢。這可是世界等級的義務，國王會親下詔令吧。違逆王命的下場就是鋃鐺入獄，搞不好他的家人還會被當成人質威脅。」

「………………」

我回想起托爾被帶走的那一天。

他在不由分說的情況下被帶走了。他心裡有何感想，又是經過怎樣的判斷後接受命運、前往王都……我毫不知情。

但是或許有一種可能，他是為了我或父親大人，又或者是為了整個歐蒂利爾家著想，才下此決定。

「說起來……為何救世主要來到這個世界？根據傳說內容，救世主是要將原本混沌的梅蒂亞導向安定，但這世界有如此動盪不安嗎？我認為挺太平的啊。」

我這番話令梅迪特老師露出苦笑。

「那是因為，這裡是南方的路斯奇亞王國，遠離世間紛爭。綜觀整個世界，並不是沒有大型戰爭即將爆發的預兆喲。北方的艾爾美迪斯帝國身為侵略國，就一直覬覦『聖地』的統治權。」

「也就是說……北方的艾爾美迪斯與囊括聖地的西方福萊吉爾有可能開戰嗎？」

兩大國將為了爭奪梅蒂亞的霸權而交鋒。

這應該能算是比擬五百年前那場大戰的世界級動盪吧。

「這次從異世界降臨的救世主大人擁有多少能力，又背負什麼樣的使命，我也不清楚。但能確定的是，她必定跟五百年前的那位『托涅利寇的勇者』一樣，被託付了這個世界的命運。正因如此，必須盡早找出剩下的最後一位守護者。不過站在瑪琪雅小姐的立場來看，這番話或許只會徒增妳對托爾的擔心吧。」

……的確是如此。

一想到托爾有可能被捲入如此大規模的戰爭中，就覺得內心忐忑不安。

我還在這裡悠哉地享受魔法學校的生活，光是為了湊齊組員這種小事就如此拚命，他那邊可是正在努力召集守護世界的志士。

我把目標放在見托爾一面，但是見到他並且確認自己的心意之後……我還能做些什麼呢？搞不好托爾早已傾心於救世主大人，對人家一片痴心……

離開梅迪特老師的工作室、回到女生宿舍後，我仍悶悶不樂地沉思著。

手上同時用高酒精濃度的酒沾溼紗布，擦拭著剛買回來的杏桃消毒。

「啊啊，真是的！幹嘛變得如此怯懦啊，瑪琪雅・歐蒂利爾。妳僅有的優點就是毫無根據的自信、高傲得有剩的態度和毒辣的嘴巴吧！上輩子明明才因為在奇怪的地方鑽牛角尖想太多，徒留下許多後悔。」

「妳這是突然怎麼了？瑪琪雅。」

「呃，沒事……我在自言自語啦，勒碧絲。」

為了避免被正在協助製作醃漬杏桃乾的勒碧絲當成怪人，我清了清喉嚨蒙混過去。

說到底，目前我能做的事情，或許只有在學校取得好成績，與組員共同在實習活動上交出好成績單而已。

總之，今晚就先把這些果實裝瓶，加入檸檬汁增添酸味，再利用鹽之森的鹽來挑戰醃漬杏桃乾吧。

第八話　魔法藥學實習課（上）

『欸，為什麼妳不願意喊我的名字？』

這是某次上學途中，我的青梅竹馬齋藤突然丟出的唐突疑問。

這一天，他依舊吃著梅乾飯糰當早餐。

『我們都認識十年有吧。』

『可是……齋藤對我來說就是齋藤啊。』

『這是什麼歪理？我不怎麼喜歡被別人用姓氏稱呼啊，同年級裡就有三個齋藤。』

『這算什麼……小田也一樣啊，是個菜市場姓。』

『那不然以後叫妳「一華（kazuha）」。』

『咦，不要！我不太喜歡自己的名字。』

『為什麼？』

『很難念不是嗎……而且常被人家誤叫成「ichika」。』

『嗯……的確是啦。』

我從小就莫名不太滿意自己的名字。一部分是因為常被念錯的緣故，加上這名字據說是父親自作主張取的，母親無法接受，所以她直到現在也不太常這樣喊我。

沒人願意呼喚的名字，單純成了考試時標記身分用的符號。

『畢竟就連跟妳很要好的田中同學，妳也都是喊姓氏呢。至少面對好朋友時，好好喊人家的名字吧。』

『關於這點，田中同學也常跟我抱怨。但總覺得……這讓我感到卻步。』

交情越是要好的朋友，越令我不禁覺得互喊名字的行為就像立下某種契約。

像是一種誓約……又像是承諾……

『所以叫姓氏的話比較自在嗎？』

『……嗯。』

不愧是跟我有老交情的齋藤，非常了解我的想法。

『這樣啊，那也沒辦法囉。』

然而，他露出了些許落寞。

〇

我作了一個關於前世的夢。

夢見我與青梅竹馬互相以姓氏稱呼，連彼此的名字都無法呼喚。

不，是我單方面不願努力嘗試。換作此生的我，完全無法理解當時為何那般膽小怯懦，但總之前世的我並不喜歡自己的名字，也討厭被人那樣稱呼，甚至害怕喊對方的名字。

小田一華。

過去的我永遠不滿意自己的這個名字。

但也沒必要在稱呼他人時，堅持喊對方的姓氏吧。

至少面對喜歡的男孩子時，好好喊對方的名字——我對前世的自己感到有點惱怒。

時間來到魔法藥學課的校外實習當日，是個大晴天。

我們一年級生踏出盧內・路斯奇亞魔法學校，乘船前往附近的島嶼。

目的地是盧內・路斯奇亞魔法學校名下的第三藥園小島。這裡以貼近自然的栽種方式培育了各種魔法藥所需的植物，常被活用於學生的實習課程。

「大家聽好了，校外實習隨時伴隨著危險，若因為一時鬆懈而墜崖摔死、墜河溺死、被猛獸撕咬並吞下肚，或者落入老師們設下的陷阱而死，校方一概不負任何責任。要怪就怪自己大意疏忽！」

「……好的！感謝魔法體育科的萊拉老師的寶貴建言。」

本次校外實習是魔法藥學課與魔法體育課兩科目合併舉行，因此萊拉老師與梅迪特老師將學生聚集於海濱處，輪流進行課程說明。

梅迪特老師拿了某種藥草展示給學生看。

那是一種具有蕨類典型外觀的植物，細密的葉子往外展開成羽毛狀。

「正如各位所見，這植物是『椪蕨』。今天的課題就是分組採集這種植物，並且同心協力製作出上次課堂上介紹過的『椪眼藥水』。時間限制五小時。在時限內全組一起回到這裡集合，繳交製作完畢的成品，就算成功完成課題。作弊可不算數喔。比如說拿市售的眼藥水來充數……老師可是分得出來。」

石榴石第九小組，這是我們小組被賦予的名稱，成員包含身兼組長的我，加上勒碧絲、尼洛與弗雷共四人。

我們在海邊的一隅等待依序出發，趁空檔互相檢查隨身行李是否有缺漏。就在此時……

「今天可要跟妳一分高下，瑪琪雅・歐蒂利爾。」

「什麼？」

由貝亞特麗切・阿斯塔領軍的第一小組走上前來，對我發下戰帖。

接著她瞥了我身旁的尼洛一眼。

「沒想到妳能拉攏榜首尼洛同學進入小組。即使我好心開口邀他加入我的組別，他也完全不動心。」

「那是因為妳邀請人的方式太高傲，令人不爽啊……」

我邊仰頭望著天上翱翔的海鷗邊吐嘈。

「所以，妳說要以什麼為基準來分勝負？」

「聽說這次校外實習的評分，將以小組排名形式公布。所以，得到較高名次的一方就算獲勝。我會讓妳好好見識一下我們小組的實力有多堅強。」

「嗯~好，我就接受妳的戰帖。難得的比賽，不如來賭點什麼吧。」

我伸手掩著嘴，暗自揚起邪惡的笑容如此提議。

「妳、妳說要賭什麼？」

「嗯……我想想。如果我贏了，妳就請我吃學生餐廳的檸檬派。」

「……這點東西就足夠了嗎？」

「我是說一整個派，不是切片！別小看我了。」

「…………」

第一小組的對手們似乎不太明白，面面相覷並歪頭露出疑惑的表情。

「好、好吧。那如果我贏了……就讓尼洛同學加入我們這組。」

「！」

尼洛露出極度抗拒的表情並且搖頭。

「這樣你們那組就多一人，我們就少一人耶。」

「到時候我會把組內的一個人分過去給妳。比如說我的管家尼可拉斯，或是誰都可以。」

「什麼？」

「只要大小姐開口，我悉聽尊便。」

但貝亞特麗切的管家本人——尼可拉斯．赫伯里似乎欣然接受，臉上的和藹笑容絲毫不為所動。某方面來說，他們之間看似建立起深厚的信賴關係，但這更令人不悅。

而且……還讓我一瞬間回想起托爾。

「啊啊，差不多到我們要出發的時刻了。那麼第九小組的各位，祝福你們有好的表現。」

我們都還沒答應關於尼洛的條件，第一小組就已經出發前往採集藥草。

「喂，我被擅自當成賭注了耶。」

「又沒什麼不好～反正他們那組的人感覺會對你百般奉承。」

「才不好，我討厭他們那群傢伙。」

「噢噢，閉俗男難得表達自己的主張呢。」

弗雷調侃著尼洛，我則說著「好了好了」，安撫他們兩人。

「沒問題的啦，總之只要獲勝就行。尼洛，你要是不一起拿出真本事，就要淪為貝亞特麗切的僕人囉。你明白的吧？」

「……明白，我會認真面對挑戰。」

噢噢，總是表現得有氣無力的尼洛同學，默默地充滿了幹勁。

真是沒枉費我接下戰帖。

「弗雷、勒碧絲，你們也要為了守住尼洛加把勁喔。還有為了贏得檸檬派！」

「嗯嗯，當然囉，瑪琪雅。我們可不能輸。」勒碧絲說。

「……我看妳的主要目的是檸檬派吧？」弗雷說。

在提振組員的士氣時，第九小組正好被點到名，我們急忙趕往出發地點。

「便當帶了沒？記得一有什麼狀況就打破魔光信號燈喔。那麼，祝各位一路順風啦。」

第一次的跑腿，不，第一次的校外實習活動，就此展開。在過度保護的梅迪特老師目送下，我們終於要踏入藥園島。

這個島嶼經過人工妥善管理，乾淨整潔之中仍保有其自然型態。

路上有往四面八方延伸的人行步道，當然也少不了檸檬樹。難得來到這裡，我摘了幾顆檸檬收進慣用的竹籃裡，簡直就像出來遠足野餐。

「椪蕨的採集啊，真簡單的課題呢～」

弗雷還一派輕鬆地打著呵欠，但我可不覺得這份任務有如此輕鬆。

「有那麼簡單嗎？不光是採集而已，要提交的成品可是『椪眼藥水』耶。」

「椪眼藥水也不是難度多高的魔法藥啊。」

「這就是這道課題的陷阱所在。椪蕨這種植物，要找到野生種很容易，但是品質好的意外很稀少。而原料本身的品質，將會明顯反映在椪眼藥水的功效上。眼藥水依照品質高低，大概可分成十個等級喔。」

在我們前進的路上，馬上發現樾蕨的蹤影，但全都是路邊常見的劣等種。

「這次課題的評分關鍵，就在於樾眼藥水的品質吧。不是單純採集樾蕨、做出成品就好，數量跟速度也不是重點。」

尼洛很快便理解這項作業的用意。

梅迪特老師討人厭的地方就在於不直接表明意圖，而是讓學生自行解讀。若未經思考就交差了事，會誤以為這份課題易如反掌。

「我記得樾蕨是生長在溼度高的地方吧？」

「嗯嗯，沒錯，勒碧絲。首先是水岸邊……先找出河川最快。」

於是我輕拍弗雷寬闊的後背，彷彿在提醒他出場時刻到了。

「要我從高處勘查的意思？」

「就是這麼回事。麻煩你囉。」

弗雷刻意大嘆一口氣，一如往常將手插進口袋裡，飛快登上斷崖，簡直就像行走在平地上。

身為【地】之驕子的他，只要是與地面相連的物體，無論是山崖還是樹幹，都能用他那雙腳暢行無阻。與其說是魔法，倒不如說是一種特殊體質。不過，我聽說地之驕子對於飛行與飄浮類的搭乘工具與魔法不太行。

「距離這裡五百公尺處有河川，我還看見瀑布。」

「瀑布！好耶，就去那邊吧。那邊絕對是個好去處。」

勒碧絲歪頭疑惑地問：

「瀑布有什麼特別好的嗎？」

「瀑布附近因為有水花噴濺的關係，隨時都保持溼潤狀態對吧？這樣的環境就具備了槭蕨生長的最佳條件。不過課本上沒寫這些就是了。」

弗雷回到地面後帶領我們前進，結果在途中遇見巨大岩石，擋住去路。右邊是斷崖、左邊是河川，我們陷入進退兩難的狀態。

「怎麼會這樣？還差一點點就能抵達最佳地點了！」

「這不是自然出現的岩石，而是經由人為操作被放置在這裡的，上面留有魔法的痕跡。」

尼洛立刻用他的魔法隱形眼鏡觀察。

「所以是老師們放置的障礙物囉。要先放棄這條路，暫時掉頭嗎？」弗雷問。

「不，繼續前進比較好吧。出現障礙物，也就代表前方很有可能是『正確答案』。不過這岩石似乎被設下了強大的防禦壁魔法，無法破壞。」

「無法破壞，那就是只能爬過去的意思？又不是所有人都跟弗雷一樣。這下怎麼辦……」

「那麼，就交給我來處理吧。」

勒碧絲難得自告奮勇。她用手心貼上岩石表面。

「勒碧絲・特瓦・特瓦伊萊特——轉移。」

詠唱出咒語後，岩石頓時之間消失無蹤。

「轉移魔法……」「天啊。」

尼洛與弗雷都對此驚訝得目瞪口呆。

「好厲害好厲害！這種規模的轉移魔法可是超高難度耶！」

一般來說，這是在習得飄浮魔法後，到三年級才會學到的魔法，而且施予魔法的物體越大，難度也就越高。

「因為我們家族是靠『空間魔法』與『煉金術』吃飯的。我想岩石現在已經被轉移到島上其他地方了。比如說……有可能在貝亞特麗切・阿斯塔的面前。」

勒碧絲難得發出了壞心眼的咯咯笑聲，完全顯露出她對於之前在迎新會上，被貝亞特麗切嫌棄「留學生派不上用場」一事記恨至今。

如果那顆大石頭真的被轉移到貝亞特麗切面前，阻擋他們的去路，肯定很有趣。正當我如此心想時……

不知從何處傳來貝亞特麗切的招牌台詞「真是太離譜了」，讓我們不禁笑出聲。

朝著河川上游繼續前進，我們總算來到目標的瀑布。

「快看，瀑布四周跟垂直的岩壁上長了滿滿的椪蕨耶。」

這裡正好是瀑布水流下沖並且噴散成霧狀的地方。

鬱鬱蔥蔥的苔蘚與其他植物很顯眼，其中也能見到椪蕨生長於各處。

椪蕨呈鮮豔的黃綠色，羽毛形狀的葉片上有著密密麻麻的鋸齒，葉片背面長滿儲藏魔力的小顆粒，被稱為魔力孢子囊。

「瞧，這些葉片背面的魔力孢子囊，顆粒偏大且閃閃發光對吧？這就是高品質椪蕨的特徵。魔力孢子囊迸裂時會發出『碰』一聲，所以才有椪蕨這名稱。」

此時，生長在我們正上方區域的椪蕨，正好有魔力孢子囊破裂。

發出「碰」一聲清脆的聲響後，閃閃發光的魔力孢子飛散而出，在空中呈帶狀飄浮。

由於瀑布旁蘊藏著新鮮的水源與大氣魔力，能培育出品質優良的椪蕨。

「來，快來找出品質最棒的椪蕨吧！」

「好～」

事不宜遲，我們隨即以這一帶為據點，開始找尋最優質的椪蕨。

競爭對手們還沒發現這個地點，由我們搶先一步盡情採集。

製作課題要求的「椪眼藥水」大約需要十株椪蕨，我想盡可能精心挑選。

「喂，我找到囉。」

「……比我找到的還更好，不愧是尼洛……有點不甘心。」

「這個怎麼樣？」

「啊啊啊，可惜了，勒碧絲。那是冒牌貨『胚蕨』。乍看之下跟椪蕨很像，仔細觀察可以發現葉片形狀不同。妳瞧這邊。」

就這樣，正當我與組員們認真地採集椪蕨時……

「喂～這裡也長了很多喲。」

回過神才發現弗雷已走上岩壁，窺探瀑布水幕的後側。看來後方似乎有洞窟。

但我們無法像他一樣毫不費力地飛簷走壁，便從岩壁邊緣的淺潭處進入，在水深及膝的潭中貼著岩壁涉水前進。

「勒、勒碧絲，那個，妳的腳弄溼，沒、沒關係嗎？」

「嗯嗯，沒問題。我才要問瑪琪雅妳還好嗎？整個人瑟瑟發抖耶。」

沒錯。畢竟我是【火】之驕女，擁有這種體質的人特別不諳水性，都是旱鴨子。以前我還曾在家裡的蓄水池溺水，最後被托爾救起。

「越、越越、越往瀑布潭深處走，越容易深陷其中，很危險的！要小心喔！」

「瑪琪雅，妳看起來才是最危險的那一個……」

雖然被打頭陣的尼洛小聲吐嘈，但我總算順利抵達瀑布水幕後方，暫時鬆了一口氣。

這裡的地形就像個寬廣的洞窟，並且有充足的立足空間，而且頗為涼爽。

我先用擅長的熱風魔法，幫溼透的組員們與自己弄乾身子。嗯，這樣舒服多了。

「不過話說回來，這裡還真壯觀……」

隱身於瀑布後方的水簾洞。這裡的岩壁隨時是溼潤狀態，只要走在太靠近瀑布水流的位置，好不容易烘乾的頭髮跟長袍感覺馬上會沾溼。

不過，這裡的確是魔法植物的寶庫。

因為岩壁表面長滿品質絕佳的植物與苔蘚。

「快看這裡，長了好多品質絕佳的槿蕨，還有稀有的鱗草跟螢苔耶！」

我邊回憶起過去在鹽之森尋寶的雀躍與興奮，邊採集這些植物。

「光在這裡就能湊齊十株了呢。」

「嗯嗯，這樣一來應該能做出最高級的槿眼藥水。」

「哼哼～要歸功於發現這片寶地的我吧？我不介意妳們愛上我喔。啊啊，但我對小妹妹沒興趣就是了。」

「…………」

我與勒碧絲用毫無情緒的死魚眼瞻仰弗雷的尊容。

「好啦。材料也收集完了，在這裡把槿眼藥水做一做吧。」

「可以是可以，但我肚子餓扁了耶，組長。」

「趁熬煮材料的空檔來吃午餐吧，這樣也更有效率。」

我們在洞窟裡找了塊乾燥的地方歇腳。

我從隨身攜帶的竹籃裡取出一大片地墊並且攤開。

接著陸續拿出慣用的鍋子、用來放置火源的爐架與湯杓，並從附近河川汲了水，立即萃煮椪蕨。這步驟必須耗費一小時慢火熬煮，我們便趁此空檔享用午餐。

校方吩咐午餐就吃他們準備的罐頭與蘇打餅加上起司。

罐頭的內容物是蛤蜊巧達濃湯，不過……

「你們不會想把這個巧達湯料理成更美味的一餐嗎？」

「怎麼說？」

「難得都來一趟了，煮點義大利麵來吃吧。在野外煮一鍋義大利麵最讚了。」

接著，我從竹籃裡慢慢取出乾麵條……

義大利麵是路斯奇亞國民的靈魂料理，現場所有人都無異議地贊成。

「妳打算用蛤蜊巧達湯怎麼料理？」

尼洛詢問。

「手邊有剛才採的檸檬跟學校發的起司不是嗎？煮好義大利麵之後，把濃湯跟起司倒入鍋中與麵條拌勻，最後再擠點檸檬汁。白醬跟檸檬是完美組合，成品保證好吃。」

組員們都吞了一口口水，我也在說明的同時感到肚子越來越餓。

米拉德利多本來就存在一種名為檸檬義大利麵的料理，用起司拌麵條再擠上檸檬汁來享用。我就是利用這道菜來改良。

我刻意不使用魔法，從瀑布取來乾淨的水，用來煮麵條。

後續用鍋子加熱罐裝濃湯與起司，再加入麵芯煮至微硬的彈牙麵條，拌勻至起司融化、麵條均勻裹上巧達湯汁之後，再幫大家分裝到各自的餐盤上。

「嗯～滿滿的蛤蜊，看起來真美味。」

米拉德利多是靠海的城市。雖然這蛤蜊巧達濃湯是罐頭食品，但水準很高，光是這樣拌義大利麵，也能成為豐盛的一餐。

最後再豪邁地現磨一點粗顆粒的黑胡椒，並把新鮮檸檬對半切開之後毫不吝嗇地擠上滿滿原汁……就可以開動了！

「啊啊……這道義大利麵真適合在活動筋骨之後享用。吃起來不但美味，還讓人重新活了過來。」

「對米拉德利多人來說，果然還是檸檬最對味呢。」

「米拉德利多人？不過的確沒錯，清爽的滋味很不賴。」

一方面也是因為剛才經歷了大量勞動，大家都吃得津津有味。

我當然也一樣。質地濃稠的白醬濃湯凝聚了海鮮的鮮甜，滋味濃郁又有深度。再加上分量豪邁的檸檬汁，這股酸味中和了濃湯與起司的濃醇，替這道料理增添初夏風情，微酸風味讓人越吃越順口。

而且檸檬還有消除疲勞的效果，是一種萬用又美味的黃色寶石。

「啊，對了！我還帶了接骨木花口味的甘露酒喔。拿來跟冰涼的氣泡水兌著喝，一定很美味。我想應該跟義大利麵也很搭。」

「喔喔，上次那玩意兒啊。」

「弗雷，我把轉交給娜吉姊的任務託付給你了，你應該有順利送達吧？」

「那當然，我還邀請她去約會。」

他語帶得意地回答。希望那場約會能順利進行就好囉……

我在竹籃裡東翻西找，取出小瓶裝的甘露酒與冰涼氣泡水，並準備了四只玻璃杯。這竹籃簡直是四次元百寶袋。

但是，沒想到籃子裡竟然跳出了兩隻倉鼠。

「波波太郎、咚助？」

是一黃一白的侏儒倉鼠精靈。牠們發現了吃剩的蘇打餅乾，便撲上前去專心地咬碎之後裝進頰囊裡塞滿。

「怎怎怎、怎麼辦！老師叮囑過把精靈留在校內，不要帶來的，沒想到牠們混進竹籃裡偷渡。」

「只要不使用就沒關係吧。其他小組也有人帶精靈同行啊。」

「也、也對耶，尼洛……喂！你們不要亂撿蘇打餅乾偷吃！」

即使出聲喝止，牠們仍露出一臉得意的表情……

「好、好吧，算啦。重新打起精神，用甘露酒乾杯吧。」

將接骨木花口味的花草甘露酒倒入玻璃杯中，兌上冰涼的氣泡水。我調配出淡黃色的飲品，分別拿給組員們。

「祝我們石榴石第九小組旗開得勝……」

「什麼啦。」

「乾杯～」

我們舉杯敲出清脆聲響後，立刻大口大口豪飲。

冰涼的氣泡在喉間迸裂的感覺真暢快！

「噢噢，這還真好喝耶。我本來擅自想像成會有藥味，結果很順口。」

男生們似乎也很滿意。我跟勒碧絲斜眼望向彼此，輕輕笑了笑。

「哈～活過來了。」

「接骨木花是萬能藥草，能預防感冒、幫助身體排毒，還有美白功效。然而具有葡萄的芳醇香氣，又帶點酸味，喝起來很順口。」

藥效極佳，喝起來卻冰冰涼涼又很美味，令人忍不住大口暢飲。

「話說回來，瑪琪雅，妳的竹籃並非一般市售的商品對吧。裡面施有非常高等的空間魔法。」

「喔喔，這個啊？是我們家祖先『紅之魔女』傳承下來的用品。雖然很古老了，但還是很耐用，輕巧又方便，所以我也很愛用。」

「……『紅之魔女』的嗎？」

我將竹籃拿往前方。勒碧絲手抵著下巴沉思了片刻後說道：

「也就是五百年前的意思囉……空間魔法在那個時代尚未確立，卻存在這種使用高等空間魔法的物品……」

被這麼一說，我想想也有一番道理。而且，如果紅之魔女本人過去會使用空間魔法，這段軼事與技術在我們家族中流傳下來也很合理，卻完全沒有相關資料。

「能在當時操縱空間魔法自如的魔法師僅有一人。那就是……」

「『黑之魔王』是吧。」

見尼洛直覺敏銳地開口，勒碧絲點頭回答「沒錯」。

「等、等一下，意思是說，這個竹籃有可能是黑之魔王的所有物嗎？」

那是五百年前偉大的三大魔法師其中一人的稱號。

尼洛瞥了勒碧絲的方向一眼，接著說：

「我從之前就稍微猜想過，特瓦伊萊特這個姓氏……是繼承『黑之魔王』血脈的家族對吧。勒碧絲，妳是那位『黑之魔王』的後代嗎？」

「「咦咦！」」

不等勒碧絲回應，我跟弗雷便率先驚愕地大叫出聲。跟這男的做出類似反應，讓我不是很開心。

「尼洛同學還真厲害，竟然知道……外界明明認為我們一族的血脈早已斷了。」

勒碧絲用帶著憂鬱的眼神凝望自己拿著玻璃杯的手說道。

「正因為如此，我才能確定這個竹籃出自黑之魔王之手。『紅之魔女』與『黑之魔王』過去是水火不容的冤家，不過，或許黑之魔王曾有機會製作這個竹籃並送給對方。」

「不，哪能如此斷定？搞不好是她從哪裡偷來的……或是從別人手中搶來的。」

雖然我崇拜紅之魔女，但她可是惡名昭彰。

或許是看這竹籃用起來很方便，而產生占為己有的念頭。

畢竟，只要是看上眼的東西，不擇手段也要弄到手——這就像是紅之魔女的興趣，也流傳於歐蒂利爾家。

「不，我想這一定是禮物沒錯。」

然而勒碧絲邊確認竹籃上的金屬釦，邊如此斷言。

「黑之魔王必定會在送出的禮物上留下刻印為證。這裡……有著黑龍鉤爪的紋章。」

「啊……真的耶。」

上頭的確有個模擬龍的鉤爪形狀的記號。據說這代表著效命於黑之魔王的魔物。

原本被認為在五百年前互相仇視的「黑之魔王」與「紅之魔女」，竟然有過禮尚往來的交流。一想到這裡就覺得有些意外……

「啊，桛眼藥水！」

可不能忘了重要的課題。

眼藥水材料包含椪蕨慢火熬煮一小時後的萃取液，以及學校所準備的天然海鹽。由於眼藥水的成分幾乎都是水，只需要在裝滿水的瓶子裡加入幾滴椪蕨萃取液以及少許的鹽，攪拌至均勻溶解即可。梅迪特老師建議使用的預設咒語如下。

「弗雷・伊・諾爾——碰一聲就搞定眼藥水！呃……這什麼俗到爆的咒語。」

詠唱咒語的最後步驟，由猜拳猜輸的弗雷負責完成。

「明明費了好一番工夫才採集到材料，卻只需要用到幾滴，感覺真空虛呢。」

「這也沒辦法呀，勒碧絲。雖然只需要少少幾滴，但這幾滴的成分正是關鍵所在。利用大量椪蕨來萃取，就能使效果倍增。魔法藥就是這麼一回事。」

但剩下的丟掉也可惜，於是我決定拿出竹籃裡的保存瓶，把多餘的萃取液倒入後帶回去。啊啊，魔法竹籃真是值得感激的工具。

裝了眼藥水的瓶子由尼洛拿著，邊搖晃瓶身邊施展最後的冷卻魔法。然後……

「我可以試用看看這東西的效果嗎？」

「噢，閉俗男果然幹勁十足呢。」

「……並沒有。不，也不是沒有，只是想說由我來試用，最能感受到效果如何。」

尼洛以對待垃圾般的態度拍掉了弗雷放在自己肩上的手，同時把方才大功告成的眼藥水滴在眼睛上。

「怎麼樣？」

「嗯……很不錯，一股清涼直達眼底深處，就連魔力塵埃與戴鏡片的疲勞都一掃而空。」

尼洛邊眨動著眼睛邊說。

「椪眼藥水的功效可不只如此而已喔。品質越高的成品，越能提升視力。」

「視力……」

結果我們也分別試點了椪眼藥水。

與此同時，尼洛突然起身在洞窟裡四處走動，並伸手觸碰某幾面岩壁。

「怎麼了？尼洛。」

「有股奇妙的魔力流動……從這裡散發出來。是一種非常罕見，就像白銀色的星塵般……」

我們發現在茂密的植物掩蓋下，藏著一條寬度僅容一人通過的狹窄通道。

「所以這通道前方有什麼東西嗎？」

「嗯。多虧眼藥水的功效，我看得更加清楚了。前方確實有某股魔力往這裡流動。」

「是老師他們設下的陷阱嗎？」

尼洛與我稍微起了戒心。

「若真是陷阱，那也表示更前方藏著什麼不得了的東西吧。我們去看看。」

弗雷的話的確有一番道理，或許前方真的有些什麼。

我們趕緊收拾行囊。兩隻小倉鼠吃蘇打餅乾吃得太飽，已倒頭大睡，於是被我收進長袍口袋裡。

然後我們在好奇心的引領下，往洞窟內前進。

多虧了裡面長滿散發薄荷綠色光芒的螢苔，即使通道狹窄，依然能看清楚前方。

我幻想著或許能發現沒見過的藥草、能用於魔法上的材料、或是未知的生物，但心裡同時也冷靜地認為，這裡是學校管轄的藥園島，不可能會有上述新發現吧。

「前面沒路了。」

狹長的通道最後通往一片圓形空間。這裡或許就是盡頭。

雖然不意外地沒看見未知植物或生物，但我們發現地面上有個凸起的物體，於是湊近觀察。

「這是什麼？」

那是一個金屬材質的圓柱狀物體，中間鑲著小顆的魔法水晶。

「搞不好是古代文物喔。」

「不，這東西還很新啦。不知道有什麼用途。」

再怎麼說，我們也是未來的魔法師。雖然所有人都興致勃勃，但不會輕舉妄動。

沒錯。我們明明沒伸手觸碰，這個物體卻像感應到什麼，突然嗶嗶作響，上頭的魔法水晶也跟著閃爍。圓柱本身則像是某種機關裝置，開始啟動。

「各位，請快點往後退！這是……」

勒碧絲立即大喊，但她話才說到一半，圓柱表面已緩緩浮現魔法式，散放出強烈光芒。

我緊閉起雙眼，試圖抵抗包圍全身的魔法，卻無能為力。

「……嗯……」

睜開眼，發現自己身處於陌生的森林中。

尼洛與弗雷就倒在我附近，於是我搖醒兩人。

「欸、欸！振作點！」

他們隨即恢復意識並緩緩站起身，身上似乎沒有傷。

「欸，勒碧絲不在這裡。該怎麼辦才好……」

「冷靜點，瑪琪雅，我們或許是被捲入轉移魔法中。」

「轉移魔法？意思是說，我們就像被勒碧絲移往某處的石頭一樣，被轉移到另一個空間嗎？」

「沒錯。勒碧絲熟諳轉移魔法，或許成功抵抗了那座裝置發動的轉移魔法吧。但我們被捲了進來。」

「感覺糟透了……這裡到底是哪裡？」

弗雷似乎受到轉移魔法的影響而不適。因為他是【地】之驕子，對這類空間傳送特別不在行。

「這裡有可能根本離開藥園島的範圍了。」

尼洛一面環顧四周，一面將手貼在眼旁，觀察這一帶的魔力。

他的隱形眼鏡裡，似乎完整保留了剛才所在的藥園島上所蘊藏的魔力資訊，那跟這裡的並不一致。

一旁的樹椿上也出現金屬圓柱，跟先前在洞窟裡看到的一樣。看來這就是連接洞窟與這裡的傳送裝置。

然而，無論我們伸手觸碰或是敲打，這裝置都毫無反應。剛才明明那麼隨便就啟動了。

但此時不能慌了手腳。我們拿出學校為防範意外狀況而發給學生的求救道具——名為「魔光信號燈」的玻璃球，將其打破，一道光芒便從中射出，朝著盧內・路斯奇亞的方向飛去。

「從光芒飛行的方向來看，盧內・路斯奇亞在北邊吧。那麼這裡應該是距離米拉德利多更遠的島嶼。不過學校的老師們遲早會展開搜索，找到我們。」

「不知道要等多久才會有救兵過來。」

「誰知道呢……看距離多遠吧。這下怎麼辦，如果一等就等到明天的話……」

尼洛陷入低落情緒中。

這也難怪。若無法在時限內回去集合，我們等同於未完成課題。

或許課題還有補救措施，但至少確定與貝亞特麗切的比賽就要輸掉了。明明好不容易做出了高品質的椪眼藥水……

「喂，前面那邊有間小屋耶。」

弗雷發現在前方不遠處有一間小屋。

我們急忙來到小屋前，發現這裡寂靜得彷彿沒有人煙，但還是姑且先敲了敲門。如果有人在，或許能弄清楚這裡是哪裡。

「沒人應門呢。是不是空屋啊？」

「不……裡面有人在。對方擁有龐大的魔力，跟先前流往洞窟內的一樣。」

尼洛瞇起眼睛，彷彿在凝視門後的另一端。

他的隱形眼鏡能夠用視覺捕捉到魔力的流動，似乎因此察覺到這間屋子裡存在著人類的魔力。

「門上了鎖。是強度很高的鎖鑰魔法。」

「要解除鎖鑰魔法的話，交給我來吧。這方面我擅長多了。」

尼洛蹲下身，伸手覆上鑰匙孔。

他暫時閉上眼，然後在敏捷的動作後，門鎖便「喀嚓」一聲打開了。

沒借助戒指跟魔杖，也沒有詠唱咒語，他透過貼附在眼球表面上的鏡片解讀出施放在門鎖上的魔法結構，像抽絲剝繭一般將其解除，而且速度快得驚人。

厲害的是，他矯捷的身手過於無聲無息，看起來完全不像在幹什麼厲害的事。

「你突然幹勁全開耶，悶俗男。」

「如果沒辦法及時趕回去，我就得加入第一小組了。」

「你真的對這件事極度抗拒耶……」

我一面對尼洛寧靜的垂死掙扎心懷感謝，一面推開已解鎖的門扉，說了句「不好意思……」便踏入屋內。雖然是非法侵入行為，但事態緊急，希望屋主大人有大量。我的動作畏畏縮縮，以防真有個萬一時，能立刻掉頭逃跑。

「尼洛，那股魔力的主人在哪裡？」

「……在這間房裡。」

他伸手指向位於走廊盡頭的房間。

我深呼吸了一次，然後推開門——

「咦……你們，跟那群把我抓來的壞人不是同夥吧？」

驚人的是，房裡有一位被繩子五花大綁的少女。

陽光從她身後的窗戶射進來，她整個人籠罩在光暈中，散發某種神祕的氛圍。

「……咦……」

我看著那位少女，緩緩瞪大雙眼。

應該說，眼前光景令我懷疑起自己的眼睛。那身再熟悉不過的西式制服……

帶著褐色調，給人柔和印象的黑色大眼。栗子色的鮑伯短髮上，別著水藍色的小花髮夾，跟我前世常戴的髮夾同款不同色。

少女雖然被綁住，看起來卻一點也不痛苦，乖巧地坐在房間角落。

「這是怎麼回事？那個女孩被五花大綁耶……是某種情趣嗎？」

「別說蠢話了。門上的鎖鑰魔法可是認真的。她是被監禁在這裡。」

「我當然是開玩笑的啦！才剛被傳送到這種地方，又遇上綁架事件，真是充滿不祥的預感。喂，組長，妳幹嘛不說話啊……組長？」

平常總是聒噪的我陷入沉默，現在臉上應該露出目瞪口呆的表情吧。尼洛跟弗雷見狀，詫異地皺緊眉頭、面面相覷。

「欸，你們是從哪裡來的？」

面對少女一派輕鬆的提問，弗雷答道：

「我們是盧內・路斯奇亞魔法學校的學生。妳又是哪來的？」

「我來自王宮。我從那個各方面都令人喘不過氣的地方偷溜出來，在米拉德利多的市區散步，結果突然被一群戴著黑色面罩的惡徒抓來了。不過，這也無可奈何。因為……我是『主角』啊。」

接著她「啊！」了一聲，彷彿想起什麼，開始自我介紹。

「我的名字叫愛理，來自異世界──在地球上一個叫做日本的國家……呃，你們也聽不懂吧。」

少女咯咯笑著……但我都懂。我知道「地球上的日本」是一個什麼樣的地方。

關於她與她的本名，我也再清楚不過。

田中愛理。

她是我前世的朋友，也是與我喜歡上同一人的女孩。

第九話　魔法藥學實習課（下）

我久久無法言語，一臉震驚地僵立在原地。

「妳……怎麼了？臉色看起來好像不太好。」

「啊！」

自稱愛理的這位少女開口關心我。這舉動讓我總算得以呼吸。

她明明自己被綁著，那雙擔心我的溫柔眼神卻跟以前一模一樣。

「難道妳身體不舒服？」

「沒、沒有，我沒事……」

尼洛和弗雷看我態度變得溫馴客氣，露出狐疑的表情歪頭不解。

是說……咦？這是怎麼回事？

她是跟我前世同班的田中同學？

田中同學那天不是跟我一起在頂樓死於非命嗎……

但這個人不像我一樣投胎轉世，反倒比較像原本的那個田中同學。

而且，她並未發現我正是她過去的友人「小田」。

我該自曝前世身分，輕鬆地跟她說句「好久不見啦～」，這樣比較好嗎……

不，雖然我擁有前世記憶，但現在已是另一個人。這麼做只會讓原本就夠混亂的狀況變得更加複雜，還是別輕舉妄動。

「我說妳啊，既然是被人抓來的，現在應該先逃再說吧。我幫妳解開繩子。」

弗雷說得頭頭是道，並從懷裡掏出短劍，試圖把田中同學身上的繩索割斷，但繩子上施有強力的束縛魔法，似乎無法輕易弄斷。

然而田中同學卻依舊是一副悠哉的態度。

「別勉強了，沒關係。我的『騎士』們應該差不多快來救我了。」

「騎士？」

「正式名稱是『守護者』才對……因為我是被召喚來這個世界的『救世主』。」

這句話令我心頭一震。剛才，她說自己是救世主？

「你們才應該快點離開。要是壞人回來了，配角會第一個被解決喔。」

「壞人……是什麼意思？」

「配角？」

「很多人企圖利用救世主的特殊力量，也有很多人恐懼這股力量而與之為敵。總之，故事中永遠少不了反派角色，主角被抓走也是必備的套路，無可避免。我的第一個女僕的真實身分也是刺客……很老套的劇情走向就是了。畢竟劇情高潮迭起是很重要的。」

「…………」

田中同學這番話令我們愣在原地，完全不知道她在說什麼。

「好啦，你們快逃吧。繼續待在我身邊，你們反而會成為被鎖定的目標。況且，這種故事裡的主角不可能沒命的，不用擔心我。」

她燦爛一笑，催促我們先行逃跑。

我從剛才就頗為在意，她簡直把這個世界當成某種「故事」看待。

而且似乎深信自己是故事裡所謂的「主角」。

田中同學的個性，確實原本就有點愛作夢。

她喜歡閱讀書籍跟漫畫，也會自己創作小說。小說劇情類似「日本的平凡女孩被召喚至異世界，找到自己的歸屬、完成特殊使命」之類的。

她說想成為某人心中獨一無二的存在，說現實世界枯燥乏味。

還說想遠走高飛，前往故事裡的世界……

「我知道接下來的發展。故事有所謂的王道路線，當主角遭遇危機時，騎士絕對會趕來英雄救美。所以，我正在等待那一刻到來。」

「呃，等、等一下！」

我慌了。她深信不疑自己是故事中的主角，這令我有些害怕。

「不是的，田……愛理小姐！這個世界——梅蒂亞並不是『故事』裡的世界。」

「咦……」

「這裡發生的一切，可不是安排好的劇情啊。妳的守護者或許根本找不到這裡，所以妳還是快逃吧！」

我緊抓著田中同學如此說道，但她突然臉色一沉。

我從未見過她這種表情。

「妳在說什麼？區區一個配角C，應該不可能說出這種台詞吧……難不成妳是……」

我心頭一驚。我的真實身分應該沒露餡吧。

田中同學用眼神刺探我，總覺得那雙眼睛帶著有別於過去的銳利。

就在這時——

出入口的大門被粗暴地打開，嘈雜的腳步聲響起，一群戴著黑色面具遮住眼周的男子闖進來，我們三人被逮住並壓制在地。

「你們是誰！解開了鎖鑰魔法闖進來的嗎？」

「喂，這些傢伙是盧內・路斯奇亞的學生耶。」

這幫人應該就是綁架田中同學……不，愛理小姐的惡徒。

他們戴著黑色面具，看得出來頗為慌張。

「把他們的武器沒收之後綁起來。」

一位看似領導者的男子發號施令後，我們被沒收了戒指與道具，跟愛理小姐一樣被用繩子五花大綁。

「要怎麼處置這群傢伙？」

「先把他們的嘴巴封住後丟在一旁吧。他們才一年級，只要無法開口詠唱咒語，根本手無縛雞之力。」

於是我們的嘴巴被纏上布條後，被粗魯地隨意推倒在地。那位領頭的男子絲毫不把我們放在眼裡，從懷裡取出槍枝，指向愛理小姐。

「這是來自外國的武器喔。」

男子臉上同時浮現邪惡的笑容。

「所以說，美麗的救世主殿下，若您願意答應我們的提案，我保證不會再限制您的自由；但若是不從，您將成為我們的阻礙，就別想活著離開了。」

「正如我再三重申的，我不會對你們這幫恐怖分子言聽計從。竟然要我放棄救世主的使命……」

「妳這囉嗦的丫頭！」

領頭的男子情緒激動，不假思索地開了槍。子彈掠過愛理小姐的側邊頭髮，貫穿後方的牆面。

然而愛理小姐文風不動。那雙意志堅定的眼神，更加激怒了男子。

「什麼救世主啊！說起來異世界的人類根本不可信！國王只會依賴那種毫無根據的傳說，

這個國家不能託付給那種君王！」

男子踹飛一張老舊椅子。椅子滑過乖乖待在角落的我們身旁，男子的視線也跟著緩緩轉向我們這裡。

「這樣啊，我知道了……我就把在場的學生一個個殺掉吧。這樣一來，悲天憫人的救世主大人應該也會改變心意吧。」

「！」

怎麼會有這種事？再這樣下去，真的就如愛理小姐所說，我們會像路人配角一樣陸續被解決掉。手邊沒有戒指，嘴巴也被封住的我們，無法使出什麼能派上用場的魔法。

領頭的男子先靠近看起來最柔弱的女生，也就是我。他以泰山壓頂之姿從上方逼近並且俯視著我，目的是讓我心生恐懼。

我假裝害怕對方而別開視線，匆匆一瞥隔壁的尼洛，用眼神向他打暗號。

「美麗的小姑娘，妳身為盧內・路斯奇亞的學生，怎麼會出現在這種地方？」

「…………」

「那麼，該怎麼下手才好？必須用百般折磨且慘無人道的方式，讓不知好歹的異世界丫頭心靈崩潰才行。真是可憐妳了，誰叫妳誤闖禁地……」

男子拿槍抵著我的胸口，另一隻手則撫上我的臉頰。

若是一般的小姑娘，應該嚇得都想哭了，但我反而期待著此刻到來。

原因就在於，我的肌膚……

「呃啊啊！」

男子突然大叫並立刻縮回了手，痛苦地扭動身體。

「手！我的手……」

他的指尖被嚴重灼傷，直冒黑煙。

我可是【火】之驕女。只要情緒一激動，皮膚就會像燃燒般發燙。

最近我漸漸學會駕馭這股力量，也能用意識來操控，使接觸我的物體被灼傷。

男子用扭曲的表情再次看著我，同時大發雷霆。

「搞什麼東西！到底是什麼鬼！」

然而，我也抬頭看了回去。

這雙魔女的眼睛，在頂級的椪眼藥水加持下，雙眼散發出更顯著的魔力。

男子全身僵在原地，彷彿被蛇盯上。

下一刻，綁在我們身上的繩索鬆脫。是尼洛趁敵方注意力分散並出現破綻之際，解除了繩索上的束縛魔法。弗雷則往旁邊的牆面一蹬，敏捷地從敵方手上奪回被沒收的道具，並將戒指朝我扔過來。

我一接住戒指，便卸下纏在嘴上的布條，邪惡地露齒一笑。

接著詠唱起魔法咒語。

「梅爾・比斯・瑪琪雅——繩索啊，狂亂地脫韁吧！」
我利用原本束縛我們的繩子，使其失去控制地鞭打敵方。
「唔哇啊啊！」
這波攻擊讓那幫男子蜷縮著身體，除了忙著自保以外，完全無法還手。
「呃啊！妳打算連我們也一起鞭打嗎？」
「抱歉啦，弗雷，我實在無法控制得那麼精準。」
尼洛幫忙施展了守護壁魔法，我們藉此一面確保自己的安全，一面前往位於牆邊的愛理小姐身邊。她身上的繩子也已被尼洛鬆綁了。
「我們走吧，愛理小姐，不能繼續在這裡久留。」
「可是……」
「不靠自己起身行動的話，沒有救兵找得到這種地方啦！」
「………」
愛理小姐似乎想反駁，但又認命地覺得在這種混亂不堪的情況下，騎士不可能華麗登場，英雄救美。於是她嘆了一口氣之後，決定跟隨我們。
「動作快！守護壁魔法快失效了。」
在尼洛的呼喊下，我們倉促地離開小屋。
一路上快馬加鞭，只顧著拚命往前逃的我們，連這裡到底是哪裡、那幫人又是誰都毫無頭緒。

「哈啊、哈啊、哈啊……逃到這麼遠的地方，他們總不會追上來了吧？」

「誰知道呢。這裡似乎果然是另一座島嶼，若找不到回去藥園島的方法，遲早會再度落入他們手中。」

我們逃到海岸邊，發現這座島嶼的規模意外地小。

即使繼續逃跑，只要找不到藏身之處，早晚會被敵人發現蹤跡。

然而就在此時，尼洛伸手指向天空。

我看見藍天中出現突兀的一個點，隨後發現點變得越來越大。當我看出那是一個人騎著天馬翱翔天際的身影時，對方已經颯爽降落在這片土地上。

那是一位英姿煥發的騎士，有一頭群青色的頭髮與健壯的體魄，身穿王宮騎士團的制服。

「您沒事吧？愛理大人！」

他疾奔往愛理小姐的身邊，並帶著焦急的神色確認她的安危。

「……太慢了。」

然而，愛理小姐卻摑了對方一巴掌。

巴掌聲實在太響亮，讓站在一旁目睹的我們嚇了一跳。

「太慢了啦，萊歐涅爾！你身為我的騎士，為什麼沒能立刻找到我！人家害怕得要命耶！

我明明在心裡反覆默念了好幾遍『救命』、『快救我』！」

群青色頭髮的騎士猛然單膝跪下。

「真的非常抱歉！這一切全怪身為守護者領袖的我有所疏失。在王都跟丟了您的蹤影後，

我動員整個騎士團四處搜索，但敵方輾轉經由無數個轉移裝置，把您帶來這裡……」

「托爾去哪了！為什麼他不在這裡！」

愛理小姐打斷那位名叫萊歐涅爾的騎士。

托爾——這名字從愛理小姐口中出現，讓我不自覺抬起臉。

騎士保持低著頭的姿勢回答：

「托爾正在別的地區搜索。」

「…………」

情況似乎有違愛理小姐的預期，令她長嘆一口氣。

「算了……我累了。從昨天到現在什麼都沒吃，我想快點回去。」

「……是，我們回去吧，愛理大人。」

「抱歉呀，其實我明白……全都要怪我擅自溜出王宮對吧。對不起，萊歐涅爾。」

被稱為萊歐涅爾的騎士，溫柔地抱緊哭泣的愛理小姐。兩人維持這樣的互動許久，騎士才

發現呆立在原地的我們。

「你們是盧內・路斯奇亞的學生嗎？」

看其他人沒打算開口說明，我便負責回答：

「是的。我們在學校管理的藥園島上被捲入轉移魔法中，來到這座島嶼。請問這裡究竟是什麼地方？」

「這裡是位於西南方的無人島，跟米拉德利多有好一段距離。原來如此，敵方在藥園島上設置了轉移裝置，與這裡相連接是嗎……」

名為萊歐涅爾的騎士，臉上表情轉為不悅。

「那幫傢伙到底是什麼來頭？他們現在還在島上喔。我是說戴黑色面具的那群人。」

騎士猛然抬起臉，似乎對於弗雷感到莫名驚訝，不過馬上板起臉回應：

「無須擔心，我們騎士團的人馬已經到齊。」

不知何時，騎著天馬的眾騎士已在上空待命。

身上有王宮騎士團紋章的他們，衝進了島內。這震撼的畫面讓我們目瞪口呆。

那位騎士重新轉身面向我們，手覆在胸口自我介紹：

「我叫萊歐涅爾・法布雷，擔任王宮騎士團副團長，同時是守護愛理大人的守護者之一。」

「！」

從愛理小姐剛才的反應，我就隱約猜到他應該與托爾共事。不，既然是副團長，可能算是托爾的長官吧。而且還是守護者……

「我們能發現這座島，是因為在這一帶搜索時，看見『緊急求救信號』的魔法。魔光原本朝著盧內・路斯奇亞的方向飛去，但在緊急狀況時，信號同時也會傳送給我們王宮騎士團。愛理大人從昨天就下落不明，毫無音訊與線索。我猜想這兩件事之間或許有所關聯……於是火速趕來。」

萊歐涅爾先生向我們問了幾個問題，我們也照實回答，他馬上掌握了狀況。

「各位同學，你們無意間被捲入，卻幫助愛理大人平安脫險，實在不勝感激。」

他再度鞠躬道謝。這位王宮騎士團的副團長，似乎是個有禮且身段柔軟的人。

「方便的話，希望能請問各位的大名。」

「……弗雷・勒維。」

「我是尼洛・帕海貝爾。」

「我名叫瑪琪雅・歐蒂利爾。」

看在他有可能是托爾長官的分上，我姑且簡單地行了屈膝禮，客氣地介紹自己。

聽見歐蒂利爾這個姓氏，愛理小姐與萊歐涅爾先生都微微瞪大眼睛。

「是嗎……原來就是妳。」

愛理小姐露出空洞的眼神小聲呢喃，但她隨即表情一變，露出笑容說道：

「欸，萊歐涅爾，這群人很出色呢！勇敢起身奮戰，並且解救了我，必須好好向他們道謝才行。」

「是，您說得有道理，愛理大人。」

「魔法學校的學生救了救世主一命，我認為這是值得頒發勛章的英勇事蹟。」

「……是的，那我下次試著向殿下如此提議吧。」

接著，萊歐涅爾讓愛理小姐乘坐自己的天馬，並把我們託付給騎士團內的其他天馬，帶著我們一起回到王都米拉德利多。

在這之後，我們接受了騎士團的反覆盤問，並且接受檢查，確認是否有被施下催眠術等魔法。

關於我們被傳送到的那座島上進行了怎樣的搜索行動，又有多少歹徒被逮捕，他們並沒有詳細說明，但至少得知了主謀者目前尚未落網。

據說那座無人島上設有好幾個通往異國的轉移裝置，主謀男子應該早已遠走高飛了。說起來，那群戴著黑色面具的惡徒到底是什麼來頭……

由於我們只是學生，無權得知關於本事件更深入的細節，也無法涉入調查。不久後，教師們總算來王宮迎接我們，我們順利回到盧內・路斯奇亞已是隔天的事。

「各位，你們沒事吧！」

「勒碧絲！」

在洞窟與我們失散的勒碧絲，平安無事地待在學校。

我們一見到彼此，便激動地抱在一起。

「太好了，妳也平安無事！沒有受什麼傷吧？」

「是的，完全沒有。我反而該跟你們道歉，明明熟諳轉移魔法卻無能為力。」

勒碧絲的臉色不太好。

眼見我們當時從現場消失，她應該一直很擔心、害怕吧，或許還因此吃不下、睡不著。我們真是害她操了好大的心。

「完了……藥水也沒繳交，評分肯定吊車尾，我要被抓去第一小組了。」

同時，尼洛則露出充滿悲壯的表情，甚至連弗雷那傢伙都摟住他的肩安慰：「沒關係啦，船到橋頭自然直。」

「別露出一臉世界末日來臨的表情啦，尼洛！畢竟我們這次是被捲入特殊事件裡，賭局肯定不算數。」

我也拚了命安慰他。身為組長，可不能對重要的組員棄之不顧。

「啊。關於這件事，我有把當時製作的椪眼藥水交出去了。雖然全體組員未能在時限內回來，但梅迪特老師承諾會以眼藥水為評分標準。」

「咦……」

遲疑了幾秒之後——

「勒、勒碧絲～～～！」

我心懷感激與尊敬給她一個大擁抱。尼洛打從心底鬆一口氣，弗雷則默默偷笑。

我們第九小組的實習初體驗平安落幕，最後算是順利完成了課題。

「話說回來，這次真是折騰了一番……不過被囚禁的公主殿下挺可愛就是了。」

「弗雷，你不是自稱姊姊殺手嗎？」

「就我的判斷，那位姑娘年紀比我大喔。雖然她身穿奇裝異服，又說著莫名其妙的話，不過愛作夢又需要保護的任性大姊姊也不錯～」

「……………」

我一點都不在意弗雷的喜好，不過她確實比較年長，畢竟原本是高三的學生。弗雷這方面的直覺還真敏銳啊。

隔天，本次校外實習課的評比結果張貼出來了。

「天啊！」

沒想到我們第九小組竟然是第二名。第一名是那位貝亞特麗切所率領的第一小組。

「怎、怎麼會……我們明明做出那麼優秀的眼藥水，甚至能發揮出讓敵方動彈不得的力量耶！」

打擊過大的我們僵在原地好一陣子。弗雷發現尼洛企圖默默地從旁邊窗戶一躍而下，急忙拉住長袍制止他。

據聞，我們這組製作的藥水在品質方面無可挑剔，問題出在我們的行動上。未保持警戒心，擅入瀑布後方洞窟深處的舉動，似乎構成扣分。

因為這次實習活動不僅屬於魔法藥學課，也包含魔法體育。萊拉老師在這部分給了相當嚴厲的評分。

「這次的事情我聽說囉。」

她踩著叩叩作響的明顯腳步聲，帶著一群跟班，一臉得意地朝我們走近。

「……貝、貝亞特麗切。」

我們一陣緊張。

貝亞特麗切輕笑一聲，露出高傲的笑容，環顧了遍體鱗傷的我們。

「竟然中了惡徒設下的轉移魔法，真是辛苦你們了。就結果來說，由我們拿下第一名，想必各位一定很不甘心吧。」

「咕唔唔，可惡……」

我不禁懊悔地心想，原來人在悔恨時，真的會發出咬牙切齒的聲音啊。

「不過，你們遇險也是事實，光是能活著回來就已經是奇蹟了。據謠言所傳，你們還解救了被惡徒綁架的少女。為了表示敬意，就讓尼洛同學先繼續留在妳的小組吧。應該說，要是沒這點程度，我也提不起競爭的鬥志呢。呵呵呵呵～」

「…………」

貝亞特麗切露出比平常更自以為是的高分貝笑聲，離開現場。

雖然她的口氣令人不爽，自尊心又高得不得了，但對事物的判斷忠於魔法師的原則。就結果來說，尼洛最後得以繼續留在我們組內……他本人正仰天祈禱著。

回到宿舍房間後……

「怎麼了？瑪琪雅。」

勒碧絲看我在房裡四處打轉，一下子翻了翻枕頭，一下子又往桌子底下窺探，終於忍不住發問。

「因為，咚助不見了。」

「妳是說侏儒倉鼠精靈……黃色的那一隻？」

「嗯嗯。」

牠們是精靈，也是兩隻不受拘束的小倉鼠，平常都自由地跑回籠子裡、躲進我長袍的帽子裡、或是跑到竹籃內。但就在我如此放任牠們自由活動後，發現黃毛的咚助不知何時失蹤了。

待在籠裡的只剩下白毛的波波太郎，我找遍了所有地方都不見黃毛的咚助。

「難道是被留在那座無人島上？我一直把牠們放在長袍口袋裡，搞不好因為轉移魔法的緣故，被傳送到其他地方去了。怎麼辦……我得回去找牠！」

「冷靜點，瑪琪雅，主人是可以召喚締結契約的精靈的。」

「對、對耶，我差點忘了。」

在精靈魔法學的課堂上曾學過，一旦與精靈締下契約，就能用簡單的再召喚術把精靈召回身邊。

「梅爾・比斯・瑪琪雅——回來吧，咚塔那提斯。」

我在腳下畫出魔法陣，並呼喚牠的正式名稱，下達命令。

然而，從魔法陣裡迸出的不是咚助，而是一塊外框被花朵圍繞的黑板。黑板在我面前靜止不動，表面浮現粉筆字跡。

「……『執行任務中』？」

我跟勒碧絲定睛確認了好幾次。

這是怎麼回事？我有對咚助下達什麼命令嗎？

滿心擔憂的我，決定去找教授精靈魔法學的尤利西斯老師問個清楚。

尤利西斯老師在校內一間被稱為水晶宮的玻璃構造大溫室。他坐在中央的人工池塘池畔，往漂浮著白色睡蓮的池面窺探。

夕陽從玻璃外牆照入，緋紅色映照在水面的景象十分美麗，老師也被包圍在帶有神祕氣息的魔力中。

他露出了幾分憂鬱的神情，似乎在喃喃細語什麼。難道池裡有什麼東西嗎？

色彩美麗繽紛的空中魚，優游於老師周圍，一下子游回池塘內，一下子又跳出池外，在空中漫遊。

充滿夢幻氛圍的這段悠閒時光，令我屏息。

「嗯？」

一發現我的存在，老師便變回平常上課時的教師表情。

「怎麼了嗎？瑪琪雅小姐。」

「那個，尤利西斯老師……現在方便打擾你一下嗎？」

雖然他剛才好像正忙著跟水裡的某個對象對話……

「喔喔，呵呵，我正在跟潘校長談話。」

「咦！跟校長？」

「校長還在喲。」

只見潘校長緩緩從水面露出那張山羊臉。

「貴安呀，瑪琪雅・歐蒂利爾小姐，這還是我們第一次面對面聊天呢。」

「……呃，是的，潘校長您好。」

我帶著些許緊張，拎起長袍行禮問候。

「不用多禮。前些日子讓你們遭遇險境了。由校方管理的藥園島被設下轉移裝置而不察，是我們的疏失。站在學校的立場，我會追究事件原因，未來更謹慎對待，以免同樣情況再次發生。還請各位平復心情，繼續勤勉向學。」

「是，謝謝校長。」

潘校長只留下這番話，便匆匆退回水面下。

入學典禮那次是從鏡中現身……潘校長的本體到底藏在哪裡？

「對了，妳找我有事嗎？」

尤利西斯老師揮了揮寬鬆的白袍袖子，招呼我過去坐，並重新詢問我。我在老師身旁的空位坐下，開始娓娓道來。

「我的其中一隻精靈不知道跑去哪裡了。我試著進行再召喚術，但只出現一則訊息，說什麼『執行任務中』。」

我繼續說明，直到校外實習活動途中，兩隻精靈都還待在竹籃裡，回到學校後才發現黃色的侏儒倉鼠咚塔那提斯不見蹤影。我試著詢問白色的波波羅亞庫塔司，牠卻一臉呆愣，沒有回答我。

尤利西斯老師低喃一聲「嗯……」，手抵著下巴，暫時陷入沉思。

「精靈擁有自主判斷力，或許牠察覺到某些對妳來說很重要的事物，正在幫妳完成吧。」

對我來說很重要的事物？我完全摸不著頭緒。

「也有些精靈離開主人身邊，長時間執行任務。比方說，剛才像浮屍般只露出一張臉的潘校長，也是在五百年前奉『白之賢者』之命，長年以來守護這所魔法學校，並且仍相信那位魔法師總有一天會回來。」

「…………」

浮屍？

「精靈絕不會忘記自己曾侍奉過的主人，並且永遠效忠於主人的命令。就算沒有下令，只要自身感受到有其必要性，就會竭力完成使命，忠心得令人不捨……」

尤利西斯老師仰望水晶宮上方晶瑩剔透的屋頂，皺眉露出苦笑。

「請問，咚助……咚塔那提斯，牠會回來我身邊嗎？」

「當然，等牠完成使命之後。」

尤利西斯老師對憂心忡忡的我露出溫柔的笑容，並且開導我說：

「咚塔那提斯跟波波羅亞庫塔司是雙胞胎，總是形影不離。無論分隔多遠，也會像磁鐵般互相吸引。所以，等妳找到咚塔那提斯之後，請好好思考牠為何會停留在『那個地方』。我想，這一定有非常重要的意義。」

「……好的。」

「牠們倆都是妳優秀的左右手，這點我非常清楚。」

「……咦？」

「我的意思是，妳大可放心。」

尤利西斯老師這番話耐人尋味，卻又莫名令我安心。

雖然不知咚助身在何方，又在做些什麼，但我希望牠能早日回到我身邊。

度過緊湊的每日課程，並且跟組員們同心協力完成了幾次實習與實驗，時間來到期末考結束後。

咚助仍沒有回來。出現在我們面前的，反而是來自王宮的某位貌似使者的人。對方邀請我們第九小組全體成員，參加不久後即將於王宮內舉辦的夏日舞會。

原本以為進入王宮的唯一機會就是成為獎學生，沒料到我們會因為救了救世主一命，而被召進宮裡參加舞會。

第十話　舞會

『妳聽過《綠野仙蹤》吧?就像那個故事一樣，主角會從天而降。』

田中同學曾跟我介紹過她創作的小說故事。

『然後，主角回過神來才發現自己身處異世界。在那裡可以跟動物對話，還能使用魔法。接著主角受託去打倒反派。』

『反派是指?』

『是魔女，邪惡的魔女。她眼紅主角備受完美的王子殿下與騎士百般呵護，企圖綁架主角，掠奪她的一切並取其性命。為達成目的，魔女使出千方百計。但主角憑藉自身的智慧與機敏突破重圍，最後對魔女嚴加制裁……將她殺死。』

『把、把她殺死了?』

『在所有故事裡，反派的魔女最後都得一死不是嗎?必須讓她為了迫害眾生的罪行受到應有的懲罰。』

『……可是……』

或許邪惡魔女也有她想守護的人事物，以及非得這麼做的理由啊。

我把原本想說出口的這句話，吞回了肚裡。

無論是《白雪公主》還是《睡美人》都一樣，魔女總是固定擔任反派角色，最後以她的死讓整個故事圓滿落幕。

但是，我只要讀到這類劇情，總會十分在意被眾人憎恨而慘死的魔女，而且從小時候就是如此。

我會忍不住好奇潛藏在故事背後，魔女孤獨的內心世界。擁有強大力量卻孤身一人的她，得不到任何人的愛情，總覺得有點悲傷。

○

夢見前世的情景後，緊接著要參加城堡中的舞會，令人覺得夢幻得虛實難分。

但在梅蒂亞的世界裡，這一邊才是現實，我們正急著為出席做準備。

因為今天就是王宮舞會舉辦的日子。

「瑪琪雅，我問妳喔，我這身打扮很怪吧？」

「才不會，勒碧絲很美喲。妳個子高挑，這樣穿更襯托出完美身形，真令我羨慕耶。」

勒碧絲身穿一襲簡約的深藍色洋裝，十分適合她，並散發出有別於平常的成熟氣質。黑色長髮經過編髮造型，再搭配亮眼的珍珠與花朵髮飾盤起。

接著換我打理門面。

母親送來的酒紅色禮服搭配層層相疊的蕾絲，營造優雅氣質，再加上澎袖設計，更添時尚感。頭髮造型則是加強髮尾捲度，並且撥往同一側，再用銀色髮夾固定於側邊。最後依照慣例塗上櫻桃色的唇膏……

「哇……瑪琪雅，妳美得令人讚嘆。完美揉合了妖嬈與清純兩種不同的性感魅力。哇～」

「雖然聽不太懂，但還是謝謝妳，勒碧絲。」

我跟勒碧絲像這樣猛稱讚對方一番。

「不過，妳的耳環還是戴那副嗎？」

「這個嗎？」

是托爾送給我的紅水晶耳環。

這的確只是便宜貨，搭配今天的禮服或許會顯得有些格格不入。

「沒關係啦。就算是便宜貨，對我來說可是無可替代的寶物。」

我重新檢視鏡中的自己。

從那天與托爾分隔兩地以來，已過了將近兩年的時光。

當年還帶著稚氣的我，如今應該長大了一些。

我完美駕馭舞會的禮服裝扮，表情與舉手投足也多了一份成熟。

但此刻心臟仍激動地狂跳，幾乎快要爆炸一般。

以盧內・路斯奇亞學生身分受邀出席今日舞會的賓客，只有我們石榴石第九小組與學生會成員而已。聽說這是相當光榮的一件事。

但我完全不在乎那些。

今天，有機會在這裡見到托爾。

若真能見上一面，我該怎麼開口才好？

我滿心想的都是這個問題。

舞會的舉行地點，在米拉德利多城堡內的「花鳥大廳」。

鐘塔在傍晚六點響起了鐘聲。我們在黃昏時刻登上了能瞭望玫瑰庭院景色的大理石階梯。

大廳內禁止攜帶戒指與長杖等魔法道具入內。

表情一本正經的衛兵在大門前待命，門的另一側就是所有女孩子的嚮往之地。

一段如夢似幻的時光就要展開。

「唔哇……」

華麗絢爛的大廳內已經相當熱鬧，散發光彩奪目的光芒，令人幾乎目眩神迷。

用魔法製作的花朵造型巨大水晶吊燈，正緩緩旋轉並且飄浮於空中。吊燈周圍也環繞了一圈玻璃材質的飄浮花朵，反射著燈光，讓會場燦爛輝煌。

光滑晶亮的大理石地板上映著名媛們豔麗的禮服身影，華麗又動人。現場的禮服不乏時下流行的孔雀藍色，以及誇張得嚇人的澎袖設計，令我驚奇連連。

尼洛與弗雷兩人似乎對這華麗空間不感興趣，在國王的強制命令下才不得已來到舞會現場。尼洛的服裝由白、藍色搭配而成，與他的白金髮色很搭。弗雷則是一身灰色加紅色。

兩人雖然都露出憂鬱的表情，但乍看之下還真是一表人才。

「尼洛，你真的是平民出身嗎？有沒有可能調查身世之後才發現你其實是王族啊？」

「怎麼說？」

「因為你打扮成這樣，看起來就像王子殿下啊。只要好好打理自己，其實你也相貌堂堂嘛。」

我向擔任護花使者的尼洛豎起大拇指，對他讚譽有加。

他則一臉無所謂地用平淡語氣回應：

「妳也是啊……看妳盛裝打扮，才讓我想起：『啊啊，原來妳也是個女孩子。』」

「就這樣？就這樣而已？」

我也沒期待尼洛會說出什麼「好像公主殿下」啦、「不愧是貴族千金」這種話，但他的感想竟然僅止於「終於發現妳是個女的」，令我無法理解。

我自認平常就打扮得像個女孩子吧？

「聽說國王在今天的舞會上將有重大發表……」

「肯定是要公開『救世主』的消息吧。在場的貴族明明早就全都知情了。」

「據說前些日子被綁架了。不知道這次的救世主跟守護者可不可靠。」

在這金碧輝煌的世界中，不時傳來騷動不安的私語聲。

參加者的臉上表情都帶著些許不安。

除了我以外的組員，對於救世主並沒有太深入的了解。

不過尼洛與弗雷曾跟本人有過一面之緣，或許已經有所察覺也說不定……

「啊，快看。舞會時間就要開始了。至少要好好跳完一首曲子。」

「咦……」

男生們露出不耐煩的態度。

為了不在這個重要日子出糗，我們還利用放學時間在工作室進行了舞蹈特訓。相較於一竅不通的尼洛跟勒碧絲，我跟弗雷本來就比較熟練。

所以舞伴的分配就變成我跟尼洛、弗雷跟勒碧絲兩兩一組。畢竟需要有一方負責主導。

「啊～啊～要跳舞的話，我比較想跟漂亮大姊姊搭檔啊。勒碧絲小姐雖然也很美，但是年紀比我小呢～」

「我姑且算是跟你同年喲。因為我是留學生。」

「咦，是喔？不過還是同輩啊～真可惜呀～」

「總覺得令人不快呢。」

弗雷雙手枕著後腦杓，嘴裡不停發牢騷，讓勒碧絲心裡默默升起一股火。

「只要跳完一首曲子，接下來就隨便你們自由活動啦。弗雷就去發揮所長，搭訕別人吧？反正你舞技挺不錯的。勒碧絲接下來跟我共舞吧！」

我又豎起大拇指，勒碧絲熱情地點頭回應「這樣最好」。弗雷則已經物色起大姊姊，尋找目標中。

直到最近我才知道，弗雷其實具備上流階層的優秀教養。也許他是家世不錯的少爺，或是貴族之類的。

他總不願多提自己的事，我們對他一無所知。對於勒維家這個姓氏，我也沒什概念。

此時，會場突然一陣譁然。

「是三王子吉爾伯特殿下。」

「噢，真是玉樹臨風。」

女性們不禁發出陶醉的讚嘆。從會場二樓走下階梯的人物正是王子。他身穿一襲深綠色服裝，淡米色的長髮綁成單束造型。

「那位就是路斯奇亞王國的王子殿下……看起來就充滿王子的光環呢。」

我曾聽說過，路斯奇亞王國好像一共有五位王子。

吉爾伯特三王子原本掛著和藹笑容向大家揮手致意，一看向我們卻露出帶著憎惡的眼神，大步流星地朝這裡走來。怎、怎麼回事？

「你這傢伙為何出現在這裡，弗雷。」

接著，王子用冷淡的口吻詢問弗雷。弗雷則擺出比平常還不耐煩的態度回應：

「……兄長大人才是，好久不見了～」

嗯……兄長？

「您大可以無視我的存在就好啦，現在大家都往這裡聚焦了耶。」

「少囉嗦！我可不記得有叫你出席！」

在兩人一觸即發時，出面緩頰的和事佬是我們熟悉的校內一分子——尤利西斯老師。

「別起爭執了！還有，叫弗雷出席的是國王。」

老師也難得在今天脫下魔法師長袍，以充滿王子氣質的得體裝扮出席。

「但、但是，兄長大人！」

「吉爾伯特……『愛理』在樓上找你喔。」

尤利西斯老師低聲轉達，結果吉爾伯特王子霎時滿臉通紅，清了清喉嚨便興沖沖地離去。

「弗雷，真高興你今天願意前來，我還以為你會抗拒。」

「……沒辦法，我放心不下我們組員。」

尤利西斯老師輕聲一笑，並回了一句「那麼，請各位同學好好享受舞會吧」，便跟在吉爾伯特王子後頭離開現場。

至於我們第九小組的成員，從剛才便驚訝地呆立在原地，連眼睛都沒眨一下。

意外漫長的沉默過後……

「咦？弗雷……你是……王子殿下？」

我打破沉默，總算抬起頭望向旁邊的弗雷。

太沒道理了，這傢伙應該是個吊兒郎當的輕浮男兼組內的吐嘈角色才對。

「唉～就是因為這樣，我才討厭王宮舞會這種活動。」

「…………」

「啊，話先說在前頭，我是最小的第五王子，沒有王位繼承權喔。因為我母親幹了一些好事被逐出王宮，當時我也一起被扔出來啦。所以各位女孩子，可別把我當成目標，妄想嫁入豪門喔。」

「不，我們完全沒有這種念頭。」

話說這個國家的王子，不是像弗雷一樣隱藏身分在魔法學校當學生，就是像尤利西斯老師一樣擔任教職……到底是怎麼回事？

「瑪琪雅，我們是不是該對他恭敬一點呢？」

「我不知道。尼洛，你怎麼看？」

「……依照往常的相處方式就行了吧？」

「也對。」

尼洛的話讓我們深表認同，弗雷也嫌麻煩地說「就這麼辦」，並伸手把頭髮往後一梳。他又補充說明，被當成王子對待，會讓他生不如死。

「好了、好了，別再談這些令人心煩的事，來跳舞吧！勒碧絲小姐，請把手交給我。」

「突然提起幹勁，打算敷衍過去是吧？」

圓舞曲已經響起，周圍的紳士紛紛向淑女提出邀請，帶領舞伴前往舞池。

名媛們的陶醉表情與如海浪般翻騰的禮服裙襬，美得令人眼花撩亂。

「瑪琪雅……我們也來跳吧。」

「嗯，當然好，否則就枉費我為你進行的特訓了。」

我也在尼洛拉著手的引領下，走向光芒眩目的水晶吊燈下方。

尼洛好幾次差點踩到我，每次都會一臉認真地說：「抱歉……抱歉。」

平常總是冷酷又無所不能的他，唯獨對跳舞有障礙，這也太可愛了。

光是跳完一曲就累得口乾舌燥。

我們四人興高采烈地前往位於會場一端的輕食區，享用冰涼的葡萄汁。身為優秀的好學生，我們當然只喝無酒精飲料，並狠狠拍掉了弗雷企圖拿酒的手。呼~活過來了。

「啊……」

我發現剛才那位三王子吉爾伯特殿下正在二樓的座席。

對了，剛才他聽聞「愛理在找他」，便急急忙忙回去了。

二樓是專屬於王族的特別座位。不知道托爾在不在……

「！」

突然間，大廳的水晶吊燈光線緩緩轉暗，並用魔法製造出純白花朵遍地盛開的特效，讓現場驚呼聲四起。

是純白色的鳶尾花，也是路斯奇亞的國花。

從二樓露台往外突出的圓弧形空間，不知何時出現了人影。

「是國王。」

「路斯奇亞王……」

沒錯，正是我國的國王。頭戴金冠、手持權杖的他，以威嚴的眼神俯視眾人。正如我過去在報紙上見過的一樣，具有王者風範，但本尊又多了一份肅穆，令人繃緊神經。國王身上披著長披風，讓他的存在看起來更具分量。

所有人都對國王低頭行禮。

「路斯奇亞的弟兄姊妹們，抬起頭來吧。」

國王用沉穩的嗓音開始演說。

「各位還記得兩年前的流星雨吧。那一天，我們應該已有所察覺，這個世界即將再次被捲入混沌的漩渦中，就如同五百年前一樣。流星對此做出預言，並且從異世界派遣了救世主降臨於梅蒂亞。」

國王重新對現場眾人講述了救世主傳說，並且做出宣告。

記者在一旁勤快地抄寫筆記。這場演說的內容應該也會在明天見報，傳達給大眾吧。

「那位來自異世界的少女，正在此處。」

國王轉過身，伸手拉著在身後待命的少女，讓她站往自己身旁。

那位穿著淡水藍色禮服的少女，正是我前世的好友，田中同學。

不，在我的認知裡，她已變成「愛理小姐」——降臨於此世的異世界少女兼救世主。

「她正是這個時代的救世主，受梅蒂亞祝福的少女。她名叫愛理。」

在一陣鴉雀無聲之後，包含我在內，所有人都低下頭。

因為對於在場所有貴族來說，她是需要崇敬的對象。

「我今日在此正式宣告，新的救世主與其守護者已經出現！以及，降臨於這個時代的她，將會以『艾里斯救世主』的身分留名於歷史之中。」

現場歡聲雷動，人們紛紛大喊著「救世主萬歲」、「路斯奇亞國王萬歲」。

愛理小姐拎起禮服裙身，微微低頭行禮，落落大方地展現存在感。

那充滿自信光采的模樣，簡直令我難以相信是過去那位田中同學。

「救世主在流星的指引下選出四名守護之人。他們正是被授予四芒星紋章的『守護者』，將成為救世主之盾。」

會場再次驚呼聲四起，因為三位守護者現身於少女身旁。

路斯奇亞王國三王子，吉爾伯特・迪克・羅伊・路斯奇亞。

王宮騎士團副團長，萊歐涅爾・法布雷。

最後是王宮騎士團魔法騎士，托爾・比格列茲。

「托爾……」

我熟悉的黑髮騎士正在其中。

他身穿充滿貴族氣質的華服，臉上板著無懈可擊的表情。成熟穩重又英姿煥發的模樣，讓我深刻體會到分離的這兩年有多長。

「各位，肅靜、肅靜。」

在國王身旁待命的男性大臣制止了大廳內的騷動，因為演說還沒結束。

國王清了清喉嚨再次開口：

「最後一位守護者，目前尚未現身。這是動搖國本的嚴重問題。」

國王用權杖敲響了地板，做出重大宣布。

「吾以路斯奇亞王——羅倫茲・洛古・勒・路斯奇亞之名，在此下達詔令！命最後一位守護者即刻現身，絕不允許汝捨棄守護者之使命！全國子民必須總動員，無論如何都要找出其下落！」

會場再次沸騰，因為國王同時宣布了重金懸賞，找到守護者下落的人將能獲得龐大報酬。

這道詔令，想必會在今晚到明天這段時間內傳遍全國上下，讓所有人都開始動身尋找最後一位守護者吧。整個國家肯定會陷入一場大騷動。

國王的致詞到此結束，大廳燈光再度亮起。

在場所有貴族的情緒之激動已完全超越先前，討論救世主與守護者的熱議聲四起，大家沉迷於七嘴八舌，完全把舞會拋諸腦後。

「瑪琪雅……妳怎麼了？」

勒碧絲呼喚我的名字，但我的眼神緊緊盯著二樓平台上的人們。

在這陣騷動中，愛理小姐正在二樓不知道纏著托爾要求些什麼。

托爾對愛理小姐回以微笑並拉起她的手，在手背落下輕吻，再護送她走下階梯。吉爾伯特王子則用帶著恨意的眼神目送兩人。

「噢，救世主愛理大人要跳舞了！」

「她的舞伴是守護者——托爾．比格列茲大人。」

「兩位實在太登對了。守護者個個相貌堂堂，真是羨慕愛理大人。」

「據說吉爾伯特王子與副團長萊歐涅爾大人也都傾心於異世界少女。不知道究竟誰能擄獲愛理大人的芳心呢！」

「那位少女甚至有機會成為下屆王妃候選人吧？」

比起救世主與守護者背負的使命，名媛千金們更熱衷於討論毫無根據的八卦，只顧著關心他們的戀情發展。我的耳朵不禁特別注意這類話題。

愛理與托爾一走下舞池，鳶尾花盛開於地面的魔法特效再次登場，會場所有人都退往四周，為他們騰出專屬空間。

與此同時，兩人已配合著悠揚的樂聲優雅起舞。

兩人的臉上都帶著微笑，宛如一對戀人。

他溫柔地彎起過去那雙傲慢的眼神，帶領著舞技略顯生澀的少女。那是我所不認識的托爾。

雖然打從一開始就知道如此，但……看著兩人那般互動，讓我胸口一陣難受。

即使告訴我，他們不只是看起來像戀人，而是實際上如此，我也不意外。

但是，最先發現托爾的人是我才對。

教會他跳舞的人是我才對。

明明承諾過要永遠陪在我身邊——

這股強烈的「嫉妒」之情，在我有所自覺之前，已率先湧上心頭。

「……疼！」

我莫名頭痛欲裂，同時感到暈眩。

眼前閃過的回憶片段，是某一天的田中同學與齋藤。而出現在記憶更深處的……

——住手。

——不要再從我身邊奪走！

是一位頭戴黑色尖帽、穿著長袍洋裝的魔女。她的一頭鮮紅長髮隨風飄舞。

雖然只有短短一瞬間，但我看見了她悲嘆的模樣。

從腳下不斷湧現的黑暗情緒，讓我全身戰慄。

「啊……」

無法理解眼前狀況的我，用雙手環抱住冰冷的身體，彷彿在保護自己。

我莫名感到恐懼。這股嫉妒之情令我恐懼。

這是來自深層的負面情感，黑暗得連我自己都害怕。但是，這並不只屬於我一個人。

「喂，瑪琪雅，妳怎麼了？」

尼洛拉過我的肩膀，勒碧絲與弗雷也在。他們擔憂著看起來不太對勁的我，並感到困惑。

然而，我滿心只覺得好痛苦、好害怕。好恨，我好恨——

「我不知道……我、我……」

我不由自主從大廳飛奔而出，彷彿急於逃離現場。

或許這舉動有點引人注目。我的鞋子在中途不慎鬆脫，遺落在大理石階梯上，但我仍繼續逃往王宮內的庭園。沒錯，我大概就像落荒而逃。

逃離什麼？

不知道，大概是存在於我心中的未知黑暗。

如果確定了自己對托爾抱持的感情，我會變成什麼樣？

以前曾聽祖母說過，我們的祖先「紅之魔女」，曾陷入一段沒有結果的戀情。

「剛才那究竟是怎麼回事……」

來到毫無人煙的王宮庭園，這裡也飄著舞會的優雅樂聲。

我將身子倚靠在彷彿被眾人遺忘的大理石噴水池旁，只聽著靜謐的水流聲，同時茫然凝望著被夜露沾溼的紅玫瑰。

「鞋子……有一只不見了。這算什麼，灰姑娘嗎？」

我苦笑一聲並嘀咕著，但我的言語徒然融化於夜空中消失。

我逃跑似地離開了那個地方。

一部分是因為未知的情感向我襲來，像是某種強烈的情緒，又像一股特別的思念。但更主要的原因是，我不願看見托爾眼中注視著我以外的女孩子。

我真是個小心眼的女人。感覺自己變得不再認識自己。

我變得灰心氣餒，而且不禁嫉妒起那兩人。

勒碧絲、尼洛還有弗雷應該被我嚇到了吧。飛奔似地匆忙逃出來，或許會落人口實，說

「歐蒂利爾家的千金不懂禮節」之類的。

我以為來到王宮就能見托爾一面。

原本想在見到他之後，確認他的前世身分，並對自己的心意做出結論。

但若抱著輕率的態度接近他，受傷的肯定是自己。我感覺到自己將會遍體鱗傷。

他是守護者，如今眼中只注視著愛理小姐一人，早已忘記我的存在。

就算釐清我對托爾抱持的感情與這股嫉妒的真貌，又能如何？

一切為時已晚，還不如先死了這條心。

如果這份心意得到驗證，我就無路可退了。

「……小姐……？」

一道熟悉的聲音突然穿過了玫瑰園。

是我一直以來想念的聲音。

我發現自己的心臟正寧靜地激烈跳動著，不禁伸手摀住胸口。

緩緩轉過身去，眼前正是那位黑髮騎士。

「托爾……？」

海藍色與紫羅蘭色的兩雙眼睛交會了片刻，如同我們初次相遇那時。

然而他精悍的表情，與當年那個衣衫襤褸、骨瘦如柴的少年簡直判若兩人。

我大概也已經不同於當年那個稚氣的少女。

夏夜的一陣暖風強勁地吹來。

晚風捲起我的頭髮，同時捲起了漫天飛舞的鮮紅色玫瑰花瓣。

在無聲灑落的月光下，我們再次相遇。

第十一話　世上最邪惡魔女的後裔

托爾——沒錯，這是我取下的名字。

即使是無心之舉，即使當時並沒有前世的記憶，存在於體內的另一個自己，肯定在當時就已經告訴我。

——這個人命中註定的名字。

托爾雙眼直直凝視著我，不發一語地朝我走近。

「啊……」

我卻不知為何反射性地往後退。

然後拎起裙襬一溜煙地逃跑。

「！」

他應該嚇了一跳吧。

我也搞不懂自己為何要逃跑。或許是因為托爾的出現過於突然，而我還沒做好心理準備跟他面對面。

不，不對，我從剛才就一直在逃避。

因為我很害怕。明明如此思念，卻害怕與他面對面，害怕確認自己的心意。

前世的那個我，直到現在仍會像這樣不時微微顯露出來。

膽小怯懦、逃避面對重要的人事物、無法將內心訴諸言語的性格。

我明明已不再是前世的那個她……

「哇！好痛……」

赤裸的單腳好像踢到了地上的尖銳石子還是什麼。

「誰叫您赤腳在玫瑰園東奔西跑。您還是一樣令人傷腦筋呢。」

托爾則依然故我地追著逃跑的我。

我在手足無措之下做出可疑舉動後，拖著赤腳躲在一旁的樹木後方。

明知行蹤早已完全暴露，根本藏不住。

「為何要逃跑？小姐。」

托爾隔著樹幹問我。我的心臟大聲狂跳著。

「因為……」

因為、因為……

「您已經討厭我了嗎？」

他的聲音彷彿帶著哀傷與痛心。

怎麼可能！我不由自主把臉探出樹幹外。

「不、不是這樣的，托爾！我、我只是……」

「抓～到您了～」

糟了，是陷阱！

托爾緊抓住我的肩，露出狡猾且狂妄的笑容。

一點都沒變。這男的一點都沒變啊！

「呃啊啊啊……」

該怎麼說，我全身無力地緩緩往下滑，整個人蹲在地上。

托爾單膝跪在站不起身的我面前，像孩提時代一樣凝視著我，並且充滿騎士風範地對我伸出手。

「好久不見了，瑪琪雅大小姐。」

「…………」

我還是說不出話，只能直盯著托爾伸出的手。我帶著不知所措、混亂與少許害怕的心情，輕輕戳了戳他充滿男性魅力的手。

有如對待第一次見到的稀有昆蟲還是動物。

「為何要用戳的？」

「呃，因為懷疑你真的是托爾本人嗎？應該不是我病入膏肓到產生幻覺吧？」

「如今還懷疑？」

結果托爾忍不住笑出來，

「啊哈哈！小姐果然還是小姐。」

接著他像是被戳到笑穴一樣捧腹大笑。

雖然外貌成熟許多，但他笑起來的模樣還是原本那個托爾，讓我再次確認，眼前這位騎士是貨真價實的托爾本人。

「……為什麼要跑來這裡？你剛才不是正在跳舞嗎？」

我用微弱的聲音問道。

「喔喔，因為我在跳舞時，看見有位淑女豪邁地從會場飛奔而出，並發現那頭紅髮非常眼熟。我猜想該不會是……就忍不住跑出來了。」

「這樣沒關係嗎？托爾，你是這場舞會的主角之一吧？」

「嗯，沒關係。我呀……其實並不擅長應付那種場面。」

會說這種話，也很像托爾的作風。

「還有，我在階梯上撿到了這個。是小姐的對吧？」

托爾在我面前拿出一只銀色的鞋子。

「對……沒錯，那是我的！啊啊，太好了～剛才中途鬆脫，但我扔著不管先逃跑了。」

「為何……如此急於逃避我呢？」

「…………」

托爾露出帶著落寞的表情，捧起我赤裸的單腳，確認有無割傷等傷痕之後，輕輕為我套上銀色鞋子。剛才雖然踢到地面凸起的尖物，但似乎沒受傷。

眼簾低垂的托爾一瞥向我，我便「啊！」地叫了一聲並且低下頭。

「為何不願意看著我？」

「因、因為……托爾你長得像個成熟大人了。呃，而且變得一表人才。」

「…………」

「會逃跑也是因為，我見到你之後，就……慌張得失去從容，變得怯生生的。」

啊啊啊，這什麼充滿少女心的回答。托爾都已經無言以對了啊！

我從剛才就變得不像我自己，整個人亂了分寸。

托爾的臉以前每天看都看習慣了，而且我們總是形影不離！

我會對他頤指氣使，然後反被他嘲弄，彼此挖苦對方的同時，仍一起幹盡所有好事壞事，然後緊挨著對方的身子一起喝著咖啡牛奶。

我們明明曾是那麼要好！

「小姐，那是我的台詞才對。」

「……咦？」

我不由自主抬起臉，發現托爾帶著感傷的眼神凝視我。

「我簡直不敢相信自己的眼睛，因為小姐您變得如此亭亭玉立。」

「什、什麼啦，以前也夠可愛了吧！」

「是這樣沒錯。但您現在比起當年又更加美麗動人許多。」

「…………」

咦？托爾也好像哪裡不太對勁，竟然如此老實地稱讚我。

「為何要歪頭疑惑呢？」

「咦？呃，你也……你也是呀！不知何時變得這麼會講場面話。」

一臉詫異的托爾回我：「這可不是場面話。」

「不、不是啦，我原本想說的是你變得非常出色……才對。」

孩提時期的習慣又出現，我互戳著雙手指尖。他輕聲笑著說道：

「在這兩年間，我在王宮騎士團學習騎士道與貴族社會的休閒嗜好。即使如此，我還是會被嫌棄不懂禮節、不擅言詞呢。」

托爾靠著樹幹在我身旁坐下。這裡沒有任何人，除了我倆以外。

他沉默了片刻後說道：

「果然還是待在小姐身旁，最能讓我平靜。」

「……是嗎？」

「嗯嗯。我很懷念德里亞領地。空曠的荒野、沒人見過的壯闊天空、宛如世界盡頭的鹽之森……然而那裡還有您、有我想念的家。好幾次我都想回去那個地方……」

托爾靜靜傾訴的這些話語，我相信並不是什麼場面話，而是發自內心。

分隔兩地的期間，我絲毫不了解托爾的心情，但他肯定也經歷許多迷惘與痛苦吧。

原來不只有我一個人單方面傷心而已。

「對了，小姐，機會難得，來跳支舞吧。反正這裡聽得見音樂聲。」

「咦？在這裡？」

「別看我這樣，現在的舞技可是進步了不少喲。畢竟身為比格列茲家的養子，在嚴格的教育下學會了貴族的那套休閒嗜好……來，起身吧！」

托爾拉我起身，再次正式向我邀舞。

「瑪琪雅・歐蒂利爾小姐，請問您願意與我共舞一曲嗎？」

「……嗯，當然好，托爾・比格列茲閣下。」

我也以貴族千金的架勢接受他的邀請。看來我的狀態開始恢復正常了。

雖然這裡不是水晶吊燈下燈燭輝煌的舞池，但在這月光傾瀉的神祕夜色下，在芬芳怡人的玫瑰花朵包圍中起舞，也自有一番浪漫。

安靜得無聲的圓舞曲。

剛才在大廳看見托爾時就覺得，他的舞技確實大幅進步。

有他在身邊的感覺是如此理所當然與自在，總有一股想哭的衝動。

「小姐，原來您還戴著那副耳環呢。明明只是便宜的寶石。」

在共舞時，托爾發現了我的耳環。

「當然！這可是我珍惜的寶貝。因為有這對耳環，我才能……」

「……小姐？」

「托爾，聽我說，我……是為了見你才來到這裡。」

雖然還帶著些許忐忑不安，但我努力設法編織出言語。

「為了見你一面，我在魔法學校也力爭上游。因為當初在那種狀況下分離，我……」

其實一直好想好想見你。

但剛才卻選擇逃避，讓你露出悲傷的表情，對不起。

當我正準備繼續訴說時——

「托爾！原來你在這裡！」

打斷我的話語並現身的，是身穿淡水藍色禮服的愛理小姐。

她看見我時一度發出「啊……」的叫聲並露出困惑的表情，但隨後馬上跑向托爾身邊。

「舞才跳到一半你就消失不見，把我丟在原地不管，實在太過分了！害人家臉都丟光了。」

「非常抱歉，愛理大人……呃……」

「我都為了這一天努力特訓了不是嗎？就怕踩到托爾你的腳。但是你卻……」

愛理小姐熱淚盈眶，彷彿隨時會潰堤。

托爾將手搭在她纖細的肩上，頻頻說著「萬分抱歉」賠罪。

「不過，這也不能怪你。既然對方是你重要的前任主人……」

「…………」

愛理小姐轉身面向我，我們四目相交。

那雙意志堅定的眼神，似乎帶著對我的刺探。

「妳就是瑪琪雅‧歐蒂利爾小姐對吧？托爾常提及關於妳的事情。所以之前在那座島上相遇時，我馬上就發現到了。」

然後她把雙手背在背後，把臉朝我湊近，並露出和藹的笑容。

「因為托爾想見妳，所以我才招待妳入宮喲。」

這是我熟悉的田中同學的習慣動作，令我不禁一陣懷念。

「我真的不知該如何表達感謝之情。謝謝您，愛理大人。」

「不用啦，當時受到幫助的人是我呀。況且我也有點事情想確認一下。」

「……嗯？」

「先回去大廳吧。萊歐涅爾加入騎士團的巡邏行列，吉爾又必須招呼異國賓客。托爾不在場，我一個人好無聊。來，瑪琪雅小姐也一起吧！」

愛理小姐輕快地轉身，伴隨裙襬翻飛。然後，她拉住了托爾的手。我也跟在他們後面，保持著一步的距離走回大廳。

以前幾乎沒機會看著托爾的背影走路呢。

感覺這也暗示著我們現在所處的立場。

如今該待在他身旁的少女是愛理小姐，不是我。

一回到大廳，我們不意外地成為眾人目光的焦點。

躁動不安的人們刺探般的眼神令我坐立難安。

與此同時，吉爾伯特王子大步朝我們走過來。他一臉急躁地站在托爾面前，毫不留情地摑了一巴掌。

「你這傢伙在想什麼！竟然當著眾人的面把愛理扔在原地，跑去追其他女人。在如此隆重的時刻棄她於不顧！」

「……非常抱歉，殿下。」

托爾用冷靜卻充滿誠意的態度道歉。

同時間，愛理小姐也說「不要責怪托爾啦，吉爾」，包庇著托爾。

「畢竟對托爾來說，原本的主人比我重要多了。」

她的發言帶著些許落寞，似乎加劇了吉爾伯特王子的怒火。

「托爾，把救世主放在第一優先順位、隨時在身旁保護她，可是身為守護者的職責。不許你分心想其他女人的事。都不知道愛理有多傷心……你這個蠢材！」

「但是，殿下──」

「區區一個鹹魚翻身的奴隸敢對我頂嘴是嗎？要不是看在同為守護者的分上，我早就拔劍處分你了！」

貴族們一陣譁然，因為第三王子揭露了托爾原本是奴隸的事實。

就算對方貴為王子，我仍無法坐視托爾因為出身背景而受到責難，忍不住插嘴。

「請先等一下。非常抱歉，殿下，是我不好。由於我跑出大廳，托爾閣下才因為擔心而追上來吧。畢竟我們原本是家人關係。」

我向王子賠罪並且深深低下頭。

托爾在那種場合跑出去追我，此舉確實相當不妥當。

在這個時間點最重要的是展現救世主與守護者的緊密連結，加深國民心中的印象，以得到民意支持。這點道理就連我也明白。

「但是，無論托爾的出身背景如何，他的才能都是無庸置疑的。我想他必定能助愛理大人一臂之力。」

吉爾伯特王子眉頭一抖。

「歐蒂利爾家的女兒……」

他的表情明顯流露出厭惡。

王子似乎也知道托爾原本是效命於歐蒂利爾家的騎士。

「那個罪孽深重的『紅之魔女』子孫。像妳這樣的人，對愛理有百害而無一利。實際上也很有可能破壞我們的羈絆。」

「……咦？」

我不自覺抬起臉。

「讓前一個時代的『托涅利寇的救世主』送命的凶手，正是那位魔女。歐蒂利爾家的女兒跟她流著相同的血液。這個藏著一肚子壞水的女人，或許會傷害身分尊貴的愛理！」

「…………」

「我命令妳即刻離開現場，不許再接近愛理！」

在眾人面前遭到痛罵，並且被下了逐客令，我卻無以反駁。

因為我擔心此時要是多說任何一句，會讓托爾的立場更加為難。

「吉爾伯特殿下，請您收回剛才的發言。這位小姐是我重要的主人。」

然而，托爾卻往前一站，瞪著王子直言不諱。

「你這傢伙……你明白自己這番話是什麼意思嗎？你這麼說等同於侮辱愛理！」

「不，我絕無輕蔑愛理大人之意。我會完成自身使命，但是瑪琪雅大人的存在對我有著更特別的意義，如此而已。」

「！」

這番話絕不該在這種場合說出口。

托爾卻沒有一絲猶豫。

愛理小姐皺起眉頭，微微垂低了視線。她的手同時緊抓著禮服裙身。

「這……你這番話就是在侮辱人，托爾！」

吉爾伯特王子一把揪住托爾的衣領。

「你沒有身為守護者的自知之明嗎？」

「請您收回對瑪琪雅·歐蒂利爾小姐的誹謗。」

「你這臭小子……」

周遭群起騷動，所有人都支持王子的意見，對托爾發出責難：「站在守護者的立場，不該如此自作主張。」「果然是奴隸出身，真是不知分寸。」如此云云。

愛理小姐大喊「別吵了！」試圖制止兩人，但吉爾伯特王子與托爾都無意收回自己的發言，兩人針鋒相對。

「別說了，托爾。」

於是我主動制止托爾。

「吉爾伯特王子的疑慮是合理的。你必須對自己的發言負責。」

「……小姐。」

我明白托爾努力維護我的尊嚴。

但他越是試圖袒護我，他身為守護者的信賴將流失得越嚴重。過往的奴隸身分更會加深影響，害他落人口實。

既然如此，就由我扮黑臉，老實地乖乖退場就好。

我突然露出意味深長的笑容。

「你確實曾是我的奴隸呢，托爾。明明過去對你那般頤指氣使，如今卻仍對我展現不變的忠誠，真是死心塌地……」

「小姐？」

說出這番話的我讓托爾吃了一驚，而我接著摘下他送的耳環，直直遞往他面前。

「但我已經不需要啦。無論是你，還是這玩意兒。」

托爾凝視著耳環，一時之間陷入無語。然後——

「……就連您也要拋棄我嗎？」

「…………」

「我明白了。既然這是小姐的命令……」

他順從地收下耳環。

那雙帶著悲傷的眼神與言語，充滿了震驚。

他原本是個在異國被父母賣掉的少年，成為奴隸後又來到歐蒂利爾家。

自從守護者的紋章顯現之後，他隨即被比格列茲家收為養子，與歐蒂利爾家斷絕關係。

從未有人尊重過他的意願。或許這些際遇對他來說，都代表著被深受信賴的人「拋棄」。

「被拋棄」這件事，在托爾心中留下很深的傷口。

即使如此，我仍不對他的疑問做出任何回應。對在場賓客低頭行禮後，我便靜靜退場。

父親當時割捨托爾並目送他離去的心情，如今我能深深體會。

其實我並不想放手，但越是了解托爾的使命之重大，越是領悟到他對我的心意只會妨礙他本應奉獻給救世主的忠誠。

以托爾的立場，必須將愛理小姐放在第一順位，守護她的安全。

對他人的忠心與感情等要素，是不允許存在的。

退往牆邊的我，因為口乾舌燥的關係，又喝起葡萄汁，同時思考著該如何回學校。

那些素昧平生的貴族們投射過來的視線，與不時傳來的閒言閒語，從剛才就令我不自在。

對救世主與守護者的關係造成威脅、忤逆王子，並且捨棄了對我一片忠心的騎士——這樣的我成了現場的大壞蛋。不過，既然原本針對托爾的抨擊已經轉移到我身上，那就足夠了。

這時，魔法學校的組員們發現了我的蹤影。

「瑪琪雅，妳沒事吧？」

「剛才怎麼好像起了什麼爭執……」

勒碧絲與尼洛前來關心我的狀況。

「沒事，我沒事。謝謝你們。」

很慶幸在這種時候，能有對我不抱敵意的同伴在身邊。雖然是個成立沒多久的小組，但我認為是最佳陣容。

「那個跟我老哥起口角的黑髮帥哥，是組長的什麼人啊？前男友？」

弗雷還毫不顧慮地直接詢問。不過，他這種態度也讓我比較輕鬆。

「他原本是我的侍從。是我把他撿回家，讓他擔任我的騎士。不過守護者紋章出現後，他就不再效命於我了……你明白這意思吧。」

「啊～原本專屬於自己的騎士，被異世界來的可愛姑娘給搶走了啊～真遺憾。」

「弗雷……你那口無遮攔的性格，真令我深感佩服。」

突然現身的救世主與這世界的宿命，搶走了我珍視的人。

如果用這種說法，我又會遭受更多抨擊吧。

但我想這才是我的真心話，所以才會那般眼紅。

「瑪琪雅，妳一直以來想見的那個人，就是他對吧？」

觀察力敏銳的勒碧絲輕撫著我的肩膀。

「我們回去吧。我也不習慣這種場合。瑪琪雅……妳應該也累了。」

「……嗯。」

「妳很努力承受那些閒言閒語了，真佩服妳。」

見尼洛難得誇獎我，我的臉上微微綻放笑容。

總覺得胸口的苦悶感因此緩解了一些。

托爾有了新的夥伴，而我也一樣有了新的同窗好友。

雖然這令人非常落寞，但我們或許已經分道揚鑣，各自走上新的道路。沒錯。我們只能選擇接受。

舞會還處於熱鬧的高潮，但我們決定打道回府。

搞不好未來再也沒機會見到托爾。

對他懷抱的這份感情究竟是什麼，可能一生都無法找到答案了。

但這也許是最好的結局……

我深刻地體會到寂寞與愁悶，懷抱著淡淡的失落感，穿越大門離開大廳。

就在此時……

「咦？」

一位貴族男性橫穿過我面前。

他肩上竟然停著一隻小巧的黃毛侏儒倉鼠——那是我的精靈，咚助。

「任務吱行中。」

我停下腳步並轉過身，驚訝得失語。

為什麼？我的咚助怎麼會出現在那種地方？而且還開口說話了？吱行中……？

然而，肩膀的主人似乎完全沒發現咚助的存在。

我為了追上男子，再次折返大廳。

「啊！喂，組長！」

「瑪琪雅，妳是怎麼了？」

「咚助，是咚助！」

我試圖比手畫腳向組員說明情況，但肩上停著咚助的男子越走越遠。我心想絕不能跟丟，在進退兩難間選擇先追上去。

「啊，找到了！」

男子從外貌看來是位長髮的中年貴族，正找上身為救世主而被眾多貴族支持者包圍的愛理小姐，殷勤地向她問候。

坐在貴族大叔肩上的倉鼠過於突兀，讓這幅畫面看起來很詭異，但無論我眨了眨眼重新確認多少遍，那都是咚助沒錯。

「快、快回來呀，咚助～嘖、嘖、嘖。」

我隔著一小段距離呼喚咚助。身上沒帶任何葵花籽或零食真是一大敗筆。

咚助露出愣愣的表情看向我。話說，牠記得我是主人嗎？

「啊……」

對了。我記得尤利西斯老師說過，要我思考精靈停留在外的理由。

咚助消失蹤影的時間點。還有，這個男人又是「誰」——

我緩緩瞪大雙眼。思路突然變得清晰，彷彿所有點跟線連了起來。

我繃緊表情，撥開人群前進並抓起男子的手，摘掉他的手套。

「！」

我的脫序舉動應該嚇壞了周遭的人吧。

包含原本正在與男子對話的愛理小姐，以及擔任隨從的托爾與吉爾伯特王子，也都呆若木雞。

「成何體統！妳這小姑娘究竟是……」

手套被拔掉的男子，試圖甩開我的手。

……但是，果然不出我所料。

「歐蒂利爾家的女兒，事到如今妳又在做什麼！這位可是邊境侯爵葛列古斯殿下啊！」

「吉爾伯特殿下，這個人是日前綁架愛理大人的男子！」

我的發言吸引了那位叫什麼葛列古斯的邊境侯爵把視線轉移到我身上。

他起初擺出從容不迫的態度反駁「妳有何根據」。然而……

「你的指尖有特殊的灼傷痕跡。這是你在那座無人島上觸碰我的皮膚所造成的灼傷。因為我是【火】之驕女，有發熱與起火的體質。」

我一面瞪著男子，一面說明。

同時壞心地用眼神問他：「你當時摸我的臉頰，結果燙傷了手對吧？」

「灼……灼傷這點小事，日常生活也可能發生！這是我誤觸滾燙的茶壺造成的！」

「那麼為何不把這燙傷治好？明明身處於專門製造優質魔法藥的這個國度。」

「那是因為……」

「因為你不是不治好，而是無法治好，對吧？接觸我肌膚所造成的灼傷是沒有魔法藥可醫治的，自然痊癒則需要非常久的時間。況且，我至少還認得出我造成的燙傷痕跡，因為從中會散發出屬於我的魔力氣味。」我又補充，「只要詳加調查就能證明了，你要怎麼做？」

托爾也出面追擊：「瑪琪雅小姐所說的話句句屬實。」

「你們是共犯！這些傢伙暗中勾結，企圖誣陷我！區區的男爵家讓我如此蒙羞，別以為可以這樣就算了！」

此時，愛理小姐闔起雙掌大喊「對了」。

「當時歹徒戴著面具，所以不清楚長相，但確實是身材跟他差不多的男性。就是把我抓走，威脅我放棄救世主使命的那個人。雖然聲音好像用魔法改變過，可是說話口氣差不多呢。而且他從剛才就激動地堅持自己的主張，早就讓我覺得很可疑。這種類型的角色，肯定藏有什麼『內幕』。」

「！」

愛理小姐的發言令周遭議論紛紛，但沒多久仍取得大家的信任。

邊境侯爵也因此找不到推托之詞。

「嘖！」

他用銳利的眼神向某處打了個暗號。

糟了，或許有同夥在場！

葛列古斯邊境侯爵趁我追蹤他的視線時，甩開我的手，不知何時已手執小刀，朝我砍了過來。雖然驚險閃過小刀，但我一個踉蹌跌倒在地。他接著改拿出槍枝抵著我，小刀應聲掉落在他腳邊。

剛才是怎麼回事？

舞會禁止攜帶武器與魔法道具入場，他應該已通過大門感應裝置的檢測，為什麼卻接連拿出小刀跟槍枝……

「小姐！」

「所有人都不許動，除非你們想看見這小姑娘的頭被轟出一個洞。」

托爾的行動緩下來。男子舉起另一隻空著的手發動熟悉的轉移魔法，憑空又變出一把小型槍枝。

貴族們紛紛尖叫，在混亂中四處竄逃，此時侯爵舉槍往天花板擊發。

「回答我，何謂救世主？」

大廳內一瞬間鴉雀無聲。

「拯救這世界之人？不知羞恥……分明只是來自異界的侵略者！打著這名號，大張旗鼓地將異界的知識與思想灌輸給世人！這不叫侵略者，什麼才是！國王與人民清一色地盲從聽信，拱手將世界託付於她，實在令人悲憤！」

侯爵在這樣的情況下義正詞嚴地說個不停。

「那種異界的小ㄚ頭會有什麼能耐？說起來，這世界中爭奪霸權所引發的聖戰，豈會因為這種小ㄚ頭就停止！」

正當他激昂地演說個沒完沒了之時，魔法兵已緊急衝進大廳內。

「不許動！我說過了不許動吧！這姑娘會如何──」

「無所謂！逮住那傢伙！」

吉爾伯特王子下令。即使托爾大喊「殿下，請別這樣」，魔法兵仍不為所動，施放出無數的綁縛魔法。然而這些技倆對侯爵毫不管用，一到他面前便消失。

是強力的守護壁魔法？不，不對，他是將所有魔法連同效果一起「轉移」到別處去了。

吉爾伯特企圖將愛理小姐帶往安全的地方，然而──

「我要留在這裡，不會逃走！」

愛理小姐拒絕離開。

「可是，愛理……」

吉爾伯特王子為了說服她而陷入苦戰。

與此同時，我看見侯爵的視線匆忙地掃向大廳四周。

「快逃！歹徒不只他一個，還有其他同夥在場！」

我大喊出聲。

無數槍擊聲幾乎在同一時間響起，槍聲並非來自侯爵，而是潛伏於大廳內的共犯。

托爾迅速地飛奔上前掩護愛理小姐，同時在自身周圍豎立起圓形的【冰】系防護壁，將槍彈全數擋下。

「真不愧是托爾！我就知道你會挺身保護我！」

愛理小姐緊抱住托爾，心花怒放地說。

但是……總覺得狀況不太對勁。

從四面八方射往冰壁上的槍彈，閃爍著綠色光芒，啪滋啪滋作響，並且互相連接成圓環狀，變成魔法牢籠，禁錮位於內側的托爾等人。

那是非常高等且構造複雜的緊縛魔法。恐怕源自異國……

「呃啊啊啊！」

愛理小姐的尖叫聲傳來。閃爍的光芒對圓環內的人進行魔力干擾，使其陷入痛苦，托爾也因此無法照常施展魔法。

緊縛魔法向上延伸為圓柱體，連正上方的巨大水晶吊燈也被包圍在內。

敵方的目的是——

「托爾，上面！要掉下來了！」

「！」

就連水晶吊燈的飄浮魔法，也在閃爍光芒的干擾下被打亂術式，正搖搖欲墜，即將砸往托爾與愛理小姐的頭上，連同吉爾伯特王子也會遭殃。

但他們無處可逃。

「啊哈哈哈哈！等著被壓死吧，救世主！」

我趁著侯爵對於眼前光景樂不可支時，飛奔向前撿起掉在他腳邊的小刀。

「妳這丫頭！」

慌了手腳的他連續擊發好幾枚子彈。我被其中一枚射穿了右腳，整個人失去重心跌倒在地。

「痛……」

好痛。但是若再不採取行動，托爾他們就要被水晶吊燈壓扁了！

該怎麼做才好？雙腳無法動彈。這種小刀根本派不上用場，戒指也不在手邊。

我不知道現在能使用什麼魔法來突破現狀……

『瑪琪莉耶露希雅……』

這時，我想起了早已存在於記憶中的某道咒語。

潛藏於心底深處的某個人影，豎起手指抵在雙唇前，對我私語。

現在就詠唱出來吧。

我進入忘我狀態，一把抓起自己的長髮，用小刀割斷。然後……

「瑪琪・莉耶・露希・雅——紅蓮之理，血傀儡，轉動吧，紅色紡車。」

喀嚓。不知何處響起了類似解鎖的聲響。

一陣強風以我為中心狂亂地颳起。剛才被割下的頭髮隨風飛舞，化作散發紅色光芒的細絲，縱橫交錯於地板、柱子與天花板之間，互相纏繞著。

轉動吧、轉動吧——

就連已逼近救世主面前的水晶吊燈，也在霎時間被鮮紅色的絲線層層捆綁後懸吊於天花板上。

吊燈旁的玻璃花朵有幾朵散落而下，朝著托爾、愛理小姐與吉爾伯特王子墜落。托爾整個人覆在愛理小姐身上，用沾滿鮮血的身體掩護她。

轉動吧、轉動吧、轉動吧——

「妳這丫頭……又打算妨礙我是吧！」

侯爵再一次舉槍射往我的背部。

然而，自動聚集成束的紅絲線保護了我，將子彈緊緊綁住並且反彈回去，簡直像某種生物從口中猛力吐出子彈。

「呃！」

反彈的子彈命中侯爵的肩膀。我緩緩轉過身子。

「剛才的子彈……逆向搜索出持有者，並且將其逮捕。一個都不能放過。」

不知為何，我對於絲線的操控方式早已了然於心。

腳邊流下的鮮血，自動在地面上描繪出類似紡車轉輪形狀的魔法陣。

一圈又一圈地旋轉。轉動吧，命運的，紅色紡車——

「啊……啊啊……」

從中紡出的紅色絲線，一瞬間蔓延整座大廳，不知不覺已遭絲線纏身的歹徒們，彷彿變成一座座立體美術品，佇立在大廳各處。

紅絲線滴水不漏地將所有惡意綁住，無論如何掙扎，也絕對無法從中逃脫。

當然，身為主謀的侯爵也被這些絲線束縛，垂吊在半空中。

「這是……怎麼回事！」

散發燦爛紅色光芒的絲線，充滿不祥的危險氣息卻又美得動人。在場所有人都盯著眼前的光景，眼睛連眨都沒眨一下。

紅絲線自動纏上我的腳，包紮我的傷口。

我站起身，輕拖著受傷的單腳，一語不發地朝侯爵走去。

然後我緩緩面對他伸出手。我用兩手捧著通紅的火焰，從中綻放的熊熊火光簡直不像屬於自然界。

「住手！住手住手快住手！別過來！好燙、好燙！可恨的魔女！可恨的魔女啊啊啊啊啊啊啊啊啊！」

臉上滿是汗水與恐懼的他大聲喊叫著。

我不明白。現在的自己，是打算把他燒得只剩灰燼嗎？

「不可以！小姐！」

托爾的呼喊聲傳來。這道聲音猛然切斷我內心的「某道」開關。

位於我正下方的魔法陣幾乎與此同時消失，雙手舉起的火焰也熄滅。

我全身發燙。在意識也陷入朦朧時，我凝視著自己微微顫抖的手。

剛才的魔法，究竟是……

魔法兵的急促腳步聲響起。我聽見遠方傳來吉爾伯特王子大喊，下令把逮到的犯人放下來並移送牢房。

「……『紅之魔女』的命令魔法。」

同時還聽見這句不知來自何處、又來自何人的輕聲囁語。

一抬起臉，便發現路斯奇亞國王與在旁守衛他的尤利西斯老師，正從二樓俯視著我。

我自己也心知肚明，這肯定是那位魔女遺留下來的魔法。

「小姐、小姐！」

猛然回過神，發現托爾不知何時出現在身邊，試圖搖醒我。

「您還好嗎？」

他滿臉憂心，身上沾滿鮮血。

從水晶吊燈旁脫落的玻璃裝飾砸傷了他，畢竟他一直用肉身掩護著愛理小姐。

內心從緊繃的情緒一口氣解脫，我看著托爾，眼裡的淚水潰堤。

「對不起、對不起，托爾。」

「……咦？」

「說什麼不再需要你，都是騙人的。我是為了見你一面，才大老遠來到這裡。怎麼可能拋棄你？不可能的。如果失去你，我……」

我感到極度恐懼。除了對現狀的不解以外，各種複雜的情感與糾結，同時在心頭不停打轉。

「我沒能保護好所有人……對不起。對不起，托爾，嗚嗚嗚嗚嗚～」

即使使出了那般魔法，終究還是讓托爾遍體鱗傷。

「沒關係，我沒事的，小姐。請別費神擔心我。這些全是輕微的皮肉傷而已。小姐的傷勢才嚴重多了。您被擊中了腳，流了好多血……還有，您的頭髮……」

「托爾、托爾！嗚哇哇哇～～」

「……小姐，您為何——」

托爾用沾滿血的雙手抱緊了不顧周遭狀況放聲大哭的我。

「請別哭了，小姐。您還是跟以前一樣，是個愛哭鬼。每當您一落淚，我總是……直到現在依然……胸口會揪痛得無法忍受。」

睽違好久，真的好久好久，我終於又像個初生嬰兒般哭泣。

為什麼會有如此想哭的強烈衝動，我不太清楚。只知道內心某種膨脹的情感爆發，讓我再也無法忍耐。

怎麼可能不需要？其實我一直都渴望著你的陪伴。

滿心思慕著你。

我緊緊依偎著托爾哭個不停，彷彿把所有無法壓抑的情緒全掏出來向他傾訴。就連自己都覺得，我真是好好大哭了一場。

第十二話　揭開命運的序幕

在好久好久以前。

一位魔女在南方國度的「鹽之森」呱呱墜地。

她有著玫瑰色的頭髮與海藍色的眼眸，是個長相標緻的女孩，並且擁有無比強大的魔力。

關於她的傳聞已傳遍整個國度，人們爭相上門，想借助她的力量。

魔女聽取人們的請求，時而讓旱田降下甘霖，時而治病療傷，時而替人命名，時而用烈焰之雨驅逐敵國士兵……

然而，她過於強大的力量讓人們心生畏懼。

魔女自認一直以來熱心助人，最後卻遭受人們迫害，就連國王也下令處決她，於是她逼不得已地只能逃往森林裡。

就這樣，魔女成了孤身一人，在餘生中詛咒人類。

她躲在森林深處過了一陣子足不出戶的生活。直到某天，她從候鳥與老鼠們的口中得知某位男魔法師的傳聞，聽說對方擁有與自己相同的強大力量。

魔女對這位魔法師心生好奇，便用鹽蘋果製作最拿手的蘋果蛋糕，帶著蛋糕跨上飛天掃帚，前去拜會對方。

如果對方的能力與自己不分上下，或許會願意接納自己……

魔女一直渴望著朋友。

一個人孤伶伶地生活非常寂寞。

即使只有一個也好，多希望這世界某處存在著願意與自己共同生活的人——她懷抱著這個渺小的願望。

然後她在北方國度與對方相遇了。那是一位黑髮的魔王。

魔王統率著一批駭人的魔物與幻獸，在險峻得無人能踏入的雪山中，用特殊的空間魔法打造了自己的國度。

魔王看見自稱前來拜會的魔女，毫不留情地拒絕。

「我討厭魔女。妳肯定是來掠奪國土的狡詐惡女。」

他誤以為魔女帶來的蘋果蛋糕也下了毒，便把蛋糕連同竹籃扔進谷底。

大受打擊的魔女邊下山邊獨自哭泣。

魔女原本就膽小又愛哭，還有顆脆弱的玻璃心。她的滾燙眼淚讓雪山上的雪都融化了，但她仍不顧一切地邊哭邊下山。

然後，她痛下決心。

既然單純因為身為魔女就招來厭惡，乾脆依照大家的誤解，化身為真正的邪惡魔女吧。

如果誤解化為事實，或許能稍微減輕心裡的難過。

在那之後，魔女真的以掠奪國土之名，前往魔王的地盤遊玩了好幾次。

為了不服輸、不讓人錯愕、不被眾人厭倦。

她不停地大鬧、四處作亂，偶爾在午茶時間休息聊天，然後繼續作亂。

這成為「紅之魔女」與「黑之魔王」反目成仇的開端。

○

我猛然驚醒。

隱約感覺自己作了一場夢，卻幾乎不記得內容。

唯有手上殘留奇妙的感觸，彷彿方才操弄著紅色絲線。

「啊啊……對了，我剛才在舞會上——」

突然詠唱出隱藏於那本食譜裡的咒語，施展了神祕的魔法。

「醒來了吱……已經沒事了吱。」

「真的耶啵……小姐的燒已經退了啵。」

咦……我聽見兩隻小倉鼠在身旁開口說話。

我緩緩坐起身，結果白色的波波太郎從我的額頭滑落。

身為【水】系精靈的波波太郎，剛才似乎攤平躺在我的額頭上，努力扮演著溼毛巾的角色。

我還發現枕邊擺了好多野花與酢醬草。

「這些，是你們摘的？」

兩隻小倉鼠用天真無邪的眼神仰望我，點頭回答「吱的（是的）」、「沒啵（沒錯）」。

「原來你們會說話啊。」

「我們要是打從一開始就開口講話，小姐會嚇得昏倒啵。別看我們這樣，好歹曾是紅之魔女大人的精靈啵。善解人意又貼心，很有才能的啵～我洗我洗。」

一身純白色又毛茸茸的波波太郎一面順毛一面說道。

「我從那位大叔身上感覺到很可疑的氣息，所以就展開跟蹤任務吱。擅自消失真的很抱歉吱。為了表示歉意，把這朵四葉幸運草送給您吱～我舔我舔。」

個頭嬌小的黃毛咚助一面舔著自己的小手一面說道。

……這是倉鼠特有的方言？

牠們用可愛又呆呆的聲音，分別操著不同的腔調。不過，共通點是牠們講話時嘴巴沒有動，不知道到底用哪裡發聲，感覺有些可怕，但可愛還是可愛。

我起身把兩隻侏儒倉鼠捧在手心上。

如今我明白了。

隱藏在那本食譜裡的日記，所有者是我偉大的祖先「紅之魔女」。

而這兩隻小傢伙，無疑正是過去效命於她的優秀精靈。

「謝謝。多虧了你們，才能制裁壞人。咚助，你執行任務也辛苦了。謝謝你平安回來我身邊。」

結果牠們看了看彼此後……

「我們反而才要感謝您啵。」

「您願意召喚我們來到身邊吱……」

不知為何淚眼汪汪，最後雙雙嚎啕大哭。

為什麼要哭？雖然摸不著頭緒，但實在可愛得惹人憐愛，害我也跟著哭了。我誇張地頻頻撫摸牠們，又揉又捏又蹭。

「我們會為了小姐全力以赴啵～」

「沒錯吱！順帶一提，我在敵方陣營找到了這個東西吱。我拍我拍。」

黃毛咚助用可愛的小手手拍打自己的頰囊，吐出了某樣東西。

那是一枚圓形的銀色鈕釦……這是哪來的？

「瑪琪雅……妳醒過來了嗎？」

此時，勒碧絲進入了臥室。

「我是不是病得很嚴重？」

「可能因為妳施展了大規模的魔法，後來發高燒又夢囈。今天距離舞會已經過了三天。」

「三天！」

自從我出生於梅蒂亞以來，從來沒有發燒夢囈的經驗，所以非常吃驚。畢竟我是【火】之驕女，體溫本來就高，早就習以為常。

原因果然還是我在舞會上使用的魔法吧……

隱藏在鹽蘋果汁食譜裡的「紅之魔女」祕術。

那本食譜如果是暗藏了紅之魔女祕術的日記，那我或許有必要嘗試其他食譜，一探其中玄機……

「瑪琪雅，妳先吃點東西。還有，尤利西斯老師請妳身體狀況穩定下來之後去找他。」

「尤利西斯老師？」

「關於瑪琪雅妳在舞會上發生的事，全權交由在盧內．路斯奇亞魔法學校擔任教師的他來處理了。老師同時身為王子殿下，似乎出面袒護了妳……」

「袒護」的意思是，我被王宮視為問題人物了吧？

或許這也無可厚非，因為我使用了沒人看過的魔法。

而我也想了解那次事件的後續發展如何。

若是尤利西斯老師，搞不好對於我所施展的魔法有什麼線索。畢竟老師當時應該也在場親眼目睹了。

我吃了麥粥、淋浴整裝之後，便去見尤利西斯老師。

老師正在自己的工作室內，眺望著大窗外的風景。

「噢，歡迎妳的到來，瑪琪雅小姐。」

平常總是散發溫柔和藹氣息的他，今天卻充滿嚴肅的緊張感。

今天是陰天，風有點強。透過這扇大窗戶，可以望見學生們一如往常吵吵嚷嚷地走在校內的光景。

在老師的招呼下，我們面對面坐在屋內的沙發上。

「那個，不好意思，老師。先前因為我擅自行動，給您添了麻煩……請問托爾他沒事吧？」

我試著詢問托爾的狀況。這是我最掛念的事。

「我幫他施展了治癒魔法，傷勢馬上就痊癒囉。」

「太好了……謝謝老師。」

「我身為救世主與守護者的監督者，同時也是顧問魔法師，只不過是盡自己的職責罷了。

反倒是托爾好幾次詢問我，妳的狀況如何。妳的腳傷我馬上就治好了，但高燒症狀無論使用魔法藥還是治癒魔法都沒奏效，相當棘手。」

「…………」

「應該是施展特殊魔法後產生的副作用吧。」

老師如此斷定。我再次回想起那天施展魔法時的景象。

「我聽說老師出面袒護我。請問，我真的被王宮當成危險分子了嗎？」

我緊抓著膝上的裙子詢問。

「王宮那邊確實抱持謹慎態度。不過……當時只有瑪琪雅小姐有能力收拾局面。邊境侯爵在自己體內埋入了異國的轉移魔法裝置，那是以最先進技術製成的小型道具，憑藉路斯奇亞王國的落後技術是沒辦法感應到的。包圍托爾與愛理的緊縛魔法，也是異國發展為戰爭用途的魔法技術，憑當代的路斯奇亞魔法難以即刻採取有效對策。」

尤利西斯老師用平淡的口吻為我詳細說明。

「正當邊境侯爵依照計畫讓救世主身陷危機時，妳使出了超越常理的魔法，打破了困境……那些魔法妳是從何處學來的？」

「是祖母傳承給我的家傳食譜中暗藏的內容。那好像是我的祖先『紅之魔女』的日記。」

「紅之魔女的……日記？」

老師的眼色微微一變，手抵著下巴沉思。

「王宮會採取謹慎態度，就在於妳施展的魔法與『紅之魔女』有幾分相似。雖然說，原因除了妳身為那位魔女的後代以外，也沒有其他可能了。」

「…………」

我只能垂著頭聽老師說完。果然「紅之魔女」光是存在本身就是邪惡的象徵。

「也有些人主張『紅之魔女』的魔法會對救世主造成危害。因為那位魔女在五百年前與救世主同歸於盡……但是，瑪琪雅小姐，妳日前使用的是現在應該早已絕跡的『命令魔法』，某方面來說，那套魔法甚至對現代魔法都會構成威脅。既然妳能使用，可以想見妳擁有不凡的魔法師資質。」

「……命令魔法？不凡的魔法師資質……嗎？」

我對這番話感到不解，迅速抬起臉。

然而，尤利西斯老師遙望著遠方某處，繼續娓娓道來。

「妳聽過存在於五百年前的『黑之魔王』、『白之賢者』與『紅之魔女』對吧？」

「……嗯，當然。」

「這三大魔法師只是特別廣為人知，其實梅蒂亞另有其他留名於歷史上的特殊魔法師。舉例來說，三百年前的代表性人物有『藤姬』、『聖灰大主教』與『青之小丑』……八百年前則有『黃龍大將軍』、『琉璃妃』……再回溯至千年前，則有『金王』與『銀王』……」

我都聽過。他們個個都是充滿傳奇與軼聞的魔法師。

雖然這些魔法師的存在，已經大約等同於古老童話裡的角色，但他們確實在這個世界上活過一遭，並且一路上推動歷史前進。無論往好或壞的方向。

「雖然，傳說把從異世界現身的『救世主』塑造成唯一的特別存在，但是推動梅蒂亞發展的主力，首先應該是魔法師才對。而魔法師的好奇心與判斷有時會偏離正軌，所以才需要『救世主』來擔任修正路線的角色罷了。」

我默默聆聽到現在，開始認為尤利西斯老師剛才那番話，似乎具有某些非常重要的涵義。老師那雙淡檸檬黃色的眼睛，帶著無盡平靜祥和的魔力，我卻感覺到他的話語中蘊含著難以言喻的熱情。

「瑪琪雅小姐，或許妳有望成為名留青史的偉大魔法師。我想那種魔法盡量不要多用比較好，但是……當妳真的覺得有必要時，請傾聽內心的聲音吧。若妳具有偉大魔法師的資質，內在的開關一定會被觸動而有所反應。」

「開關？老師也有過類似的經驗嗎？」

我試著詢問。結果他臉色驟然一變，馬上又故作鎮定回應：

「這個嘛……嗯，我就先不否認吧。」

他咯咯笑了，只留下一句耐人尋味的答案。

觸動開關是嗎？當時的確有類似這樣的感覺。

「妳還有其他想知道的事情嗎？」

「那個，我一直處於昏睡狀態，對於舞會的後續發展毫不知情。敵方……葛列古斯邊境侯爵到底基於什麼目的，犯下那樣的罪行？」

「侯爵在很早的階段就得知救世主的存在，暗中集結反對救世主的同志。不過，目前懷疑真正的幕後黑手另有其人。對方與侯爵接觸，煽動他們的情緒，企圖奪取救世主的性命。」

「為什麼要否定救世主？所謂的救世主，不是將世界導向和平的存在嗎？」

「這是因為……不樂見救世主插手多管閒事的人，並不在少數。如果未來世界上的紛爭全被遏止，這些人就頭痛了。」

這到底是指哪些人？

「救世主是為了『打倒』某些對立面而被召喚到這個世界。至於那到底是什麼，需要等救世主與守護者赴往聖地，向梵斐爾教國的『綠之巫女』請示預言才能確定。不過，假設敵方已經先有了自覺，我們或許就能設法先發制人。」

「先發制人……對了，咚塔那提斯找到了這樣東西，藏在頰囊裡。」

我從懷裡掏出咚助從口中吐出的銀色鈕釦，放在老師面前。

「……這是……」

他拿起鈕釦舉高一看。

「這可真是立下了大功勞呢，瑪琪雅小姐。」

「咦……」

「還差一步，敵方的真面目或許就能浮出水面了。」

老師似乎對鈕釦有什麼印象，急忙站起身。然後，他壓低視線看向還搞不清楚狀況的我。

「怎麼樣？牠們倆果然是很出色的精靈沒錯吧？」

老師語帶淘氣地笑問我。

他老早就知道，我的兩個小精靈會是得力助手。

隔天，我先去找梅迪特老師討論昏睡期間錯過的課程該如何補回來，隨後前往熟悉的玻璃瓶工房。尼洛跟弗雷也在那邊各做各的事。

「啊啊，瑪琪雅……」

「組長，妳現在已經可以出來走動了嗎？」

尼洛還是一樣忙著製作東西，弗雷則在窗邊躺著發懶。

「我聽說你們人在這裡，所以才過來一趟。給你們添了許多麻煩呢，我烤了焦糖瑪芬當作謝禮。或者應該說，我有些非得做料理不可的苦衷，所以把多出來的份帶來了。」

「我們負責處理剩菜是吧？」

「哎呀，別這麼說啦，弗雷。這可是含有特殊魔法的配方，可以調節體內魔力平衡。身為魔法師就應該心懷感激地收下。」

「組長還是一樣臭屁。」

弗雷雖然嘴上這麼說，仍走過來拿了瑪芬。我也把尼洛的份遞給他。

「……妳剪頭髮了嗎？瑪琪雅。」

尼洛一面接過瑪芬一面抬頭看著我，並瞇起眼睛。

我的頭髮確實比之前短了許多，原本及腰的長度現在來到肩下。我個人是覺得這樣也另有一番可愛。

「昨晚去找娜吉姊幫忙修剪了。因為上次在舞會剪了一大把，變得長短不齊。不過馬上就會長回來啦，我的頭髮從以前就長得特別快。」

「娜吉學姊……啊。」

弗雷遙望遠方，在窗邊若有所思。

「呵呵，弗雷，你不是說邀了人家去約會嗎？身經百戰的你，面對娜吉姊也陷入苦戰嗎？」

「哼，在舞會之後，我身為王子的事實傳遍了全校啊。後來只要一見到娜吉學姊，她就會說『王子這身分實在太沉重了，我沒辦法接受』……」

「啊啊……請節哀。」

娜吉姊感覺的確會嫌棄跟貴為王子的男人往來很麻煩。

話說回來，這玻璃瓶工房不知何時已成為第九小組的基地，我們擅自在這裡燒水泡花草茶，又擅自決定搭配我帶來的鹽蘋果瑪芬，享受午茶時光。

這瑪芬是母親常做的家常點心。口感溼潤的質地帶著鹽蘋果的鹽味與焦糖的香甜，揉合成完美的滋味。甜中帶鹹的鹽焦糖風味難以用言語形容，總之令人一吃就上癮。

順便補充，這道食譜裡也暗藏著日記內容，不過並沒有隱藏什麼魔法。

下次必須繼續試試其他食譜。

「瑪琪雅，妳到底是何時學會那種魔法的？」

尼洛正巧在此時問起相關話題。他手中同時剝著瑪芬的紙模。

「噢，身為榜首的你很好奇嗎？」

「算是吧。」

「我原先只有看過那道咒語而已。當時突然想起，覺得應該要使用它。」我老實地繼續補充：「但我也對這一切毫無頭緒。」

這真的是我最真實的想法。

「話說王宮竟然沒有提供任何獎賞，真是小氣耶～」

「獎賞？」

「因為事實上，多虧組長在那樣的場面下使出那種魔法，才能順利逮捕進行恐怖攻擊的邊境侯爵不是嗎？我是認為王宮該表示一下謝意啦～」

「這就應該由身為五王子的你去提出建言不是嗎？」

面對尼洛不著痕跡的吐嘈，弗雷舉起手在面前揮了揮。

「啊～不可能不可能，我才沒有那種權限。我只是虛有其名的五王子啊。」

然後他便把鹽蘋果焦糖瑪芬吃掉了。弗雷關於味道如何並未做出任何評論，就只是大口嗑完。我也邊吃邊詢問他們今後的打算。

「對了，你們暑假有什麼規劃？」

「我……要回老家。」

尼洛的眼神似乎有些飄移。我試著詢問「你老家在哪」，結果他冷淡地回了「祕密」兩字。畢竟他堅持保密主義。

「弗雷呢？」

「我也因為各種因素被叫回去了，要暫時進王宮一趟啦～」

「嗯哼。勒碧斯也說暑假要回去福萊吉爾，所以剛才出門去買船票了。我也要來預定車票才行。」

「妳要回德里亞領地嗎？」

「嗯，當然呀，尼洛。不過暑假開頭三天要接受暑期補課，結束後再回家。」

漫長的暑假即將開始。遇見一群值得依賴的組員，我自認為在一年級的前半段交出了不錯的成績單。

幾天過後，組員們已各自回鄉，我獨自在玻璃瓶工房，把白天晾在室外的曬網收進來。

曬網裡布滿發皺的紅色小圓球。

這是醃漬杏桃乾的半成品，剛完成風乾的程序。

雖然做法不如日本的醃梅乾那麼正統，而是改用杏桃以酒精消毒後，用鹽跟檸檬汁醃漬，並加入紅紫蘇。接著把底部的果醋搖晃均勻，放置約一個月的時間。

前世那個高中生的我，也未具備多正確的醃梅乾相關知識，不過轉生來到這裡當魔法師，累積了不少製作各種醃漬物與乾貨的經驗，於是我依靠這些知識與前世的味覺記憶來試做。我從幾天前展開風乾作業，到今天告一段落。把曬完的杏桃乾再次移回果醋裡保存後，迫不及待的我決定先拿一顆來嘗嘗味道。

「紅紫蘇的上色效果很不錯……外觀看起來幾乎跟醃梅乾一樣呢。」

我咬一口嘗嘗，隨即緊皺起眼睛與嘴巴。嗯～好酸！

「真驚人，比我想像中更貼近醃梅乾的味道，不過的確多了一股杏桃的果香味……當初應該多加一點鹽比較好？算了沒關係，畢竟是第一次嘗試。」

因為只剩一個人，我很自然地自言自語起來。

「對了，來煮點飯好了！醃梅乾怎麼能不配白飯呢？學生餐廳也已經休息，今晚就吃梅乾飯糰吧。」

無法跟其他人分享這股興奮是有點淒涼，不過我就用工作室內的土鍋來煮煮看之前在市區內的市集購買的米吧。

我先把米淘過之後泡水靜置片刻，瀝乾水分再移入土鍋內。

把米粒在鍋內鋪平之後……

「水的分量呢，伸出手心貼在米的表面上，加水至大約淹過手背的高度……是這樣沒錯吧？」

前世在森林夏令營學到的煮飯技巧，在這種時候派上了用場。

再來就是開火煮飯。

我一直期盼著這一天到來，終於有機會品嘗米飯了，而且杏桃版本的醃梅乾也醃得恰到好處。

如果吃起來不錯，這批就送給父親與母親當伴手禮吧。

我希望他們能搭配米飯一起品嘗，所以明天必須去市區採買……

在我想東想西的同時，米飯已經煮好了。

這裡的米飯形狀比日本的米來得更加細長，用木飯杓撥鬆飯粒後，我拈了一點嘗嘗，感覺跟記憶中的味道差不多。不知是因為我水放得有點少，還是品種的關係，口感稍微偏硬一些，但吃起來是米飯沒錯。

事不宜遲，我馬上著手製作醃梅乾飯糰。

將果肉撥碎後除去中間的籽，加上醃漬時產生的果醋，拌成柔軟的半霜狀質地的內餡，用白飯包起來並加上少許鹽，捏成適當形狀。

可惜沒有海苔，但這材料實在買不到，就不包起來了。

「哇啊啊啊啊……我一直以來心心念念的梅乾飯糰大功告成了。」

平凡無奇的白色三角形物體，在我眼中有如寶藏般閃閃發光。

現在……就來試吃！

「嗯？」

然而，正當我張大嘴巴時，樓上傳來一陣奇怪的聲響，打擾我的試吃時間。

我心想大概有人來了，從位於地下室的廚房走上一樓，往外一瞧……結果嚇得失語。玻璃牆外是一隻黑色怪物的身影。

好一雙巨大的翅膀。這是──龍？

「哇、哇啊啊啊啊啊啊啊啊啊啊！」

我不由自主大叫，但定睛一看才發現騎在龍背上的人是托爾。他悄悄探出臉，用脣形問我：「可以出來一下嗎？」

當然，我急忙走出屋外。龍降落在我眼前的廣闊沙灘上，托爾輕巧地一躍而下，身上的披風一陣翻飛，然後熟練似地降落在龍身旁。

以黃昏時分的大海為背景，佇立其中的黑龍與英姿煥發的騎士簡直美如畫。我邊奔向他們邊驚呼：

「托爾？你這是在幹嘛？這裡可是魔法學校的校內空間耶！你會被當成可疑分子抓起來

的！」

「啊，沒問題，到時候我會夾著尾巴逃之夭夭。」

你用一臉認真的帥氣表情鬼扯些什麼啊？

「因為，若不這麼做的話，就無法見到小姐了不是嗎？」

黑龍此時靜靜展翅起飛。每一次振翅，都伴隨著雪花結晶霏霏飄落，讓夏日的黃昏增添一股涼意。

「牠是我的精靈，名為『古里敏德』的冰龍，屬性是【冰】。」

「咦咦！托爾你召喚出龍嗎？」

真是驚人，龍可是精靈裡最高等的種類。

「托爾，真有你的！好厲害啊，太酷了。」

聽見自己的精靈被稱讚，托爾露出些許開心的表情，接著問道：

「您的身體已經沒事了嗎？我聽說您發高燒。」

「因為用了奇怪的魔法啦。當時肯定嚇壞你了吧？」

「……嗯。」

然後托爾凝視了我一會兒。他靜悄悄地伸出手，觸碰我被海風吹得飄逸的短髮髮梢。他扭曲的表情中彷彿帶著懊悔。

「啊啊，這個呀？呵呵，短髮也有短髮的美，看起來還不錯吧？」

「但是，小姐一直那麼珍惜自己的長髮。」

「我想我的長髮就是為了這種時候存在的啦。能用來守護重要的人，我很慶幸自己當初有好好愛護頭髮。而且，反正我本來也曾想過挑戰一次短髮嘛。我會再努力保養，留回以前的長度啦！」

我露出幹勁十足的笑容。

「……小姐果然還是小姐。無論何時何地，您永遠都像以前一樣。」

托爾低聲呢喃，然後正經地清了清喉嚨。

「小姐，請問今晚要跟我約會嗎？」

「咦？約會？」

「今天是您的十六歲生日不是嗎？」

「……啊啊！」

我猛然瞪大雙眼。被他一說才想起，我壓根兒忘了自己的生日。

所以托爾大概是為了替我慶生，才來到這所學校吧。

「而且，我想您應該很有興趣試試騎在龍背上翱翔天際。」

「咦！可以讓我騎嗎？當然有興趣！我一定要試試看！」

我躍躍欲試的激動模樣，讓托爾又差點笑出來。

啊，但我剛剛才做了梅乾飯糰……

「對了！欸，我可以帶著魔法竹籃嗎？其實……有道料理想讓你嘗嘗。」

「可以是可以，您想讓我吃的料理是指？」

「梅乾飯糰。」

托爾歪頭不解地問：「什麼？」我急忙回到玻璃瓶工房內，把剛才完成的飯糰塞進魔法竹籃裡，抱著竹籃再次踏上沙灘。

冰龍古里敏德已在沙灘上伏低身子待命。真是個乖巧的孩子。

「那麼，容我失禮了。」

托爾輕而易舉地抱起我，讓我坐上龍背。

他則從我後方跨上龍背，用環抱我的姿勢往前握住轡繩，命令冰龍升空。

「唔、唔哇啊啊啊啊啊！」

夏日徐徐微風與冰龍颳起的冰冷氣流合而為一，直撲我的臉。

睜開雙眼，從上空俯瞰米拉德利多的夜景實在美得過於眩目，我頻頻發出激動的讚嘆。

散發著青白色輝煌燈光的米拉德利多城堡。十座雕像聳立，充滿神聖氣息的迪莫大教堂。

在彩繪玻璃材質的魔光街燈映照下亮起的磚橋，與波光粼粼的水路。

遙遠的海面另一端，隱約浮現的橙色夕陽餘暉。

我們在迪莫大教堂裡熟悉的頂樓長椅上歇腳。

魔光煙火從港口的方位升空，宣告著夏季到來，並且歡迎來自異國的客船。

「好美……」

煙火在綻放瞬間是如此燦爛耀眼，但當我用眼睛追著邊墜落邊消散的火花時，不禁思考起灰燼的彼端還有些什麼。

「小姐，您剛才說有東西想讓我嘗嘗對吧？請給我。」

托爾一臉假正經的表情，大剌剌伸出手催促。真是個貪吃鬼！

「在前任主子的生日理直氣壯地討飯吃，還真像你的作風耶。不過，我猜這應該是你會喜歡的玩意兒吧。」

我從竹籃裡取出包在紙裡帶來的兩顆白飯糰，把其中一顆遞給托爾。他馬上扒開包裝。

「這是米飯嗎？我在王宮也偶爾會吃到海鮮飯，因為愛理小姐偏好飯類料理。啊，呃……請問這是直接拿著吃嗎？」

「嗯，對呀，大口咬下去。裡面包了很不得了的東西。」

「不得了的東西……」

托爾露出疑惑的表情，從各種角度觀察著飯糰。但除了白色的三角外型以外，無法獲取更多資訊，於是他便乖乖地一口咬下。

「！」

應該被梅乾的酸味給嚇到了吧。

他一臉詫異，甚至臉色鐵青，讓我緊張得屏息。

「這、這股猛烈的酸味是怎麼回事……小姐，您果然跟我有仇嗎？」

「咦！」

怎麼是這種反應？托爾果然對梅乾的滋味毫無印象嗎……

但他再次把梅乾飯糰拿到面前端詳，吞了一下口水後，又接著咬了幾口並且咀嚼一番。

或許是漸漸習慣了味道，他的表情恢復平靜。

「第一口被那股酸勁給嚇到了，但接下來越吃越有一種懷念的感覺……這是為什麼呢？我不明白……以前明明從未吃過這種東西。」

接著托爾暫時閉上雙眼。

他的表情像是同時品味著梅乾飯糰的滋味，以及不知從何處湧上心頭的鄉愁。

「我想你一定曾在某時某地品嘗過的。」

「或許吧，但我完全不記得那是什麼時候，又在什麼地方。我覺得自己好像從以前就很喜歡這道食物。沒錯，真的非常美味！」

「………」

托爾臉上難得浮現率真的笑容，那副表情令我失語。

啊啊，果然是這麼一回事……

你就是我在前世愛過的男孩。

在那些被遺忘的日子裡，每天早上你總是津津有味地吃著梅乾飯糰。

托爾應該沒有那段時光的記憶吧。但現在的他，仍依稀殘留著過去的影子。這一刻我彷彿看到今昔的兩個他彼此重疊，對我而言是無比珍貴的瞬間。

加上令人懷念的梅乾飯糰滋味，讓我有股想哭的衝動。

我們靜靜地聊了一段時間，說著我在魔法學校裡的生活，以及托爾在王宮的工作。

他被帶入宮中後，隨即加入王宮騎士團，跟著副團長萊歐涅爾先生接受嚴格訓練，同時為了迎接救世主而進行準備。據說順利找到愛理小姐是在去年夏天，現在托爾在她身旁當護衛，同時尋找最後一名守護者。

而我這兩年的生活，雖然不如托爾那般驚濤駭浪，但正如流星雨那晚托爾替我許下的心願，我順利考進魔法學校，為了募集組員經過一番折騰。

這兩年內發生的種種，一時片刻無法道盡，但我很高興能和托爾擁有這段閒話家常的時間。光是如此就感到很幸福了。

煙火結束，市區的燈火也一盞一盞熄滅。

「對了……」

托爾從口袋裡取出某樣東西。

「這個給您。」

那是他在我兩年前生日時送我的耳環。

之前我曾一度歸還給他。

「這是我在兩年前的同一天送給您的禮物，請您再一次收下……如果真的不要了，就請您隨便扔進海裡還是哪裡丟掉吧。」

「……托爾，可是……」

「您歸還給我，我也不知該如何處置。我也沒打算轉送給其他人。」

我乖乖收下那副耳環。

然後高高舉向星光晦暗的夜空。

閃閃發光的耳環彷彿成為夜空中唯一的一等星，十分美麗動人。

「謝謝你。其實我一直好捨不得。少了耳環，感覺就像身體缺少了一部分。」

這副耳環之於我就是如此重要的依靠，讓我努力撐過這兩年。

我用雙手包覆耳環貼在臉頰旁，安心地吐了長長一口氣，接著自己佩戴在耳上。就如同過去每天早上起床後的第一個儀式。

「祝您十六歲生日快樂，瑪琪雅大小姐。」

「嗯……能在這天幸運遇見你，對我而言是最可喜可賀的日子。」

我們彼此都輕笑出聲。

「我呀，現在的目標是成為魔法學校裡的獎學生。」

「獎學生是嗎？真是適合小姐的稱號。」

「如果保持良好成績，未來有機會進王宮就職，或許就能在工作上從旁支援你們對吧？我想利用鹽之森的自然資源，研究開發一些能派上用場的東西。即使位居幕後也好，我希望能為你盡一份力。」

托爾沉默了一會兒。

「這……該說真像小姐的作風嗎？真有志氣。」

「嗯嗯。我一定會在某方面大展身手，保障你未來的安全。」

他何時能結束這項任務？雖然連這份使命究竟有沒有結束的一天，我都不知道。

看見他在這次事件中挺身守護愛理小姐，令我感到些許害怕。

我擔心他今後是否會遭遇更危險的險境。但是……

「第一次遇見你時，我就明白，你並非一個平庸的男孩，將成為一位身負重責大任的魔法師。你要完成的使命，對這個世界來說無比重要。」

所以，這一切是必然的命運。

你離開歐蒂利爾家時，我悵然若失。但我確實早已堅信，當年發現的奴隸男孩，將成為這世界不可或缺的存在。

「小姐，但是那個角色並不只屬於我一人。」

「……咦？」

「完成這世界重大使命的魔法師……想必您也包含在內。」

托爾用力且堅定地說道，接著板起認真的表情面向我。

「我一直很感謝小姐發現我的存在，並且賦予我名字。」

「……托爾。」

「您還記得替我命名時的情況嗎？當時，我不是不願意說出我的本名嗎？其實從我懂事以來，就不太喜歡自己的名字，甚至覺得都是這名字害我如此不幸。」

我也曾有過似曾相識的感受。

在前世的世界中，我也一直不滿意自己的名字。

「但是，當小姐賦予我『托爾』這個名字時，我感覺就像終於找到了一直以來尋尋覓覓的某種東西……沒錯，當時的心境有如重獲新生。」

「…………」

我緩緩瞪大雙眼。

「我不知該怎麼形容才好。總之，正因為如此，今天也同樣是我的誕生之日。每當被您呼喚這個名字……總讓我莫名有股想哭的衝動。」

托爾露出哀傷的表情，笑容中帶著落寞。

接著他把披風一掀，單膝跪在我面前。

「請您再稍候片刻，小姐。我必定會盡速完成使命，回到您身邊。」

「托爾，你──」

「所以，懇求您別拋下我。若失去了屬於我的歸所，我……」

托爾害怕遭到拋棄，想要家人的陪伴，渴求著一個避風港。

即使因為這身稀世的能力，數度遭到命運無情的擺布。

我從不知道，他是如此珍惜著我賦予的名字。

於是我用盡所有包容緊緊擁住他，好讓他不再感受到孤獨。

「別擔心，托爾，我不會棄你不顧的。我不會忘記你，大概永遠都忘不了你。就算……投胎轉世多少遍……」

我再一次捫心自問。

胸口湧現的這股情感，真貌究竟是什麼？

這絕非前世的留戀，也並非放不下過去而會錯意的愚昧情感，而是出自我內心的「戀慕」。

這份堅定的情意，絕不可能有其他更合理的解釋。

我確實繼承了「心靈夥伴」的心意，同時在今生以瑪琪雅的身分愛上了托爾。

能如此確信這份感情令我欣喜若狂，又感慨萬分。我……

現在就告訴他吧。那句一直以來沒能說出口的話語。

「我……喜歡你。」

如果此時此刻有確實傳達給你，該有多好。

轟隆隆隆隆——一陣激烈的雷鳴幾乎與此同時響起。雷似乎打在距離我們非常近的地方。

「……咦？」

事發突然，我一時失語。雷聲轟隆作響，還下起滂沱大雨。

「下起雨來了呢。最近晚上不時會下雷陣雨。小姐，您還好吧？」

「咦？嗯……」

「我們趕緊回去吧。我送您回學校宿舍。」

托爾用自己的披風包住我，讓我坐上古里敏德的背，馬上送我回到女宿房外的陽台上。

剛才那句話，恐怕未能傳達給他吧。如果在臨別時重複告白一次，也太沒情調。而且托爾好像在趕時間……

「那就下次再會了，小姐。請幫我代為問候德里亞領地的老爺與夫人。」

「……嗯嗯，托爾你也要善盡職責喔。」

「當然。」

托爾凝視下著雷雨的夜空，同時跨上古里敏德的背，臉上帶著些許離情依依，但仍啟程離去。想必他的目的地是愛理小姐的身邊。

「又一次……錯過告白的機會。」

我目送著他在雨中漸行漸遠的身影，同時茫然地思考著。

剛才那場雷雨，簡直像算準了時機出現，故意打斷我的告白。

假設，真如愛理小姐所言，這個世界屬於某個故事……

我這種角色，在「救世主故事」裡，根本沒有存在的必要。

我對於這世界即將發生的未來一無所知。

但我有預感。

托爾將會逐漸離我遠去……

即使按照故事的腳本，未來的我跟他沒有機會結為連理。

我仍要成為出色的魔法師，守護著屬於他的歸所。

然後，只求一次也好，希望能將終於堅定的心意，用這句話好好傳達給他。

＊

「啊～都淋溼了，得去沖個澡才行。」

被雷雨淋得全身溼透的我，急忙走往淋浴間脫掉衣服。

雖然最關鍵的告白失敗了，但我心中滿是見到托爾的興奮以及跟他暢談的喜悅。

他承諾了會回到我身邊。

這是多麼令人欣喜的一句話。

心頭會感到緊揪般的疼痛，我想是自己已愛上托爾的證明。

啊啊~照照鏡子吧，臉上的竊笑簡直藏不住……

「……咦？」

然而，我的笑臉一瞬間凍結。

我看見鏡中的自己，胸口浮現散發光芒的四芒星紋章──

幕後　田中愛理，前往故事中的世界

我叫田中愛理。

沒有任何特色可言的常見姓氏，搭配當年流行的菜市場名所組合而成的名字。

「救世主愛理大人是吧……」

我位於王宮內的房間裡，正坐在桌前倚賴魔光油燈的照明，用羽毛筆在本子上書寫。

作品標題是「我的幸福物語（暫定）」。

沒錯，我正在創作小說。

從天而降的異世界少女，在四名騎士的守護下，與邪惡的敵方奮戰，克服萬難並保護世界

——這麼一個故事。

目前處於召集有志之士的階段，正在尋找最後一位騎士。

「最後一位守護者應該是金髮的騎士吧。畢竟托爾是黑頭髮……」

不過話說回來，托爾真是理想中的完美男主角。

不僅是我最喜歡的黑髮美形男，實力又堅強，還有著冷酷的性格。

奴隸出身這一點令我有點意外，但或許他其實有著異國王族的家世背景，因為某些原因才淪為奴隸。否則根本無法勝任男主角。

若要說還有哪一部分令我意外……

「瑪琪雅・歐蒂利爾，這世上最邪惡魔女的後代……」

有雙鳳眼與紅髮的她是貴族家的千金，也是托爾的前任主人。

原本以為托爾似乎受到她苛刻的對待，但是兩人的關係意外地親密。

不，肯定只是托爾恪守禮節罷了，不然就是被洗腦了。

當我在那場舞會上目睹瑪琪雅小姐發動那不祥的魔法時，就已經確信。

「瑪琪雅小姐之後一定會化身為邪惡魔女，企圖取我性命。因為嫉妒而喪失理性，試圖奪回托爾。我都知道的。她肯定是反派角色……」

我從以前就討厭魔女。因為無論在什麼故事裡，魔女都是欺負主角的壞蛋。

既然得知那位魔女就是「她」，我就有辦法對付了。絕不會讓她出來攪局。

「呼～」

專心寫作了好一陣子，現在進入休息時間。我拿起中意的女僕幫我泡的熱可可，走到房外的陽台，俯瞰這座棲息著魔法力量的都市——米拉德利多。

燈火輝煌的街景閃閃發亮。

剛才下得淅淅瀝瀝的雷陣雨已經停止，景色變得更加閃耀。

「梅蒂亞真是個完美世界，是我的理想藍圖。在這裡，我的所有想像都能成真。」

我一定是被選中的那個人。

在那一天，那一刻，那一個地方。

○

「齋藤同學，我好像喜歡上你了。」

在那天放學後，我的確向他告白了。

齋藤同學是位黑髮帥哥，就像校園題材的少女漫畫裡會登場的角色，個性中並存著冷酷的一面以及溫柔體貼。

「抱歉，我已經有喜歡的人。」

但他很乾脆地拒絕了我。想必這就是他來到頂樓的目的。

雖然我早就猜到了……

「喜歡的人……是指小田同學嗎？」

「……這……」

正當他欲言又止時——

啪嚓，頂樓的門應聲打開，一位身穿連帽外套的男子突然現身。帽子深深蓋住了他的臉。

他不發一語地朝這裡快步走來。

「……咦？」

一開始我完全一頭霧水。

然而，當我察覺到事情不對勁時，齋藤同學已被男子持刀從正面刺殺。

「流放之刑已執行完畢……」

帽子男嘀咕著莫名其妙的句子，拔出染紅的刀身。

「齋藤同學！」

齋藤同學的身子緩緩下滑並倒地，大量鮮血從腹部流出。他的眼神黯淡無光，已失去明亮的生氣。

怎麼辦？我該怎麼辦？我從未想像過狀況會演變至此。

「齋藤同學！齋藤同學！」

我鐵青著臉，邊顫抖邊搖晃他的身體。然而，當我回過神時，才發現那個男子已從上方壓迫而來，刀子大概也刺向了我。

我唯一記得的，只有那個帽子男猶如惡魔般鮮紅的雙眸。

接下來的記憶全數喪失。我只知道當我清醒時，生還者只剩下我一人。

齋藤同學已經不治，而小田同學不知為何失去了蹤影。

這件在學校頂樓發生的離奇事件，引起社會一陣騷動。

「聽說是三角戀引起的感情糾紛。小田同學刺殺兩人後逃走了，所以才下落不明。」

「畢竟田中同學企圖橫刀奪愛，搶走齋藤同學嘛。她每次都這樣，看別人有什麼東西就跟著想要。」

「不對不對，我記得現場還有個可疑分子。據說是田中同學想跟齋藤同學告白，結果可疑男子出現，刺殺了齋藤同學。田中同學雖然也遇刺，但沒傷到要害。」

「那……小田同學為什麼失蹤？」

「小田同學也是愛裝乖寶寶，老實說不知道她心裡在想些什麼。肯定是她唆使那個可疑分子的啦。女生教唆男生行凶的事件，現在很常見不是嗎？」

「可是，警方說小田同學也被捲入事件的可能性很高耶。據說現場也殘留著她的血跡。搞不好遺體被藏在校園某處？」

「哇～討厭啦～好可怕！」

……周遭全是這些不負責任的言論。

我無法釐清狀況，甚至希望有人來幫我說明。

毫無意義的考察。無聊的八卦傳聞。

流言只會衍生出更多流言，並且越傳越遠，猶如覆水難收。

無關的局外人指責我、對我窮追不捨。

我們遭到毀謗，在捏造出來的八卦中成為笑柄。

我只不過……只不過是對小田同學……

「小田同學真可憐。」

之前疏遠我的那些女孩子，在學校走廊上擦肩而過時，如此對我說。

「要不是妳當初想在頂樓向齋藤告白，也不會發生那種事吧？」

不對，那只是運氣問題罷了。

「妳一個人僥倖活下來，也沒人會開心啦。」

「…………」

這……我不否認。

確實沒有人樂見我撿回一條命。

我是由母親獨力扶養長大的，但她眼中只有新情人，平常根本不在乎我，也幾乎不會待在家裡。

她在我住院期間勉強來探望了幾次，但出院之後，明顯刻意避開這個話題，像往常一樣把我丟在家裡，自己跑去找情人。

連面對面好好談談的機會都不願意給我，也不打算過問。

也許我乾脆一死了之，對我們來說都是解脫。

齋藤的父母因為痛失愛子，在喪禮上哭得哀痛欲絕。

就連家庭關係似乎不怎麼融洽的小田同學父母，聽說也因為女兒失蹤而憔悴。

然而，沒人為我的倖存感到開心。

沒有任何一個人。

真沒道理。我明明活下來了。活著明明是一件美好的事情。

但對我來說卻像一種罪、一種懲罰。

撿回一條命之後，才讓我領悟到自己是孤單的。

因為他們兩人也已經不在了。

「他們……？」

我怎麼有臉說這些？我明明還想把他們的關係搞得一團亂。

打從一開始我就是孤單的，只是一直寄生在他們身邊罷了。

「……救救我。」

在這個世界活得好煎熬。我痛苦得想逃。

我想遠走高飛，好想消失。

反正像我這種人，就算從這世上蒸發，也不會有任何人難過。

「……救我……救救我。」

要逃避現實，就需要塑造出另一個「世界」。

無論在寂寞或悲傷時，我持續描繪著自己的故事，編織屬於我的劇情。

只有我一人的話太寂寞，我需要其他角色的慰藉，需要緊張刺激的事件，需要一個所有人都需要我的世界。

我想要符合理想的故事，振奮人心的故事，得到愛的故事。

打倒反派、成為英雄的故事。

我想要一個幸福結局就近在眼前、唾手可得的故事！

「想去另一個截然不同的世界嗎？」

在放學路上，我一個人茫然漫步在雨中，連傘也沒撐。

我想自己此時的內心已瀕臨極限了。

一位穿著連帽外套的男子，不知何時現身在我面前，問了那句話。

即使認出對方就是殺害齋藤同學的人，我仍點頭答應了。

「……我想去。去另一個世界。」

「好吧。那妳就以救世主的身分前往。那裡是名為梅蒂亞的異世界，或許跟妳所渴求的那種美好世界有些差距就是了。」

……異世界？

「哪裡都好。無論會有什麼下場，只要能逃離這裡就好。」

男子取出一把小刀。

原本以為性命會不保，但他把刀收進了精緻的刀鞘裡，並且遞給我。

「這把短劍就給妳吧，妳會需要它。因為妳是『救世主』。」

「……救世主？」

「有能耐殺掉大魔法師的角色。」

「鏟奸除惡的意思？我是天選之人嗎？」

帽子男的嘴角浮現微笑。

下一刻，我的腳下出現一圈光芒並且漸漸擴大，化為一個大洞之後將我整個人吸進去。

裡頭一片漆黑。不對，是晚上？我佇立在昏暗的水面上。

看不見盡頭的水面上映著星空，感覺自己像身處於宇宙正中央。

「等等！」

我追著夜空中數不盡的流星。我一心只顧著抬頭仰望，邊哭邊跑，一直跑一直跑……

這裡沒有學校，沒有那些壞心又胡說八道的同學。

沒有嫌我是拖油瓶的母親。

沒有那些明明素昧平生，卻單純因為好奇心而追著我問個不停的傢伙。

如果能抵達這麼一個地方，我一定能忘卻一切。

把所有的所有都忘得一乾二淨。

我就可以從那起事件中解脫，也不用為了小田同學與齋藤同學的事情自責。

在盡頭迎接我的，只有通往未知世界的一扇門。

我毫不猶豫地推開它。

梅蒂亞，此處必定能實現我所有的願望。

這裡是為我存在的世界。

這是讓我獲得幸福的——故事。

後記

各位好，我是友麻碧。

繼《妖怪旅館營業中》與《淺草鬼妻日記》之後，我在富士見L文庫推出了本次的第三部系列作品《梅蒂亞轉生物語》。

這部作品原本是我從二〇一二年起於網路上連載的小說。

「梅蒂亞」這個世界的名稱，發想自國際求救訊號「Mayday（幫助我）」。

這是一個關於「愛」的故事。屬於我們的劇情，現在才要開始。

用這句話為網路版連載小說畫下句點，大約已是四年半前的事。

單純基於興趣而完成這部換算成文庫本大約長達十五集的長篇作品，當時的成就感與感動，我至今仍難以忘懷。那時的專注力也是現在的我必須學習的。

但是，我心中仍留有許多遺憾。

因為未能把這部作品以書籍的形式好好保存下來。

我懷抱著某天能實現此心願的期待，同時用一股傻勁繼續努力。結果這份執念打動了富士見L文庫的編輯，讓我有幸獲得改寫與出版的機會。

出版社的要求是，呈現出現在的友麻碧筆下的梅蒂亞。

實體版的開頭劇情與網路版有很大的差異，無論從哪一種版本讀起，希望讀者都能與主角瑪琪雅用一樣的視角與步伐，從零開始享受這個故事。

這次的第一集，應該有非常忠實地呈現友麻碧的風格吧。

不過接下來的劇情，畢竟原本是我在還不知商業出版為何物的時代所創作的作品，某方面來說包含了最純粹、屬於友麻碧的「原點」。

這部故事是一塊只有「青澀」兩字可言的原石。

但仍是我無論如何也無法忘懷，關於魔女瑪琪雅的單戀故事。

如今的自己要如何琢磨這塊原石，又要用什麼方式呈獻給各位讀者——反覆思考的我，興奮得躍躍欲試。

感謝責任編輯，在前兩部作品《妖怪旅館營業中》與《淺草鬼妻日記》關照有加的同時，又提出重製出版《梅蒂亞轉生物語》的邀請，我心中只有無盡的感激，真的非常謝謝您。

再來是擔綱封面插圖的雨壱絵穹老師。感謝您這次在百忙之中願意擔綱本作的插畫。透過老師美麗的圖，第一次與瑪琪雅及托爾真實面對面的感動，我至今仍無法忘懷。非常感謝您接納各種繁瑣要求，設計出完美的角色！

最後要感謝各位讀者。無論是初次見面的新朋友，還是一路關照我的老朋友。誠摯感謝你們這次購買並閱讀《梅蒂亞轉生物語1》。

雖然這部作品經過重生，背景比較特殊，但仍希望各位能先用最純粹的心態來享受故事本身。如果這本第一集有成功帶給各位全新的閱讀體驗，我對自己的作家身分應該又能多添一份自信了。

瑪琪雅的故事正揭開序幕，敬請期待後續發展。

友麻碧

國家圖書館出版品預行編目資料

梅蒂亞轉生物語 . 1, 世上最邪惡的魔女 / 友麻碧作 ; 蔡孟婷譯 . -- 初版 . -- 臺北市 : 臺灣角川 , 2020.12

面 ; 公分 . -- (Kadokawa light literature)(角川輕 . 文學)

譯自 : メイデーア転生物語 1 この世界で一番悪い魔女

ISBN 978-986-524-145-2(平裝)

861.57 109016626

輕文學
Light Literature

梅蒂亞轉生物語 1　世上最邪惡的魔女

原著名＊メイデーア転生物語 1 この世界で一番悪い魔女

作　　者＊友麻碧
插　　畫＊雨壱絵穹
譯　　者＊蔡孟婷

2020 年 12 月 10 日　初版第 1 刷發行

發 行 人＊岩崎剛人
總 編 輯＊呂慧君
編　　輯＊溫佩蓉
美術設計＊李曼庭
印　　務＊李明修（主任）、張加恩（主任）、張凱棋

台灣角川

發 行 所＊台灣角川股份有限公司
地　　址＊105 台北市光復北路 11 巷 44 號 5 樓
電　　話＊（02）2747-2433
傳　　真＊（02）2747-2558
網　　址＊http://www.kadokawa.com.tw
劃撥帳戶＊台灣角川股份有限公司
劃撥帳號＊19487412
法律顧問＊有澤法律事務所
製　　版＊尚騰印刷事業有限公司
I S B N＊978-986-524-145-2